有爱的青春陪伴者

执啄

打字机 著

长江出版传媒 | 长江文艺出版社

图书在版编目（ＣＩＰ）数据

执啄 / 打字机著 . -- 武汉：长江文艺出版社，
2023.4
　ISBN 978-7-5702-2868-3

　Ⅰ . ①执… Ⅱ . ①打… Ⅲ . ①长篇小说 – 中国 – 当代
Ⅳ . ① I247.5

中国版本图书馆 CIP 数据核字 (2022) 第 164820 号

执啄
ZHIZHUO

责任编辑：龚卫华　　　　　　　责任校对：毛季慧
装帧设计：是个小马甲　　　　　责任印制：邱 莉　王光兴

出版：长江出版传媒 | 长江文艺出版社
地址：武汉市雄楚大街 268 号　　邮编：430070
发行：长江文艺出版社
http://www.cjlap.com
印刷：长沙鸿发印务实业有限公司

开本：880 毫米 ×1230 毫米　1/32　印张：10
版次：2023 年 4 月第 1 版　　　2023 年 4 月第 1 次印刷
字数：268 千字

定价：45.80 元

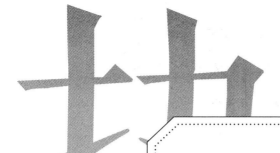

… 第一章 …
/ 关关且鸟 /

1

"昭敦巷 314 号，二楼靠南的房间，进门前敲四下，间隔两短一长。"

公交车还没在站台边停稳，炽热的空气便争先恐后地从门缝处向里挤。

伴着"昭敦巷到了，请配合从后门下车，开门请当心"的语音播报，许啄的手机上弹出来一条接头暗号似的短信。

关关最近有些沉迷谍战剧，连托出校的同桌许啄帮忙上书店取个快递都神神秘秘。

许啄给她发了个"OK"的表情过去，把手机收进衣兜里，下了车。

今天不是休息日，也不是节假日，许啄昨天去跟班主任请假的时候也没有说谎。

——我要回去给弟弟过生日。

他说话节奏一向不紧不慢，脸上的表情也淡淡的。班主任当时定定地看着他，心里都在怀疑自己刚才是不是听错了，这位好学生其实是要出校门采办学习资料吧。

好在许暨安及时给班主任打了个电话，许啄成功请假。

手提的袋子有些沉，许啄手上肌肤细嫩，两条棉麻绳勒得手指血色全无，但也没见他试着换一只手拿。

许啄从初中就开始住校，除了寒暑假，平时连周末都很少回家。今天他确实是要回去给弟弟许偲过生日，但是许暨安给班主任老师说的必然不会是这个原因。

初一时，许啄站在办公室，听见许暨安在电话里沉痛地告诉老师："他三奶奶病危了，想见孙子最后一面。"

初二时，许啄站在办公室，听见许暨安在电话里沉痛地告诉老师："他二大爷病危了，想见侄子最后一面。"

初三时，许啄站在办公室，许暨安还没说话，老师已经沉痛地开了口："您家今年又谁病危了啊？"

初中三年就这么混了过去，现在升上高一换了新的班主任，许啄也有点好奇，今年该哪位压根儿不存在的亲戚想见他最后一面了。

不过也就是想想，他回去不会问的。

毕竟家里想见他的，其实只有许暨安一个人。

关关说的地方离公交站还有一段距离，许啄来之前查过路线，这会儿也没拿出手机，凭着记忆便选了个方向动身。

看起来非常自然，要不是他刚一转身手上提的纸袋就毫无防备地被人抢走了，他还真的挺像昭敦巷本巷人。

"哇，抢劫啊，啊哈哈！"

虽然在现代社会，世态炎凉已成常态，但身后这道幸灾乐祸的感叹也着实有些招人烦。

许啄回头看了一眼。公交站台人很少，他的目光很自然便落在了几步开外的两人身上。

一个站着，一个坐着，都是少年模样。

坐着的那位很无聊的样子，靠在广告牌上闭眼歇息，连正眼都没瞧过来一下。

站着的那人戴了副金丝眼镜，但除去清秀外表，他嬉皮笑脸、吊儿郎当，看起来与斯文一毛钱关系都没有，和败类倒挺像出自一家，大约就是刚刚说话的人。

许啄径直走了过去。

林宵白挑了挑眉毛，回头看向旁边还坐着出神的贺执，没敢出声。

许啄从他们身边走开了。

林宵白目送着这位看起来非常柔弱的"小白脸"向反方向远去，到底还是按捺不住好奇，凑到贺执面前："哎，执哥，你说这小白……"

少年不耐烦地皱了皱眉："闭嘴。"

林宵白老实了："哦。"

按照脑子里的地图，许啄抄近路，在昭敦巷271号捡到了他的东西。

袋子被扔到地上，盒子也被翻开过，不过里面的东西倒没被弄脏、破坏。

那是他给许偲准备的生日礼物。

《哈利·波特》最新全套英文精装版，国内没得卖，有钱也没途径买。这是许啄帮班上那个趾高气扬的小霸王写了一学期的数学作业换来的，今早刚刚拿到手。

——你弟明天过生日，你也不想想万一那浑蛋不守承诺，耽误了你的礼物怎么办？

昨天从办公室回来时，关关坐在座位上，歪着脑袋这么问他。

许啄拿起笔，翻开书，落笔的时候语调依旧很慢，温暾得像在念课文。

——那他一定会很后悔。

念的还是纪实预言文学。

也许是这句话传到了小霸王的耳朵里，今天一早，许啄收拾停当准备出门要书，刚一打开门，便瞧见了地上码放整齐的七本系列丛书。

诡奇风格的古典装帧，看起来很精致，很不俗，但缺了个盒子。

看来小霸王原本真的没打算给他，连包装都拆了。现在就这么送过来，也不知道是求和还是示威。

许啄懒得细想，回屋里找到全套"五三"的那只精装礼盒，真的提着"学习资料"出了校门。

而现在这套"学习资料"还完好无损，估计是小贼路上觉得太沉，打开一看，非常愤怒，随手便丢了。

所以说，哪怕是搞抢劫，也要注意扫盲，不然就会在某次业务中与够他大鱼大肉半个月有余的限量绝版书擦肩而过。

2

昭敦巷在燕城南边的城墙底下，街上吃喝玩乐的项目挺多，但是向来冷清。

时间还早，许啄绕了一大圈找到家文具店，买了个新的礼品袋才退回来，走在人迹罕至的街巷上，一间一间数着门牌。

307，309，311，313。

他停了下来，看向窄路对面的三层小破洋楼。

书店开在历史保护建筑里不特别，但要是开在这么一个人迹罕至的保护建筑里，那确实是老板人傻钱多了。

许啄从来没有来过这附近，要不是关关拜托，又刚好顺路，也许一辈子也不会走到这里。

估计文保局的人也是这个想法。许啄上楼的时候，目光落在满墙的涂鸦上面，心里有些怀疑楼下那个"历史保护建筑"的认证标牌是不是挂错地方了。

二楼靠南是扇木门，许啄站在门口，按照短信里说的那样叩了四下，间隔两短一……没叩完门就被拉开了。

门内的青年眼皮懒洋洋地耷拉着，靠在墙边，目光直接从门锁的位置下落，停在了许啄手里粉色的礼品袋，以及袋中若隐若现的"五年高考三年模拟"字样之上。

"不接推销。"

许啄按住了面前要关上的房门："我取快递。"

青年动作一顿，目光自下而上，对上许啄平静的表情。

他掏了掏耳朵，侧身让出位置。

"进来吧。"

好诡异。

他就像是来接头的地下线人。

手上的袋子换成了丝绸的宽带，没有刚才勒得那么难受，许啄跟在趿拉着拖鞋、无精打采往前走的青年身后，面上虽然不动声色，心里却对此处与门外看起来截然不同的内部构造有些许吃惊。

推开店门是寻常的住家，但穿过走廊再往前走，在一扇极不起眼的镜子门前，青年抬手轻轻一推，里面的景象便尽入眼帘。

确实是间书店，但跟许啄想象的很不一样，这是间看起来非常高级的书店。

高级不是指装修，是说这里的环境很好。

没有烟雾缭绕，没有闷湿怪味，一排排书架与桌椅半旧不新，都挺干净。书店里人不算太多，但也不少，除了翻书声，这里安静得就跟自习教室一样。

许啄眨了眨眼，视线随意扫了一圈，跟着青年去了吧台。

林宵白刚在手机上看完一个视频，乐了一声抬起头，恰好瞧见门边出现一道可疑身影。

他是远视，摘了眼镜看得更清楚。但是这眼镜一摘，林宵白当场就"咦"了出来。

没人管他，因为大家的眼睛里都冒出了"咦"。

"咦"的对象不是门边长相秀气的许啄，而是那个似乎是老板的青年。

准确地说，是青年从玻璃橱柜最顶层取下来的一个用红色塑料袋包裹的东西。

店里的人声不知何时渐渐消停了下来，只剩下林宵白身边的贺执还在撑着冷漠脸翻书页。

他连眼皮子都没抬起来一下。

老板把红色塑料袋递到了许啄面前。

身后是此起彼伏的倒吸冷气声，许啄面不改色地接过来，依着关关的嘱咐，拿出来检查了一眼。

这是个奖杯。

亮晶晶的水晶奖杯。

上面印着"清崖杯击剑比赛北方赛区第一名　关关雎鸠"。

"哎，我……"林宵白痴呆地戳了戳身旁的贺执，话都说不利索了，"执哥，那个小白脸，原来就是'关关且鸟'啊。"

击剑不是平民化的运动，平时也只有真正爱好的人才会关注，清崖杯之所以受人关注，是因为它完全不分男女选手，匿名即可参赛，观众们关注的心态有点像赌马，而且这个要更刺激一点，击剑服从头裹到脚，只能通过选手的身形下注。

这位本届的冠军关关雎鸠身量就很小，但是一路直冲问鼎，是黑马中的黑马。

林宵白很激动，但贺执的耳机明明挂在脖子上光当摆设了，此刻却好像什么也听不见似的，理都不理他。

那边，瞧着许啄宠辱不惊的平淡神情，老板眼神挺复杂："你发消息说的，随便拿个袋子装就可以。"

关关可真会装高深啊。

——的确不算重要，但那是我的东西，不该放在外面。

许啄想起关关晚自习玩魔方时毫不在意的语气，眼神柔和，很难得地笑了笑。

书页里的红毛狮子终于和它童年时遇到的小男孩重逢了，贺执百无聊赖地抬起眼，刚刚好，越过几排矮书架，看见了窗边少年唇边转瞬即逝的一道弯月弧度。

好大一个红袋子，也不是生日礼物，就这么拿回去，肯定要被再三询问。

许啄想了想，说："换个垃圾袋吧，黑色的。"

老板一愣。

书店安静了。

许啄一手提着黑色垃圾袋，一手拎着粉色礼品袋，走得很安静。

他走以后，过了没一会儿，书店突然爆出一声惊呼。

"啊啊，关关雎鸠原来是个男的？"

又过了一会儿。

"什么，刚才那个关关雎鸠不是女的？"

再过了一会儿。

林宵白："哈？原来不是'关关且鸟'？"

吵死了。

贺执抓住一脸震撼的林宵白的衣领子，随手把他扔到了自己座位上。

"全文背诵，回来抽查，背不出来打断你的腿。"

你这童话书上有一个字能让人背吗！

林宵白慌里慌张地翻起书页，扭头望向贺执慢悠悠离开的背影，他小声呼喊："执哥，你干吗去？"

贺执没搭理他。

YASO 的环境不错，贺执闲的时候很喜欢过来这里坐坐。

小的时候，他妈忙事业，没空管他，晚上回来偶尔尽母亲的职责哄小贺执睡觉，手里多半会捧一本一个字都没有的插画书。每到这个时候，贺执都会自觉丢掉玩具爬上床，准备迎接这个女人天马行空满嘴跑火车的表演。

那时候贺执年纪还小，看着他妈贺妗把小狐狸认成小狗也不会说什么，不仅如此，他还觉得很有趣，曾经也捣过蛋，故意把贺妗已经讲过的故事书再次放到床头，就等着他那记性不好的妈妈过来送母爱时现场编一个和上次完全不一样的故事。

后来没人给他讲故事了，贺执还是很喜欢看这种书。按理说书店应该跟他这个大龄辍学儿童完全没关系，但街边的二手小摊只有小人连环画，只有这里才会有装帧精美的童话故事。

不过，贺执也只会来这一家，心情好的时候来，心情不好的时候也会来。

今天心情就非常一般，但还算没掉到谷底，不然林宵白也没胆子在他耳边咋呼个没完。

外面天气热得人心烦，贺执出来后没直接回去，而是走到书店门外住家的阴面阳台上，眯着眼睛忽然发现袖口多了一根线头。拽不得，一拽就拧巴成一团。他"啧"了一声，从裤兜里摸出一个快要报废的打火机。

真的是快废了，点了好几下都是续不了一秒的小火苗。

贺执连点了十来下，只感觉心里的火苗越来越高了。

"喂，你就是关关雎鸠？"

楼下又有"瓜鸭子"叫，呱呱又嘎嘎，大约是某个普通但自信的不知名人士。

贺执烦得不行，握着打火机举到自己面前，以一种"亲爱的你再不点着我就生吞活剥了你"的眼神深情凝望着他昨天刚从小卖部里买回来的小垃圾。

"我不是。"

另一只"小鸭子"声音不高，语调也慢，但听着清清凉凉的，还挺消暑。

贺执默数了"三，二，一"，再一次按下打火机。

这一次火苗好努力地冒了出来，但最终只多坚持了两秒。

贺执拳头攥紧。

这个打火机现在已经"死"了。

"别装了！奖杯都拿在手里了！是不是不敢和我单挑？"

许啄平静地点了点头："不敢啊。"

对面的"瓜鸭子"愣住了。

贺执的目光终于从打火机上挪开。

他侧过头，一览无余地瞧见了楼下的情景。

两个人，在对峙。

"瓜鸭子"站在炎炎烈日下，脑袋气得都要冒火了。"小鸭子"缩在阴影里，面上一副挺可怜的模样。但不知怎的，贺执觉得，"小鸭子"其实站在那阴影处乘凉乘得挺爽的。

"你是不是在耍我？"

"瓜鸭子"拧着眉毛向前走了一步，"小鸭子"垂着眼皮，仍然一副事不关己的模样。

也不知道"小鸭子"是留有后路还是真的傻，这种虚张声势的把戏用在这么一副小身板上，看起来不过是愚蠢的挑衅罢了。

名为"挑战"，实则打劫。

手上的两个物件一个比一个重，许啄专心思索着把哪个甩到步步紧逼的对方头上才有把握趁势离开又不致命，但还没等盘算出个结果，对方便先"哎哟"了一声。

打在"瓜鸭子"头上的物件掉落在地上"啪嗒"脆响，是只随手从旁边摸来的前人留下的瘪烟盒。

"喂。"

许啄跟着"瓜鸭子"一起抬头，瞧见了二楼阳台上漫不经心玩着打火机的少年。

贺执抬起眼皮，冷冷目光漫不经心地落在了"瓜鸭子"身上。他扯了扯嘴角，声音低沉，听不出喜怒："没听见吗，'关关且鸟'刚才说了，不和你玩。"

3

汇嘉的门禁很严，哪怕保安认识住户的面孔，只要没有带门卡，就只能等着家里人下楼来接。

这条规矩只对 A9 栋 2401 的小孩儿实行。

许啄撑着下巴坐在保安亭里，已是第五次听见保安大叔在外面和熟悉的住户打完招呼后又帮人解开门禁。

大叔也认识他，不过能给他开的却只有保安亭的门。

"许先生，您回来了！"

"许"在燕城是少见姓，至少许啄自己就只听说过他们一家人。

他闻声抬起头，刚刚好瞧见许暨安站在门外，对自己笑得很是温和："小啄，我们回家了。"

许啄点点头，站起来，很有礼貌地打招呼："小叔。"

他随身的两个袋子看起来分量都不算小，许暨安的目光跳过粉色礼品盒，落在黑色的垃圾袋上笑了笑："我拿这个？"

许啄"嗯"了一声："谢谢您。"

"小意思。"许暨安提起垃圾袋掂量了一下，似乎对这重量有些意外。

"小啄，你一个人提回来的？有点厉害啊。"

确实挺厉害的，就是胳膊都快断了。

许啄没什么力气，但他有很强的毅力，毅力刚刚好够他撑到小区保安亭截止。

还有七本精装书等着自己。

许啄不动声色地深呼出一口气，转身走向角落，没承想却被男人的大手先一步亲昵地拍了拍脑袋。

"逗你玩呢。"

许暨安把两个袋子都提到了自己手上。

心里好像突然间软塌了小小一角，许啄捏住袖口，乖乖地跟在许暨安身后走出保安亭。

"你们回去了，许先生！小啄下次可一定要记得带钥匙啊，哈哈！"

保安大叔在这里做了很多年了，这句话也不知道说过多少次了。许啄对他礼貌地笑了笑，转身跟上了大人的步伐。

没人知道许啄是故意忘带钥匙的，除了许暨安。

正如没人知道是许暨安拜托保安留住许啄的，除了许啄。

许暨安在路上问："学校里怎么样？快期中考试了吧，最近压力大不大？"

许啄摇头："还好，不大。"

汇嘉是本市有名的高档小区，门禁严是一层，公共绿地设计得也相当高级。小时候许暨安带他们去欧洲玩，许啄当时就觉得，这凡尔赛宫后花园怎么长得跟他们家小区楼下一模一样。

视觉效果确实挺震撼的，就是走起来也挺累的，尤其当领路的人还故意绕来绕去不抄捷径时。

这一会儿的工夫，许啄已经是第三次跟在许暨安身后从 A 区绕开了。

少年双手背在身后，抿住嘴，很轻很轻地笑了一下。

许暨安从来都是个很有意思的人，至少对自己是这样。

"不用有压力，你成绩好我高兴，一般我也高兴，只要你高兴就好。"

大约是正式谈判后从公司直接回来，许暨安今天穿的正装熨得很板正，不像上次见面，西服还是皱皱巴巴的，一点也不讲究。

许啄的目光正落在男人的宝石袖扣上出神，忽然听见对方又叫了他一声："小啄啊。"

许啄回过神来："嗯？"

"今年家长会……"许暨安顿了顿，没回头，"我可能不能给你开了。"

许啄垂下眼皮，语调仍然平淡温和："您忙，没关系。"

许暨安是忙，但也抽得出一个家长会的闲暇，只不过他抽出来的时间受益者第一顺位并非许啄，而是他的亲生儿子许偲。

家里不是只有一个大人，婶婶梁妍作为全职主妇倒是时间充裕，但她每年一到家长会前后必犯头痛出不了家门，许暨安为此还和她关门吵过架。

吵架的结果就是下次家长会两人都出门，许暨安继续为许偲开家长会，而那天下午梁妍和小姐妹逛街逛得太开心，忘了时间。十二岁的许啄在教室门外等了她很久，直到天黑的时候才收到一条致歉的短信："小啄，对不起啊，婶婶今天真是忙糊涂了，现在赶过来大约也来不及了，老师要有什么事一定让他联系我啊。"

堂兄弟不在一个学校，许暨安赶不过来，梁妍也笃定许啄不会告诉他小叔。

许啄当时捏着自己全科第一名的试卷从墙边站起来，笑着心想，其实梁妍也是个很有意思的人，至少对自己是这样。

当然了，这事也没瞒多久。

许啄没提过，也不知道许暨安怎么知道的，但在某个晚自习后，他忽然接到了家里的座机来电，对面没人应答，却远远传出很激烈的吵架声。

男人骂女人刻薄，女人骂男人有病，两人骂了挺久的，许啄戴着耳机，在喧闹的背景音下写完了当晚的数理化作业。

笔刚停下，电话就挂断了，而梁妍的短信总是那么及时："估计是家里阿姨打扫卫生没留神把电话给你拨过去了，半个多小时呢，没打扰小啄学习吧？"

他编辑了"没有"发送过去，起身走到阳台上，给许偲拨了个电话。

被挂断了。

但挺好的。

在家的时候许偲的手机永远会被梁妍关机藏好，而现在能拨通，还能被挂断，说明许偲去上学了，今晚不在家住。

挺好的，梁妍还保留了些理智。

那件事以后，许啄就再也没有家长来开过家长会了。

没办法，就像电话里梁妍和许暨安吵架时说的那样："你儿子从头到脚一身都是病，你还没完没了去操别家儿子的闲心，你是不是也病得不轻？"

这句话一说完，通话就结束了。许啄不知道许暨安是怎么回应的，但大约也猜得出来。因为没过多久，在许偲生日的时候，他们的"三奶奶"就病重了。

许暨安在补偿他。

有过怨怼吗？许啄已经记不大清了。但是一个生下来便无父无母的孤儿，得小叔一家这么多年照料成人，大约是不应该有怨怼的。

毕竟除去琐碎细节，在吃穿用度上，梁妍从来没有刻薄过他，许暨安也很好。这段从保安亭到家门口的谈心路，便是两人间从未点破的秘密。

4

一年三百六十五天，许偲生日这一天算是许啄难得比较期待的日子。

期待的部分只包括这一段回家的路。

回去后，许偲大概率不会从房间里出来，而梁妍与自己面对面相处的时候从来不会摘下面具，看着都替她累。

初三毕业的那个暑假，许啄托词和同学去邻市玩，回城南福利院待了三个月。

现在想一想，那三个月实在算是他五岁以后最轻松的三个月了。

"这两个袋子，哪个是给小偲的礼物啊？"

刚才的话题实在是聊不下去，许暨安转头微笑时已瞧不出任何端倪。

许啄乐得解脱，走到他身边指了指礼品袋："当然是这个。"

许暨安"啧"了一声："我还以为今年有新花样呢，比如表面上是垃圾袋，其实里面装了一整袋钱。"

这什么痴妄之词。

许啄挺平静："其实是一袋子钻石。"

许暨安眨了眨眼："啊？"

见许啄一副无所谓的模样，许暨安轻咳一声，忍笑转移话题："今年是巧克力蛋糕，上面好些小人小帐篷什么的，也吃不了，你看着喜欢就带回去放桌上当摆设玩。东西多，小偲的也有。"

许啄今年十六岁了，许暨安还是一直当他六岁。

但十六岁的许啄点了点头，圆圆的黑葡萄眼睛弯了起来："好啊。"

闲扯淡的工夫，他们已经走到一楼电梯厅了。

"坏了。"许暨安脚步顿得突然，语调倒很平和。

许啄眨了眨眼，侧头看他："怎么了？"

许暨安面无表情："出来了三次，蛋糕还是落车里了。"

两人沉默片刻，一起笑了出来。

5

许家买的汇嘉三期的豪宅户型，一层一户。

电梯门一开，站在走廊上就可以开始换鞋，而今天甚至连大门都没关上。

"小啄回来了。"

梁妍刚好出来丢垃圾,目光在一大一小两人之间一掠而过,最终停在了许暨安手中的可疑袋子上:"这什么东西?"

许暨安眼皮都不抬:"钻石。"

女人狐疑的眼神中写着"你是不是又想吵架",许暨安没理她,回头喊许啄,温声叫他快进屋。

梁妍有洁癖,非常严重。许啄常年不在家,没有所谓的"专属拖鞋"留在外面落灰,他每次临时回来,穿的都是五星级酒店的一次性拖鞋。

妥帖地把运动鞋放在不起眼的角落里,许啄叫了一声"婶婶",终于步伐稳当地抱着蛋糕走了进去。

许家很大,六七百平方米。

关关对数字没有概念,之前还追问过许啄到底有多大。

许啄想了想告诉她,家里阳台上本来是有个泳池的,但没人游泳,于是后来装修的时候填平了做茶室。

关关理解了。

这么大的房子,隔断做了不知道多少层,从玄关处就可以向不同方向行进。

如果夫妻两个感情不和想要暂时分开冷静冷静,都不需要搬家,换间南边的卧室住就行,就算两人同时待在家里,一天到晚也可能见不着一面——对梁妍和许暨安来说真是非常方便了。

不过许啄的房间倒是和许偲很近,中间只隔了一个小过厅。

再小一些,很小很小的时候,他们两个曾经一起坐在那里搭过积木。

蛋糕留在饭厅里了,许啄提溜着两个袋子回到自己卧房门口,将那套《哈利·波特》放在了对面紧闭的房门前,又敲了两下门。

无人应声。

他站了一会儿,转身回房了。

许啄的房间也挺大的。

关关问他有多大的时候眼神挺复杂:"你的阳台上有泳池吗?"

许啄："没有。"

关关松了一口气。

许啄："不过我的卧室有两层。"

关关"嘶"的一声别开了脸。

楼下的装修是家居公司全包的，跟宜家的少年儿童卧房一模一样，但跳上床，从天花板取下折叠梯爬到狭小的阁楼——那里才是许啄每次回来住的地方。

半年没回来，他个子好像长高了一点，爬上去的时候都需要稍微弯点腰，低低头了。

家里请了好几个阿姨，连他的二层小房间都被日日打扫。许啄跪在绵软的床边闻了闻瓶中新鲜的花朵，感觉心绪平缓了许多。

床边就是上下打通的窗户，这会儿外面天色还挺亮的。许啄躺在床上发了一会儿呆，忽然坐起来，从床头柜里取出一样东西，揣进了卫衣兜里。

6

晚饭的时候，许偲果然没从房间出来。

蛋糕盒也没拆封，就放在长直餐桌的尾端。而桌边的三个人平静无声地动着筷子，好像谁都没看见似的。

貌合神离的夫妇，患抑郁的儿子，寄人篱下的侄子。

这一家是去年冬天，汇嘉"和谐家庭"比赛的小区冠军。

许啄夹起一筷子木须肉塞进嘴里，垂下眼皮，好笑地抿了抿唇。

他虽然笑得不动声色，但还是比不上有人长居家中无所事事、敏感得没谱。

梁妍瞥了他一眼，忽然道："小啄，阿姨前阵子收拾你屋子发现了一个东西。"

许啄秀气地咽下一口米饭，"嗯"了一声。

许暨安坐在主位上一副置若罔闻的模样，而梁妍的语气颇有些兴致："你为什么会在你的床头柜里放把刀呢？"

她的目光落在许啄被餐桌遮挡的卫衣口袋上，笑道："那刀现在不会就在……"

"嘭！"

许暨安把碗筷重重地摔在了桌上。

梁妍不咸不淡地"哎哟"了一声，把落在颊边的碎发捋到耳后："你当心些，我可不经吓。"

一场大战一触即发。

许啄用勺子喝了口汤，才解释道："水果刀。"

梁妍拉长音"哦"了一声，笑眯眯地又给他舀了半勺："我说也是呢。"

许暨安的脸色还是不怎么好看。

梁妍余光扫到他的冷漠眼神，心中火气瞬间涌起："你看仇人一样看着我干什么？我可没有出去假借出差勾搭小姑娘。"

"你又在胡说什么？"许暨安闭了闭眼睛，眉头紧紧蹙起。

梁妍还要继续发表意见，许啄刚好吃饱起立。

"我去给小偲送饭。"

他笑了笑，端着碗筷回了厨房。

许偲吃得不多，明明今晚那一桌佳肴晚宴的主角是他，但厨房里留的却只有两碟小菜，一饭一汤。

蛋糕倒是还在餐厅呢，但许啄确实不太想回去了。

案台上还有几个苹果，看起来像刚买回来的。

许啄歪着头想了想，从卫衣口袋里把自己的水果刀掏了出来。

7

宿舍的门禁是晚上十点，许啄去送了个饭就准备走了。

他回来的时候客厅只剩下许暨安一个人。

男人的西装外套还没有脱下来，此刻起了褶皱，衬得他整个人看起来非常疲惫。

不过许啄一出现，许暨安就抬起眼皮笑了起来："我送你回学校吧，小啄。"

虽然已经是大人了，但有的时候也会想要暂时逃跑一下。

许啄点了点头。

蛋糕还放在桌上没有拆封，那些父亲在甜品店里弯腰屈身挑了很久才选中的小人小帐篷，最后的唯一归宿大概率是垃圾桶。

许啄没有提醒他，更没有回头。

天已经黑了，许啄带回家的那个粉色礼品袋依旧安静地立在月光所不能及的墙边。

偌大的房间好安静，不知过了多久，门从里面打开了。

赤脚的少年立在门边，阴影覆盖了放在地毯上的餐盘。

他似是出了一会儿神，终于想起了之前好像有人在外面敲门。

——生日快乐，小偲。

轻平温慢的语调。

是许啄。

许偲蹲了下来，影子顺势藏到他的脚底，把月光还给了盘中的风景。

良久，他伸出手指，轻轻戳了戳碗碟旁被削得栩栩如生的苹果兔。

8

许暨安把许啄送到了学校大门口。

这会儿正是晚自习结束的时候，校门外人来人往，到处是来接孩子放学的家长，但许啄的家长却是来送他回学校的。

"要不，今天回家住吧？"许暨安讪讪地摸摸鼻子。

许啄对他笑了笑，眼睛弯弯的："不用了，快回去吧，小叔。"

本来也是胡话，许暨安点点头，示意许啄先走，他看着他。

许啄挥了挥手道别，转过身，没再回头。

九点半了，要不了多久也该到宿舍门禁时间了，但许啄却一点儿没放在心上似的，他就那么提着垃圾袋装的奖杯，熟练地拐远路绕到了女生宿舍的楼下。

关关正含着棒棒糖坐在门口台阶上等他："秋秋，你回来啦。"

许啄点头，走过去把奖杯给她。

晚自习结束，宿舍楼下人不少，抱着书本的女生们步伐匆匆进门之前都会有意无意地扫过来一眼，不过他俩谁也没放在心上。

关关抱着垃圾袋打了个哈欠，也没想着掀开看看："今天作业不多，笔记我都帮你记了，回去歇着就行。"

许啄接过她递过来的真知棒，眼中笑意淡淡："辛苦女侠了。"

关关上课很少记笔记，作业也不爱写，纯粹靠天赋吊在尖子班的尾巴上——能劳烦她为自己动笔，是份很了不得的恩情。

"你也辛苦了。"或许是知道许啄刚从家里回来，关关语气挺和缓，"回去吧，我也走了。"

许啄点头，目送着她进了宿舍大门。

门后，宿管阿姨的目光似是立志要将许啄射个对穿，警惕又八卦。

二楼正上方的灯亮了。

许啄离开了阿姨的扫射范围。

9

信雅中学的宿舍楼大都是民国时留下的旧物，青瓦红砖，外廊小院子，精致得名声在外。之前还有校园剧来取过景，关关住的就是女主角住的那一栋。

不过信中现在只有一个校区，所有住校生拥在一处，光凭民国遗存很显然是满足不了现如今的招生规模的。后来校园里又建了几座现代风格的新宿舍，楼层也高了，许啄就住在那里。

不过，无论是新是旧，门禁时间总该是一样的。

九点四十七分，许啄站在宿舍楼紧闭的大门前，缓缓抬起了头。

他的房间朝北，在这里看不见，但三楼——属于他们班小霸王的那一间，有人正趴在窗台上嬉笑。

所以，早上果然还是挑衅啊。

许啄在心里轻轻地叹了口气。

宿管大爷不知道被他们支到哪里打耗子去了，但他迟早会回来，许啄也迟早可以进去，只是许啄突然就懒得进去了。

前几天那一群人翻墙出去疯玩，临走前把宿舍楼下的监控弄坏了。

这会儿楼下已经没什么人在了。

许啄走到路边捡了块半个巴掌大的石头，在手里掂了掂，抬起头，对准三楼那间，直直地砸了过去。

玻璃碎了。

楼上的叫骂声此起彼伏，秦峥一脸阴郁地走到窗边搡开跟班，冲着楼下转身离开的背影扬声喊道："许啄，你给我等着！"

等的也不是第一次了。

许啄连手都懒得对他摆，揣进卫衣口袋慢吞吞地离开了。

这个时间是出不了校门了，许啄少爷身子奴才命，给许偲买的生日礼物把他这个月的生活费耗得精光，奖学金倒是从来没动过，现在也不会动。

兜里此刻只剩下最后两百块钱，许啄走到南门附近的围墙达，一边跑，一边心不在焉地想着就在附近找家旅店凑合一夜。

10

"执哥。"

林宵白从路口放风回来，手里还揣了两袋子新鲜出炉的烧烤。

"你饿了不，我特意让李叔多放了辣椒。"

贺执在忙，也没看他一眼，只是淡淡地"嗯"了一声。

林宵白立刻从这一个"嗯"字中解读出了百转千回的"一点儿不饿拿着快滚别烦我"。林宵白嘿嘿一笑，又跑回路口，靠在路灯边啃起了香喷喷的骨肉相连。

他就问问，贺执就答答。

贺执今天心情不算太好。

他心情不好的时候，要么去昭敦巷的书店看书，要么就在路边画画，而某一天中他又去看书又去画画了，那就说明：贺执马上要炸了。

但他现在好像挺平和的。

林宵白悄悄回看了一眼自家老大揣兜立在墙边的身影，津津有味地又啃了一块鸡肉下肚。

下午的时候，贺执翻书翻到一半就出去了，而回来后林宵白立刻敏锐地察觉到，他执哥的心情好像好了一点。

为什么呢？林宵白百思不得其解，其间还以上厕所为由溜出去看了一眼。

但外面没什么特别的，和以前一样，街上连只鸟都见不着。

林宵白稀里糊涂地回来，又稀里糊涂地跟着他执哥来了这里。

贺执很早就不上学了，汉字认得都不是很全，但他画画很厉害。

从前上学的时候，没有老师喜欢他，只有教美术的老头子觉得他是天纵奇才，让他当了自己的课代表不说，每天还变着花样地建议他：既然学习这条路走不通，不如试着好好学下画画，未来还是会很明亮的。

不过贺执当时正忙着应付觊觎他家产的人，只在电话里敷衍了两句结束。

贺执从来没把这事放在心上，后来辍学了一段时间，听说老头子也退休了，那么曾经的母校也就没有任何值得留恋的地方了。

林宵白以为他心情不好才会来画画，其实不是的。

贺执擅长的不多，而画画又算是唯一一件看起来比较纯洁的爱好，贺执不至于这么不堪。

他心情其实还不错，此刻甚至在墙上勾勒了一只可可爱爱的秃毛小鸭子。

"执哥！"林宵白又在咋咋呼呼了。

贺执又欣赏了一会儿自己的杰作方才抽空赏脸回头，看见林宵白一脸震惊地指着自己。

具体点说，应该是指着自己的头顶上方。

贺执抬起头，看见了围墙上一个正转身准备跳回去的身影。

"喂，你。"

贺执眯了眯眼："坐着别动，小鸭子。"

许啄顿住身形，缓缓回过头来。

有何贵干，黄鼠狼。

儿肖母，这话一般不会出错。

许偲长得就很漂亮，少年眉眼都是婶婶梁妍的昳丽影子，但或许是许啄亲妈长得普通，许啄生得并不是让人惊艳的那一款。

不过还是足够好看。

巴掌大的小脸，挺翘鼻梁，薄薄樱唇，长而密的睫毛下镶着一对葡萄般纯粹黑亮的清圆瞳仁——里面若盈满笑意该很讨喜，但他似乎并不爱笑。

林宵白之前说许啄是"小白脸"，其实没有多少恶意，只是林宵白实际文化水平和他执哥差不了多少，"小白脸"是他唯一掌握的可以用来形容秀气男孩的词语。

也许不应该叫他小鸭子，可他也不像小鸭子长大以后的白天鹅。贺执读书有限，也没养过别的小动物，一时间竟然想不出来更加合适的称呼。

但辍学生肚子里永远有一箩筐垃圾词汇。

林宵白小心翼翼地凑上前来，听见他执哥站在墙边，仰头唤了墙上的少年一声："小结巴。"

贺执还张开了双臂："跳呗，我接着你。"

林宵白愣了愣，看不懂这剧情展开。

也不怪他，毕竟他不知道前情摘要。

七小时十三分钟以前，这两人也是这么一高一低的视角，只不过懒洋洋倚在高处的那个是贺执。

贺执很无聊，难得想管次闲事，而且由于名声在外，那只碍眼的"瓜鸭子"立刻就一屁股坐在了地上。

这都没什么好说的，直到他瞧见那只角落里的"小鸭子"起身理了理衣服，提着自己的两件行囊悠然转身，招呼也不打一声，便想无声无息地消失。

本年度第一次见义勇为，施救的对象却并不知道"知恩图报"四个大字该如何书写。

连他都会写。

"喂。"

贺执没有礼貌地叫住人，意外地并不怎么生气："你不会说谢谢吗？"

逃跑失败，许啄一点被抓包的羞怯也没有，回过头顺着他的话道了一句"谢谢"。

有意思。

少年看起来并不想和自己过多地打交道，若在平日，贺执早就甩脸色走了，但偏偏今天，那破打火机弄得他一腔闷火。

贺执："那你还会说些别的话吗？"

其实刚刚就算没有他，对方也未必有胆子真的当街打劫，但偏偏贺执出了声，吓了人，这会儿还非要站在道德的制高点上咄咄逼人。

阳台下，小街上，阳光底。

许啄似是被灼目烈日迷了眼，蝉薄眼皮微微垂下。

不知怎的，贺执觉得"小鸭子"似乎在心里叹了一口气，但对方还是很耐心地告诉他："有点难，我是结巴。"

贺执一愣。

七个半小时后，自己从墙上跳下来的许啄再次垂下了眼皮。

真有意思。

贺执弯下腰，语气含笑："那你是'关关且鸟'吗？"

许啄一怔。

11

贺执的妈妈长得很漂亮，燕城名花。

小的时候，林宵白每次见着执哥的妈妈，都会悄悄在心里背诗："其静若何，松生空谷。其艳若何，霞映澄塘。其神若何，月射寒江。"

这诗是他老爹天天跟家对着贺女士照片念叨的。林宵白不敢念出声，怕暴露他老爹贼心后，他老爹会被贺阿姨和执哥揍死。

贺执长得和贺女士非常像，且并无女气，眯起眼的时候更是压迫感十足，经常把林宵白吓得一惊一乍的。

此刻，林宵白觉得，许啄大概也被贺执吓到了。

不然怎么可能跟着他们回了青南路。

青南路不是条路，是贺女士留给儿子的不动产——位于信雅中学后门老城区里的一栋二层小楼。

挺破的，没什么装修，但挨不住地段好。这几年燕城旧改大拆大建，一旦拆到这附近，凭空就是几百万元砸到脑袋上。

那年贺女士前脚刚入狱不久，后脚就有人抄着家伙来抢房子。

当时贺执只有十四岁，手里拿了根钢管，拖在地上一路刺耳地响，最后站定在以前每次见面都笑眯眯地叫他"小执啊"的叔叔们面前，少年歪着脑袋勾起嘴角，不以为意地说："打赢我，就给你。"

他还穿着校服，是听到消息从学校翘课出来的。

自然也是没人敢打他的，毕竟当时贺妗还活着，不至于做到这步。

后来贺妗死了，那些人又跃跃欲试起来，但贺执一个人去找了他们，也不知道说了什么，从那以后几乎再也没人来找过贺执的麻烦。

几乎。

12

"小执，你回来啦！"

楼下的烧烤店开得红火，夏末的夜晚，出来喝酒扯淡的人不少。老板在炉子边热得满头大汗，一看到熟悉的面孔出现，他就乐呵呵地探了脑袋出来打招呼。

林宵白的夜宵就是从这儿买的。

贺执冲长辈点了点头，在巷口拐弯走了后门。

一楼盘出去给李叔做铺面了，贺执住在楼上。

许啄一直一言不发地跟在他们身后，神情淡淡的，看起来并不是自愿跟过来的，但也没有半点被劫持的模样。

贺执一把掀开后院的不锈钢卷帘门，侧了侧头示意他们进去。

还没等门掀到顶，林宵白便利索地弯腰溜了进去。许啄跟在他后面，身子刚动，忽然听见扶着门的那人慢悠悠道："小结巴，你说话好像从来没有结巴过。"

许啄顿了顿，看着脚下从门内溢出的暖黄灯光，轻声回答："说得慢了，就不会结巴。"

这是说的什么屁话。

林宵白愤愤摩拳，没想到卷帘门那边，他执哥却"哦"了一声，深以为然的口气："有道理。"

林宵白无语极了。

卷帘门将三人与外界隔绝，许啄没有到处走动，只是站在门边，不动声色地打量了一圈四下的布置。

一楼大半用来做烧烤铺子了，他们从后门进来，隔墙只阻断出了不足十平方米的地方，而其中的七平方米都堆满了各色杂物。手边就是通往二楼的楼梯，木质的，看起来就觉得踩上去会吱呀作响。

"楼上两间房，有热水，一次性的东西楼上都有。"

贺执按下墙边的卷帘门按钮，又踹了几下验证关好没有，动作如此暴力，语气倒很平静。

许啄还是没有说话。

贺执回头看他，歪了歪头，也安静了下来。

许啄："……谢谢。"

"吃过了吗？"

林宵白趴在二楼地板上，听见贺执问他们半路捡回来的那小子。

那小子没说话，估计是点了点头或者摇了摇头，贺执又说："出声，小结巴。"

"吃过了。"许啄顺从地回答。

吱呀声再度响起，林宵白从地上爬起来，刚巧看见他执哥揣着裤兜走到楼梯拐角。

"因何下跪？"

林宵白吸了吸鼻子，充愣傻笑："吃了好，不然还得把烤串分他一半。"

许啄没吭声，贺执也没搭理他，只是先走上来推开了一间卧室的房门："你睡这间吧。"

贺执没回头，也不知道在跟谁说话。

林宵白眼睛都直了："执哥，你说谁？"

贺执在门边扯了个背包挂在肩上，转过身一脸"你说什么废话"的表情看着他："你觉得呢？"

林宵白提着自己的烧烤头也不回冲进了另一间卧室。

已经很晚了，平时这个时间许啄早就已经上床准备睡觉了。

他生物钟准，哪怕身处一个完全陌生的地方，这会儿也掩不住倦怠，抬手揉了揉眼睛。

这人明明看起来就是家长眼中的乖宝宝，却不知为何总是一副无家可归的流浪小狗模样，贺执白天时忍不住出手相助，晚上又没忍住出声问道："住店吗？两百块钱一晚。"

但和白天时不一样，小结巴那会儿杵在墙边似乎愣了一下，半晌，点了点头，又主动说了一句"谢谢"。

13

许啄有些困了，但脑子还是很清醒。

他有些困惑，自己怎么就跟着两个陌生人走到这里来了，明明下午自己被抢的时候他们两个还袖手旁观来着。

在外人面前，许啄习惯了摆出一副示弱的模样，别人看到他这个模样，通常都会失去继续为难的兴致转身离开。

但偏偏眼前这个人每次都要出声把他拦住。

两百块钱一晚的旅店在学校附近不算难找，但许啄没有想到，这人好像把他带回自己家了。

"屋里有饮水机，不过没有一次性水杯了，想喝的话可以去楼下找李叔要。还缺什么就敲隔壁房门，林宵白，听见没有？"

最后一句贺执扬了声调，门内一声支吾回应，听起来嘴巴里大约是塞满了肉串。

交代得差不多了,贺执看了眼墙上的挂钟,揣着兜与许啄擦肩而过,向楼下走去。

"对了。"贺执在楼梯口回头,狭长凤目如一笔流畅浓墨划过,眼尾上挑如钩,"两百块钱逗你玩的,住着就行。"

许啄微微怔忪,他却已经转身走了。

少年黑色 T 恤的衣角还有零星异彩,是刚才在信中围墙外涂鸦时没留神甩上的。

燕城市容市貌抓得很严,却总有人顶风作案,在夜里将白日被城管大队带人刷得惨白的墙面涂满各色天马行空的图案。

本来是要被抓的,但去年年底,城南区那一夜之间变成彩色的井盖却上了本省的新闻版面——被夸了。

从那以后,只要不过分,对这事管理部门也就睁一只眼闭一只眼了。

楼下的卷帘门又被从外面踢了两脚。

许啄轻轻拧开了卧室的房门。

确实也是想象不出,那位少年于星夜在井盖边席地而坐,一脸认真地在上面勾勒哆啦 A 梦的样子。

门内的房间不算太大,布局意外地和汇嘉24层他那间阁楼十分相似,装修也很简单,入眼皆是干净的木色。

月光从天窗落下打在床脚,许啄的目光则停在了墙对面的那张海报上。

樱桃小丸子。

寂静的夜里,许啄侧过头,眼尾不为人知地弯了弯。

"我天!"

贺执在街角停住步伐,猛地回过头来。

他贴在墙上那破玩意儿不会已经被看见了吧。

那是他八岁贴上去的,可他现在十八岁了,早就不喜欢了!只是一直懒得取下来而已!

掉头回去把小结巴眼睛蒙上顺便把海报撕下来团成垃圾丢掉的念头

只在脑子里转了两圈，手机铃声便响了起来。

是苏泊尔的来电。

"啧。"

贺执挂断他的电话，从裤兜里取出黑色防霾口罩蒙上唇鼻、彻底抛开了刚才的愚蠢念头。

无所谓，反正以后也未必会再见了。

贺执很穷，家徒四壁。

那些曾经的叔叔总觉得贺妗给贺执留下了数不清的金银财富，但除了青南路那套破房子，贺执只在某次翻墙回已经不属于自己家的那套别墅取东西时，才在他们打不开的保险箱里找到了贺妗最后给他留下的东西。

一个上锁的小盒子。

贺执用挂在脖子上的钥匙开了锁，看见一封信，一本存折。

见信封上写着"贺执未来最亲的人亲启"，贺执便没有打开，但他翻开了存折。

他刚一打开，一张便利贴便掉了下来。

小执宝贝的大学基金

他妈妈的字。

大学基金。

贺女士可太敢想了。

贺执坐在地上一个人笑了很久，最后把盒子原封不动地锁了回去。

所有人都觉得那盒子里藏着源源不尽的财富，但只有贺执知道，他亲爱的母亲抠抠搜搜，每月只往存折里存五百块钱。

她入狱那年贺执刚上初中，而贺妗也才刚刚开始做她儿子或许能突破九年义务教育的白日梦不久——她只来得及存了三个月"小执宝贝的大学基金"。

存折不动，房子不动，贺执很穷。

而穷的人总会想方设法不择手段地活下去。

他眯着眼，对着夜色无聊地撇了撇嘴。

14

第二天早上，许啄是被林宵白的拍门声吵醒的。

"起来了，起来了，再不起床早自习都要错过了。"

懒洋洋到丧气的语气，却比宿舍楼道喇叭里每天早上六点五十分准时播放的《精忠报国》还要吵。

许啄面无表情地从床上坐起来。

墙上的挂钟嘀嘀嗒嗒，两枚指针刚刚好相交成六点五十分的角度。

许啄又挺尸状躺了回去。

早自习第一遍预备铃七点半打响，许啄通常会伴着"狼烟起江山北望"再睡十分钟。

门外的闹铃还是那么有气无力：

"快起，快起，快起，再不起我来不及回学校补作业了。"

许啄睁开了眼睛。

他昨晚也没写作业。

林宵白已经不是第一次睡眼蒙眬地把脸贴在墙上等待门内的人走出来了，但这还是第一次，从贺执房间里走出的不是贺执。

豆浆被吸到一半，沿着吸管回了塑料杯中。

林宵白上辈子大约是饿死鬼投胎，一口下去半碗豆腐脑顷刻消失不见。

他咂了咂嘴，瞥了一眼对面似乎还在出神的许啄："不过执哥这几个月一直很忙，晚上很少回家休息，你也不算鸠占鹊巢。"

看不出来他还会用这么多成语呢。

毕竟是"关关且鸟"的发明者，林宵白一边囫囵着剩下的那半碗咸豆腐脑，一边在心里暗暗揣摩自己这回应该是没用错词吧。

他老爹说过，只要学会认字认一半，中华汉字半壁江山便尽握手中。

"鸠占雀巢"的"鸠"字他倒是从"关关雎鸠"那儿认识了，但"雀巢"……这词儿是雀巢咖啡商发明的？

对面坐了个不动声色的文盲，昨晚又在另一个"盲形于色"的文盲房中睡了一宿，许啄垂眼喝着热乎豆浆，心里开始默写"鸠占鹊巢"的正确写法。

"哎哎！"林宵白突然想起来什么似的，特别八卦地靠近矮桌对面的许啄，"那个，你到底是不是关关且……关关雎鸠啊？"

短短不到一天的光阴，他竟然被三个人问了相同的一句话。

许啄松开吸管，最后一次摇了摇头："不是。"

林宵白松了口气："太好了，我就知道你不是。"

许啄眨了眨眼睛。

林宵白突然有些激动："我都说了，那关关雎鸠 A 爆全场，怎么可能是你这个……小朋友嘛！"

这会儿已经七点二十五分了，五分钟内没进校门就要被教导主任记名字，但一聊到"关关且鸟"，林宵白便彻底忘了自己还要赶回学校抄作业的事，立刻滔滔不绝起来。

"还记得去年冬天，我与执哥肩并肩缩在 YASO 的角落，执哥在角落里戴着耳机睡觉，我在角落里戴着耳机看直播，屏幕上，关关且鸟以一己之力，雄姿英发，大杀四方，最终拿到了北方赛区的冠军。那一刻，窗外是远处的炮仗声，身边是执哥的呼噜声……不好意思，我执哥不打呼……总之，关关且鸟太牛了！"

林宵白捂着嘴巴，似要泣不成声。

兜里的手机"叮"地响了一声，许啄拿出来看了一眼，是关关问他怎么还没来教室。

"你看什么呢！有没有听我说话啊！"林宵白很不满。

"看关关且鸟给我发的短信。"许啄很平静。

林宵白一屁股坐到了地上。

15

在信雅中学空无一人的大门口，纵然已被板上钉钉为迟到分子，林宵白仍然难掩心中澎湃。

"哎，啄哥！等会儿主任记完名字你一定带我去看看关关且鸟啊！"

这么个全身上下除了那套信中校服外，连金丝眼镜都没能透出半分学魂的小混混，竟然是信雅中学去年正儿八经招进来的高一学生。

许啄深深地看了他一眼，语气平淡："不用叫哥。"

林宵白立刻谄媚地嘿嘿道："没事！虽然您年纪比我小，但并不妨碍我尊重您啊，啄哥！"

"林！宵！白！"

隔着扇大门，教导主任彭建华的声音几乎响彻云霄。

"你又迟到！"

林宵白转头时已是泪眼婆娑。

"主任！我可以解释！"

这小玩意儿撒谎不眨眼，给个镜头他就能哭完一部六十集的电视连续剧，再给点掌声，他还能将五六七八季续订。

彭建华一脸头痛地把这臭小子拎进来，一抬眼便瞧见了一旁静静看戏的许啄。

许啄出声："主任，早上好。"

彭建华点了点头："你小叔给我打过电话了，昨天烧得那么重，我还劝他让你在家多休息休息。"

林宵白惊异地瞪大了眼睛。

许啄连校服都没穿，却比小白（林宵白）镇定了不知多少个量级。少年面不改色地对主任礼貌道："一觉醒来好了很多，快考试了，不敢耽误。"

彭建华满意地笑了笑："快回去换身衣服上课吧，你们老师那儿我也打过招呼了。"

"谢谢主任。"许啄鞠了一躬，转过身，慢悠悠地离开了。

彭建华一把薅住准备跟着许啄悄悄溜走的林宵白："你跑什么跑！过来签字！"

"不是……"林宵白一脸蒙地指着许啄远去的背影，"他为什么不用签啊？"

签不签林宵白根本不在乎，但凭什么许啄不用签啊？都是祖国的花朵，主任怎么能差别对待呢！

"就你还花朵？"似乎看出林宵白的心理活动，彭建华嗤笑一声，"说你是绿叶我都怕花匠辞职！"

绿叶怎么了！绿叶没有人权吗！

林宵白泪眼汪汪地在迟到记录上签下了自己的狗爬字。

"回去上课吧，下次再迟到给我小心点。"

"得嘞！"林宵白拔腿就跑。

那许啄看起来平平无奇，走起路来却是个不动声色的飞毛腿，一会儿的工夫就无影无踪了。

林宵白还没搁下对"关关且鸟"的执念，很抑郁，也很不想上课。但除了知道那小白脸叫许啄，林宵白连他是哪个班的都不清楚。贺执还不如他，连人小白脸叫许啄都不知道……所以他该去哪儿找人啊？

许啄，许啄，听着怎么这么耳熟？

林宵白揣着兜，一脸郁悒地路过了学校公告栏。

半分钟后，他沿原路跑了回来。

公告栏上学期的期末前百名大榜早就撤下来了，但是前十名的照片还挂着。

许啄就在高一年级第一名的位置上。

"……厉害啊！"

难怪他觉着耳熟，虽然年级前十与自己不在一个世界，但天天听老师叨叨也有点印象。

公告栏照片上，清秀的少年眉眼如远黛，嘴角淡淡含笑，是他们都没有见过的模样。

林宵白掏出手机，咔嚓留影。

16

收到信息的时候，贺执刚刚两眼倦怠地甩下卷帘门。

"执哥！请看！他竟然还是位学霸！"

锁屏接连弹出两条消息，文字图片各占一条。贺执头晕眼花，半天才反应过来林宵白似乎在说昨天遇见的小结巴。

这有什么值得惊讶的吗，除了学霸，谁还会提着一袋子书在街上逛来逛去。

肚子空空如也，贺执取下李叔挂在楼梯扶手上的早点，踩上了吱呀作响的楼梯。

拇指按上锁屏键，手机解锁了。

图片挺大的，贺执点了查看原图，对着加载中模糊不清的屏幕心不在焉地咬了一口肉馅包子。

家里的网络不好使，贺执咽下包子推开卧室房门，一脸倦怠地将自己砸到床上后方才后知后觉地开始琢磨：小结巴昨晚真睡这儿了吗，这屋子似乎比自己走之前都干净整洁。

不对，好像还多了什么东西。

贺执睁开眼睛。

贺执是贺妗养大的，换句话说，他是和危机一起长大的。

在进门的那一刻，无论有多睁不开眼睛，贺执都能在潜意识里一秒找到不寻常处。

被他随手扔在床角的手机屏幕上，小结巴 5.7M 的浅淡笑容刚刚加载成功。

而背对着手机的贺执坐在床边，盯着床头柜上被小猪存钱罐压着的两百块钱看了很久，最终还是扯开嘴角，轻轻笑了一声。

17

许啄回宿舍换了校服，回来的时候还是没赶上第一节课——他被叫去办公室了。

昨晚临睡前不是和许暨安打了招呼，他小叔的圆谎本领果然还是一如既往地令人失望吗?

许啄在门外喊了一声"报告"。

"进来。"

他推开虚掩着的大门，毫不意外地看见了冀晨笔直板正的身影。

昨晚许啄丢石头的时候，站在三楼窗边的就是冀晨。

许啄从来不觉得自己是个好人，但他下手一般都有分寸，就算是砸窗户这种事，他也是在脑子里先精准画了个不伤及旁人的抛物线才做的。

许啄对自己的平面几何非常自信，以至于在看到冀晨头上的绷带时，他没忍住笑了出来。

"老师！您快看！我都这样了他还得意！"少年人气急败坏地怒视了许啄一眼。

许啄收起唇边的淡淡笑意，面不改色地看向一旁佯装头疼的班主任："李老师，叫我来是什么事？"

冀晨难以置信地瞪大了眼睛："你还装？我都这样了！"

"你都这样了，"许啄淡淡接话，"和我有什么关系？"

班主任李木森轻咳了一声："昨晚男生宿舍有人在楼下丢了块石头，砸了冀晨宿舍的窗户，他被伤到了。"

许啄"哦"了一声："原来碎玻璃的创面是这样，没见过。"

李木森再度咳了一声，他又不瞎，当然看得出来冀晨脑袋上这乱七八糟的一团肯定是他自己偷偷去校医室弄的。

但玻璃是真的碎了，而且这小子口口声声说是许啄干的，他也只能把人叫过来对质。

冀晨咬着牙盯仇人一般盯着许啄："你敢说你昨晚没回学校？"

昨晚许啄不仅回了学校，还大摇大摆地去女生宿舍楼下转了一圈，目击证人可以以百计数。

许啄点了点头："回了啊。"

刚准备帮忙辩解他昨晚应该发烧在家的班主任蒙蒙地瞪大了眼睛。

许啄不紧不慢："给关关送了东西，然后又回了家，还发烧了。"

冀晨："学校大门都关了！你怎么出的学校？"

许啄叹了口气："翻墙啊。"

剩下的两人都沉默了。

事情最终以许啄拒不承认自己砸了窗户，大家继续寻找真正的肇事者结束。

"等会儿，你刚才进来，看到我头上有伤，为什么笑了？"

冀晨还在负隅顽抗，但许啄已经累了。

许啄："因为讨厌你。"

冀晨气得语塞。

许啄在李木森敬佩的目光中向对方不卑不亢地鞠了一躬："老师再见。"

许啄走出办公室，在身后带上了门。

冀晨就站在走廊上匪夷所思地看着他。

对，匪夷所思。

许啄在心里再次叹了口气。

他从七岁的时候就知道向老师告状没有用了，但是冀晨都快十七岁了，好像还是不明白这个道理。

"以后不要再耍这种把戏了，没用的。"

若是没有秦峥撑腰，借给冀晨两千个胆子，他也不敢招惹许啄。

但是……

许啄走到冀晨面前停住了步伐。

"今天这事是你自作主张吧。"

许啄微微歪头，似笑非笑地看着男生头上的绷带："回去想想怎么和秦峥解释吧。"

冀晨瞪大了眼睛："你……"

许啄走了。

18

"你是不是脑子真的有病？"

教学楼天台上，秦峥扫了冀晨一眼。

"你是小学生吗，竟然还去告老师。"

周围毫无坐相站相的少年们笑作一团。

脑袋上耀武扬威缠了一上午的绷带忽然变得烫头起来，冀晨尴尬地扯了扯嘴角："对不起……"

但许啄怎么知道秦峥会生气的？

"因为他的手法更低级。"

午餐时间，只剩下七八个人留在教室里，关关从许啄餐盒里挑了一筷子小白菜到自己面前，又换了一块红烧肉还给他。

女孩子的眸光颇有兴致："比如呢？"

"比如，"许啄又把小白菜换了回来，"把我宿舍的门锁用口香糖粘住。"

关关瞪大了眼睛："……这么低级啊？"

许啄点了点头。

就是这么低级。

19

"低级，但管用。你懂什么。"

秦峥踢了一脚刚才笑出声来的人："这个学校，除了那个姓关的女的，还有谁敢搭理许啄？"

关关的名字朗朗上口，直呼其名其实远比"姓关的女的"要顺嘴得多，但这个名字太温柔了，两军对垒，他开口便是一句"关关"——无论有多气势汹汹，人家都会以为他对她有意思。

"他今晚要不就在那里处理门锁，要不就像昨晚一样，继续翻墙。"

秦峥笑了笑："最好是翻墙吧，落荒而逃的戏码才最适合他。"

打不开的宿舍门，甩了墨的教科书，不小心泼在身上透心凉的脏水，以及身边置若罔闻的同学。

晚自习的时候，一张字条从教室尾巴一排排地传到了许啄的手里。

——他们说得对，这些招数，果然只对你弟弟管用。

许啄手指一颤，关关却已经把字条抽了过去。

只余翻书落笔声响的教室里，座椅挪动的声响非常刺耳。

女孩子利落地起身走到教室后排，站在秦峥面前，将自己手中的厚厚书本高高举起，又"啪"地砸到了男生的桌上。

非常悦耳。

冀晨："你是不是欠……"

秦峥似笑非笑地拉住了旁边要起身的男生。

教室后门不知从何时开始便冷脸立着位教导主任，秦峥满不在意地对关关比了个邀请的手势："女士优先？"

关关冷冷地看了他一眼，转身向后门走去。

又是椅子摩擦地面的刺耳噪音，秦峥从座位上站起来伸了个懒腰："哎，我可真是无辜啊！"

无辜你个大尾巴狼。

所有人在心中默念了一句，但没有人敢说出口。

字条被抽走的那只手握紧了些，许啄深深呼出一口气，在全班的注视下，起身离开了教室。

若只是他自己，那前面经历的那些事其实根本不算什么，但对三年前的许偲来说却不是。

他的弟弟，曾经历过最彷徨无助的时刻。

"别惹我。"

关关在办公室罚着站还给许啄挤过来了一条短信。

听起来很火大，像是发错了对象，但是许啄却读懂了"别干傻事惹我不开心"的全文大意。

好吧。

三年都忍过来了，不差这一会儿。

完全依着秦峥的剧本，许啄对眼前的一切心生厌倦，准备再度翻墙离校。

一回生二回熟，他跑得快，很快就回到了昨天的地方。

一点犹疑也没有，许啄就地起跑，在墙边利落起跳，抬手摸上了围墙的边缘。

手机刚好没电，耳机里的音乐声戛然而止，以至于头顶的窸窣作响如此明显。

有人又在墙上画画了，这次作案工具换成了喷漆。

许啄坐在围墙上，很安静地看着他。

… 第二章 …
/ 脑内啡的战争 /

1

你听过印随行为吗?

一些刚孵化出来不久的幼鸟和刚生下来的哺乳动物学着认识并跟随着它所见到的第一个移动的物体——通常是它们的母亲——这就是印随行为。

贺执小时候养过两只小鸭子,后来它们不见了,某位叔叔在一周后端着一盅鸭汤笑眯眯地送到了他家门口。

从那之后,贺执再也没有养过小动物。

但现在,贺执觉得,他又捡到了一只小鸭子。

结巴的那款。

印随行为一般在动物刚刚孵化或出生后发生。比如刚孵化的小鸭子如果没有母鸭,就会跟着人或其他行动目标走。

小结巴跟在他身后,已经走了三条街了。

今晚的月光好明亮,贺执又换了面墙涂鸦。

手里的喷漆已经再也晃不出丁点儿颜色,但还差最后一点儿没有画完。贺执分心想着角落里的小结巴怎么不见了，抬手把最后一罐喷漆也丢进了有害垃圾桶。

这么晚，所有的文具店都应该关门了，但许啄却不知从哪儿找来一罐猩红色的喷漆，在贺执扔完垃圾后及时回到了他的面前。

可贺执看着他，并没有接过喷漆。

"你一直跟着我干什么？"贺执问。

许啄垂着眼皮，似乎早在路上就准备好了答案："我还不知道你的名字。"

贺执接过喷漆在墙上续尾，漫不经心道："他们都叫我执哥。"

这个他已经知道了。许啄背过手，一板一眼地咬字补充："我是说大名……"

喷漆被藏在身后，贺执突然转身，似笑非笑："问别人名字之前不应该自报家门吗，许啄同学。"

许啄面无表情地眨了眨眼，不知道是被吓着了，还是他心中确实毫无波澜。

"贺执。"

似乎还是被吓着了，小结巴竟然一时没反应过来他在说什么。

贺执看着他，唇边收敛了些许戏谑："名字，贺执。"

许啄盯着他腰际露出一角的喷漆罐子，似在出神："你的名字，和从前的一个首辅一模一样。"

贺执眨了眨眼："嗯？"

太傻了。

许啄干脆得不像个结巴了："没什么。"

贺执皱了皱眉："首辅是什么？首富他弟吗？"他两眼问号。

贺执触到知识盲区了。

周围好安静，贺执看着许啄，像在认真等待答案。

许啄抿着嘴，忽然就笑了出来。

"你笑了，"贺执觉得很新奇，"你之前为什么不笑，我吓到你了吗？"

刚才没吓到，现在吓到了。

高个的少年不满地眯了眯眼睛，又像是想到什么一般，浓密睫毛下的那双细长凤眼垂了下来。

"小结巴。"贺执似笑非笑，又或许掺着叹息。

2

许啄没有骗人，小的时候，他确实结巴过。

具体时间在许暨安把他从福利院接回来的那一年，他突然开始结巴。

结巴到上小学，又在某天没来由地好了。

此刻，许啄站在月色巷道中回忆过往。

不知道为什么，总觉得自己的头有点昏昏沉沉的，就连脚步也跟着跟跄了下。

贺执见状，抬手在他额头上随意碰了下，收回手又在自己额头上试了试温度。

"好像有些发烧啊。"贺执喃喃自语。

谁在发烧?

许啄迷迷糊糊地抬起手揉了揉眼皮："我……我没有发烧。"

这话太没有底气了，连许啄自己都觉得没有说服力，他蹲了下来，为自己控制不住的软弱懊恼。

贺执蹲在他面前，笑吟吟地说："原来真的是小结巴呀。"

许啄抬起眼皮，毫无威胁力度地瞪了他一眼。

小鸭子还会瞪人，挺新奇。

贺执来了兴致："你再瞪一下给我看看。"

许啄两眼发直地看着某处，黑眼睛似是渐渐结了层雾似的。

贺执唇边的笑意渐散，但就在他以为金豆豆要掉下来的那一刻，许啄却垂下脑袋将脸埋进了膝头上。

大约还是没有哭吧，谁哭的时候呼吸还这么匀长和缓呢。

但许啄是个结巴啊，没准儿结巴哭起来气息节奏就是和别人不一样呢。

"小结巴。"贺执又喊了他一声。

但小结巴不吭声，可能哭晕了，而在贺执费心思索到底要怎么办的时候，许啄却突然抬起头。

"我困了。"许啄说。

3

贺执又把许啄"捡"回家了。

"我就说你今天晚上怎么这么奇怪。"

贺执拧干毛巾，给躺着的许啄擦了擦脸。

生病的小结巴可真听话，被人用毛巾胡乱揉弄也不生气。

贺执将毛巾在床头的水盆里重新打湿拧干，回身搭在了许啄的额头上。

他还想继续叨叨，但许啄却突然耷拉下眼皮，跟他说："对不起。"

贺执把准备好的"不客气"咽了回去，有些纳闷："对不起什么？"

许啄从来不会欠别人的人情。

可能因为他不知道怎么报答。

而且除了关关，也从来没有人在他有需要的时候就真的伸出手来，跟他说："别怕，我接着你呢。"

从来没有。

"你救了我，秦峥不会放过你。"

秦峥又是哪个？

贺执纳闷："我怎么救你了，不是你自己跟着我一路回来的吗？"

好像是这样没错。

许啄："那，对不起。"

贺执都要笑累了："又对不起什么？"

许啄蒙着被子，声音闷闷的："我跟着你跑了，秦峥不会放过你。"

原来就这点儿事。

"没关系，我不怕。"

听着贺执沉静的声音，许啄好像终于放下心来，他闭上眼睛，察觉到额上的毛巾被人换了一面。

人在病中，容易脆弱。

这话好像贺妗曾说过，起因是他们母子两个去探望水痘男孩儿林宵白。

彼时，林宵白就是那么支棱在他家客厅里，饭来张口，衣来伸手，狂得都敢招呼他执哥给他倒杯糖水。

跟林宵白一对比，小结巴可低调多了。

今晚月色很美，天窗洒下来一屋飞舞的光尘，贺执坐在一旁出神，他早习惯了昼伏夜出，作息时间颠倒，这会儿一丁点儿也不困。

也不知道小结巴睡着没有。贺执好无聊，自言自语。

"小结巴，两百块钱还给你，要给就给多点，执哥家住宿很贵的。

"小结巴，你怎么天天被人欺负，真可怜。

"小结巴，我饿了，你饿不饿？

"小结巴。"

他顿了顿，说："你说话的时候为什么从来不直视对方。"

屋子里很寂静，这会儿连呼吸声都没有了。

贺执扯了扯嘴角，自吹自擂："我是不是很厉害？毕竟也是凭实力考上过你们学校的人啊。"

被他吵得睡不着的许啄把被子掀开了些。

他似乎愣住了，片刻后才眨了眨眼，"啊"了一声。

4

贺执的母校是信中。

燕城只有一所中学叫信中——许啄上的全省排名前三的信雅中学。

林宵白就算了，竟然连贺执都考进来过，这所学校以前可真是有教无类啊。

第二节课下课，教学楼里空了大半。

远处窗外是广播体操的音乐声，关关坐在自己的桌子上，扶着拖把新奇地眨了眨眼。

她都瞧了半天了，许啄在讲台上擦着桌子忽然就发起呆来，而且呆着呆着，嘴角竟然还微微勾了起来。

"秋秋，你在笑什么？"关关不禁问。

许啄回过神来。

"没什么。"他语调很轻。

关关对许啄皱了皱鼻子，但很快又笑了出来："你昨晚跑到哪里去玩了呀？我回来的时候你就不见了。"

昨晚关关在晚自习时和秦峥发生争执，二人双双去了办公室，趴在彭主任的桌边一人写了一封检讨。

彭建华冷笑一声，大手一挥把关关赶走了，男生刚想揣着兜一起离开就被大人从身后叫住。

"秦峥，你是想步你哥哥的后尘吗？"

秦峥冷了脸，转过头来："主任，我不知道您在说什么。"

彭建华点了点头："有些事情，再一再二或许就那么糊弄过去了，但等到再三的时候，就回不了头了。"

你是再几了呢？

秦峥"嘭"地把办公室大门摔上了。

关关抱着她的木拖把笑得花枝乱颤："太爽了，我真的在办公室要爽飞了，哈哈哈！"

幸而教室里这会儿就他们两个人，关关的形象还没有到不可挽救的地步。

"秦峥学什么不好，非学他哥，再来一次，我看他也要被赶出国待着了。"

但出国有用吗？

许偲整夜在床前枯坐，可伤害了他的人却仍然可以在太阳下嬉笑行走。

许啄垂下了眼皮。

关关小心打量着许啄的神色，放缓了声音："秋秋，今天你弟弟是不是要返校啊？"

许啄点了点头，拿起黑板擦擦起了上节课的正余弦公式。

关关将拖把拉在身后满教室转圈："你不去看看他吗？"

许偲比他们小一岁，但是小时候连跳了两级，三年前那件事让他休学了一年，许偲现在和许啄一个年级。

这会儿许暨安的车应该已经到校门口了。

许啄看了一眼窗外，轻轻地摇了摇头。

"我不去，比去了好。"

5

"小偲，晚上放学爸爸还在这里等你。午饭在书包里，困了的话可以去医务室休息。如果还有什么事，可以直接和老师说，或者去楼下，找你哥哥。"

许啄在高一一班，许偲在高一四班，但是他们却在两个楼层。

最开始转学过来的时候，许暨安是很想让他们兄弟俩一个班的，但梁妍却为此大动干戈，好像许偲变成现在这个样子都是许啄一手造成的似的。

那天他们吵得很凶，甚至忘了许偲还在家里，一直到客厅的花瓶被砸碎，他们方才走出来，看见许偲光脚站在一地清水与碎片残花中，冷着脸一字一顿："我不和他一个班。"

是从什么时候开始，他们两个变成现在这个样子的？

说是让他有事去找哥哥，但许暨安心头发苦，知道许偲无论如何都不会去找许啄的。

他的儿子才十五岁，但是在很久以前的某一天，许偲便好像一夜之间长大了。

幼年时愿意依赖人的那部分基因被许偲随手遗弃在时间长河，不只是许啄，就连他，连梁妍，没有一个人是许偲受伤时愿意求助的对象。

到底从哪一步开始就做错了。

是让他去寄宿学校，让他离开家早早与许啄生疏，还是更早一些，被他无意中撞见了自己父母的离婚协议书。

许暨安自小亲缘寡淡，如今尤其珍惜亲情，可讽刺的是，这个世界上唯一两个与他流着相同血液的孩子，竟然也是他在这个世界上最亏欠的人。

"小偲。"

少年人神情冷漠地推开车门，许暨安忍不住又出声叫住了他。

许偲背对着没动，但也没有回头看他。

"就快期中考试了，爸爸知道你在家里也有好好学习，压力不要太大，无论如何你都是我的骄傲。这次家长会，爸爸也会过来的。"

一场家长会而已，在他们家里竟然也成了大人褒奖与惩罚的手段。

许偲甩上车门，头也不回地走了。

"听说高一四班要转来一个新同学。"

"据说留了好几级。"

"好像因为有病。"

"又来个有病的啊？我们班怎么成收容所了？"

打从进校门开始，一路上的闲言碎语便争先恐后地钻进耳朵，周围的人面目模糊，每个人都好像在指着他窃窃私语。

许偲闭了闭眼睛，心里想着他那位心理医生最得意的疗法。

"哎，你们班上学期来的那个回学校了吗？"

"没啊，这学期我都没见过他，该留级了吧。"

"就像今天转来的这个一样？哈哈哈！"

"嘴太碎了吧你，有什么好笑的。"

肩上的书包有些重，许偲慢腾腾地挪着步子上了二楼，楼梯口有人挡着，他低着头，默不作声地往边上挪了挪。

"许偲？"

好像有人在叫他。

许偲抬起头，眨了眨眼视线才勉强聚焦，瞧清了面前这忽然沉默的三四个人。

哪个在叫他。

"许偲，你来上学了。"

中间的那个男生推开同伴走到他面前,语气很和缓:"你身体好些了吗?书包重不重,我帮你拿吧。"

许偲摇了摇头,视线落回足尖,很轻地说了句"谢谢"。

"他这干吗呢?"有人难以置信地出了声。

"闭嘴!"

窦晓宇回头瞪了他们一眼,再转过头来时却是微微一愣——许偲已经越过他们,向班里走去了。

"许偲,你别听他们胡说八道。"

少年走路不快,窦晓宇几步就追上去,他伸手拉住了许偲的手臂,却被人动作幅度很大地飞快甩开。

"我没听。"

许偲的语调照例很淡,但是窦晓宇莫名就听出了几分刚刚才多出来的冰冷。

"你也离我远点。"

6

班上来了个新同学,许偲在路上听说了。

但他们具体还说了些什么,许偲已经忘得差不多了。毕竟他隔三岔五就回家休息,假期半个月保底,每次回来时同学们看着他,估计也跟看新同学一样相差无几。

可是这个新同学怎么就成他同桌了。

原本沸反盈天的教室在他走进来的那一刻便跟有人动了音量键一样,越来越哑,直至静音。

许偲在全班同学的注目礼中走回了教室后排自己的位置,看着趴在另一张桌子上打瞌睡的陌生面孔,冷了脸。

"你是谁?"

他声音不大,但周围实在太安静,陌生人拍着嘴巴打了个大大的哈欠,方才撑着脸抬起头,迷迷瞪瞪地对许偲摆了摆手:"我叫程皎,也叫程咬。"

声音倒是挺好听的,但许偲却一点欣赏的念头都没生出来。

"你为什么会在这儿?"

男生也不知道几千度近视，镜片厚得跟酒瓶底一样，眼睛轮廓都瞧不清，但唇畔的笑容却很明显。

"因为我有病啊。"

确实有病。

许偲很久没有过同桌了，也不喜欢同桌这种存在。

他的右耳听不见声音，天生的，但他很久没有戴过助听器了。

小学的时候，他耳朵上异于常人的那个东西总是会招来旁人异样的目光，小朋友们学会了要挡住嘴巴窃窃私语，却忘了咬耳朵的时候还要压低声音。

"他是个聋子。"

不是的，他只有一只耳朵听不见。

他惶然地睁大眼睛，却没有人愿意听他的解释。

"你这是什么东西啊？"耳畔的助听器被小男孩一把扯了过去，本就遥远的声音瞬间销声匿迹。

他捂着被拉扯到的右耳，慌张地想要上前，却被人一把推到了地上。

"哭什么哭，小姑娘一样！"

我不是。

他只有一只耳朵听不见，另一只耳朵还是能听见的。

许偲搞不明白，他们为什么会这么对自己。

明明在家里的时候，许啄很羡慕他的右耳来着。

——很方便啊，如果不想听一个人说话，只要……要捂住一只耳朵就……可以了。

许啄是个小结巴，平时能不说话就不说话，只有在和许偲玩的时候，才会偶尔亮着黑眼睛笑吟吟地憋出一两句断句不明的语句来。

但是许偲听得懂。

许啄说，许偲的助听器很漂亮。

许啄还问他，小偲戴上去的时候，是不是可以听见别人听不见的声音。

听不见的。

到处都是吵闹的笑声。

听不见的，哥哥。

7

许偲从来没有这么讨厌过自己的聋耳朵聋得不是位置。

因为新同学刚好坐在他听得见的左边。

程皎在上课时间津津有味地读着本课外书籍，下课后又开开心心地凑到了许偲的耳边，小声道："你知道吗，心事要说给左耳听。"

他的桌子都被许偲踹翻了。

"哎哎哎，那两个精神病打起来了。"

程皎从地上爬了起来，趴在凳子上撑起了下巴。

"他们是怎么知道我有病的啊？"程皎眨了眨眼，无辜地看向许偲，"我只告诉了你一个人呀。"

"许啄，你弟又惹事了！"

教室外面有人敲了敲门，丢下一句话又走了。

许啄写完最后一个算式，放下笔站了起来。

"秋秋！"

许啄回头对关关安慰地笑了一下："没关系，我一会儿就回来。"

许偲从来不向他求助，他却不会再次放任许偲孤立无援了。

8

林宵白是下课后又去公告栏那儿溜了一圈才跑回教学楼的。

上次随便看了一眼没记住许啄是哪个班的，今天一过去就在许啄那张照片下面看见了"高一一班"。

林宵白沉默了一会儿，翻出手机相册，果不其然在他发给贺执的图片里看见了相同的四个醒目大字。

他学习差不是没有理由的。

高一一班不愧是尖子班，下课的时候教室里都那么安静。

林宵白在后门探头探脑，半天没瞧见许啄。

"你找谁啊？"身后有女孩子的声音响起，清脆得很。

林宵白回过头："许啄，许啄在吗？"

关关顿了一下："他出去了，你在这里等等吧。"

林宵白挠了挠头："算了，我还有事，下次再来。"

关关"哦"了一声，越过他要往班里走。

"等等，你认不认识一个叫关关且鸟的人啊？"

关关迟缓地转过头来。

"如果你认识的话，麻烦和'他'说一声，我想和'他'做个朋友。"

少年的身后仿佛一瞬间绽开了大片的花朵，关关不动声色地后退了一步，目光却不由自主地停在了他无比开朗的笑容之上。

"我叫林宵白，夜宵的宵，白日的白！"

关关一愣。

怕也是个傻的。

9

和所有学校一样，信中的校医室也是一个无比鸡肋的存在。

感冒发烧只有热水，擦伤断腿只有酒精，如果擦伤到了发烧的地步，那校医室的方老师会用酒精掺水，劝同学给你物理降温。

"方老师，不用麻烦了，您在外面休息就好。"

许啄个子不算高，但是身材比例出落得好，像棵小树。

方馨对他印象一向好，答应了一声便笑眯眯地坐到外面去了。

许偲正坐在小床上出神，搭在膝盖上的左手包了好几层纱布。幸好，医务室昨天刚刚到了一批碘伏。

在他旁边不远，程皎正趴在椅子靠背上打哈欠。

许啄一走进里间，那角落里的陌生少年便抬起头笑了："哥哥！"

许啄微微怔住。

许偲还是没有反应。

半个学期没来学校，一节课后许偲就当众踹翻了同桌的桌子。

许啄听了消息跑到楼上，看到的画面却与想象大相径庭。

高一四班的教室后面确实是一地狼藉，但导致这一切的许偲却乖乖地坐在座位上。

许啄站在门口瞧不清弟弟的神色，但他却看得见许偲的面前蹲了个男孩子，正旁若无人地拉起许偲的手，认真地问许偲："你的手怎么在流血呀？"

许偲自己都没反应过来，还在看着手上不知何时出现的血痕出神。

今早出门前他在浴室里摔了一跤，手掌磕在锐利的浴缸边上划破了一道，原来现在还在流血。

一个人，要与外界多么隔绝，才能连自己的皮肉之伤都注意不到。

门口，许啄扶着门框的手都在颤抖。

"许啄。"

出神凝视窗外的少年忽然出了声，但目光还落在窗外的那棵槐树上。

或者他连槐树也没有看清。

许偲："你以后不要再管我了。"

他们很久没有说过话了。

许啄没有走进来，就站在医务室的门口，用他一贯的轻平调子回答："不可能。"

但那调子细听起来却是在微微颤抖的。

许偲没再开口，房间里安静得掉根针都能响成雷霆震怒了。

程皎看了看一言不发的许啄，又看了看沉默不语的许偲，左看看，右看看，最后在看见许偲微微握紧发白的手掌时，他把目光投向了许啄身上。

"哥哥，我送你出去吧！"

一副笑眯眯的样子。

总归许偲没有真的出什么事，许啄垂下眼皮出神了两秒，点了点头，先转身出去了。

"小许啄，你走啦。"

方馨从电脑显示屏后探出一张温婉笑脸："常来玩啊。"

信中校医室的方老师，是这所学校里长得最好看的女老师。

"老师再见。"

许啄礼貌地点头，身后紧跟着蹦出来的程皎。

"老师，我马上就回来玩！"

程皎笑嘻嘻地跟在许啄身后出了门。

他还真的送，一口气送到校医室所在后勤楼的大门口，挥着手特开心地告别："哥哥再见！"

这个男孩子，许啄从来没有见过，但在教室门口看到的那一幕却足够令人印象深刻。

"你为什么要叫我哥哥？"许啄眼神柔和下来。

程皎歪着脑袋，似乎不太明白他的困惑。

"你是我同桌的哥哥，那不也就是我的哥哥吗？"

语气太理所当然，令许啄一时间都哑口无言，他叹了口气，道："那，我拜托你一件事。"

"我不会让别人欺负我同桌的。"程皎回答得很快。

许啄愣了愣。

站在他面前的少年高了自己一头有余，都说眼睛是心灵的窗户，偏科生程皎的鼻梁上架了两只酒瓶底，将明亮的眼睛藏在了那漫画视觉效果一般的"蚊香圈圈线"后。

他笑起来露出一口整齐白牙，白得晃人眼睛了。

"我发誓。"

10

许偲在自己生日后的第三天返校了，可许啄却又翘课了，但他这回有理由。

"老师，我想出去买点学习资料。"

少年的语气不卑不亢，无悲无喜。

李木森看着他，"哦"了一声："行啊，我给你开个假条。"

顺利得有些意外。

许啄拿着自己人生中第一张不靠许暨安，而是靠自己申请成功的批假条，向班主任鞠了一躬，转身离开。

他耳朵灵，在合上门的那一秒，刚好听见李木森打了个哈欠小声嘟嚷："终于等到这个借口了。"

不是借口。这回确实不是借口。

下周就要期中考试了，下学期文理分科，这学期的两次大考分量颇重。许啄不是自恃天赋虚掷光阴的人，只是他努力的方法和别人不太一样。

许啄喜欢一个人不被打扰地学习。

尖子生有很多种，或多或少都有些怪癖。

每次考试之前的一周，除了新教授的内容，许啄会在老师的复习课上埋头不停地做自己的题目。

因为这个习惯，初中的时候他还被以"不尊重老师"为由叫到了办公室。

"许啄，老师知道你学习好，自信，但是学不是这么上的。老师教了十几年书，经验比你丰富，你要系统地跟上老师的节奏才能更好地掌握知识框架，你那样按照自己的方式来，一次两次或许能保持好成绩，但是你学习就只是为了一次考试的成绩吗？"

确实是。

这答案有些堵人，说出来更加不尊重老师。

许啄想了想，平静地反问："那您为什么不把邓迎真也叫来？"

老师愣住了："你说什么？"

许啄一字一顿地说："邓迎真上课也在做题，但您为什么不把他也叫来？只是因为他学习成绩比较一般吗？"

老师有些恼怒："你还顶嘴？你是第一他是第一？你不带个好头，班上同学当然跟着你有样学样！"

老师还是不太明白许啄想说什么。

许啄上课做题，下课也做题，性格孤僻。

邓迎真也上课做题，下课做题，性格孤僻。

明明是一模一样的人，但学习成绩却成了一个人被评判的全部标准，在老师眼里，只看得到许啄的光芒、许啄的忤逆。

不可悲吗？

老师还在怒气冲冲地等待他的回应。

许啄看着窗外，平静地道："他们怎么样，和我有什么关系。"

11

许啄有那种置身喧嚷闹世仍能将自己封闭在安静蛋壳中的能力，但这能力最近几天却时常会动不动失灵一下。

他在学校静不下心来，只能离开学校。

只是没想到校外也这么乱。

许啄刚从书城里走出来，手上提着一袋子新买的习题册，在拐了个弯的巷口，他竟然又遇上了一伙打劫的。

"小子，把你身上的钱都交出来。"

许啄从兜里取出刚才店员找给他的七块八，连纸币带硬币一起递了出去："给。"

为首的眉毛紧紧地拧了起来："你找死？"

怎么可能。

许啄把钱又收了回去："只有这些。"

不要算了，他还能坐公交车。

旁边的人意识到被耍了，道："老大！他耍你！"

为首的啐了一声："我看得出来！"

他口水吐得突然，许啄条件反射后退半步，非常自然地被当作了害怕。

红毛咧开嘴狞笑了一下："你不给，那就只能我自己来找了。"

许啄面不改色地握了握提着习题册的手。

然而，寂静的巷子里却突然传来了一阵摩托车的轰鸣声。

由远及近，越来越近。

许啄颇有兴味地观察起脸色剧变的三人。

摩托车赶在他们掉头逃跑之前停在了巷子的尾巴。

"哟，挺热闹啊。"

两条长腿笔直着地，贺执把脸上的黑口罩扒拉到下巴颏，懒散地笑了起来。

一人非常恐惧。

一人强作镇定："贺执，你来干吗？"

　　刚到此地的少年歪了歪身子，目光落在了他们身后静静站着的男孩儿身上。

　　贺执没回答，光是笑。

··· 第三章 ···
/ 月亮警察 /

1

周遭又安静了下来。

贺执活动着手腕从巷子里走出来时，许啄刚刚好咬下第一口雪糕。

"我也要。"

许啄点点头，从脚边的袋子里取出一袋还未拆封的老冰棍递了过去。

竟然还真的有。贺执伸手接过来，直接闭着眼睛往额头上贴了贴。

冰凉的触感一口气沁到了血液里，将他眼底残存的厉色冻成了旺旺碎冰冰，他睁眼，瞧见许啄歪着脑袋打量他的模样。

贺执抬起手在许啄眼前晃了晃，许啄眼睛眨也不眨。

不知道是天生的还是后天营养不良，男孩儿的头发颜色很浅，正午的阳光洒在他栗色的发梢上，像蜜糖。

"小结巴！"贺执忽然开口。

许啄"嗯"了一声，低头咬了一口雪糕。

贺执也把自己的冰棍包装撕开了，转身上了摩托车："钥匙。"

许啄走过去，把刚才贺执扔过来的车钥匙物归原主。

"你要去哪儿？"贺执叼着冰棍回头看他，"顺路送你一程。"

　　贺执的摩托车后座从来不载人，他也只有一顶头盔，但许啄却一点儿也不清楚刚才那句问话有多惊世骇俗，居然还轻声问贺执："你有驾照吗？"

　　"有，没带。"贺执胡乱捋了捋头发，有些无奈地拧起了眉毛。

　　"你不信的话，我回青南路取。"

　　许啄站到车前接过他手里的头盔，嘴角轻轻抿起。

　　"不用了。"

　　贺执的头盔很贵，别人碰一下会被他剁手的那种贵。

　　但此刻，他看着头盔护镜后的许啄，却也只是忽然新奇地笑了起来。

　　"要去哪儿？"

　　"都可以。"

　　"抓牢了？"

　　"抓牢了。"

　2

　　贺执带许啄去了他打工的地方，一路顺畅。

　　临街就能停车，贺执的雅马哈动静大，林宵白推门出来迎接贺执，刚刚好看见许啄从摩托车上跳下来，摘下头盔还给贺执的景象。

　　苏泊尔在门口吧台上嗑着瓜子抬起眼来，面前的手机上还在放着《可爱的客栈》。

　　贺执推门走了进来："哟，锅，又学着怎么做老板呢？"

　　门边风铃声响个没完，苏泊尔嫌弃地扫了一眼贺执，刚准备继续看综艺，就见贺执的身后又走进来另一个人，是个小朋友，眉清目秀的。

　　苏泊尔的目光瞬间和缓了许多。

　　林宵白则以"迅雷不及掩耳之势"拉着贺执跑到了角落里。

　　"执哥！"

　　贺执心不在焉地"嗯"了一声，目光还在往外面游移。

　　"等会儿我去上学，执哥你能不能也送送我呀？"

　　贺执诧异地看了他一眼："是门口没有公交车，还是你兜里没有打车的钱？"

　　林宵白："不是，你都……"

"贺执，快滚出来！"

苏泊尔在外面骂人了。

贺执揣着兜转身要走，林宵白不甘心地一把拽住他的袖子，人没拽住，倒是把他兜里的东西拽了出来。

林宵白惊恐万分地指着那个跟贺执不可能有一分钱关系的东西，扶着墙大声问道："这是什么？"

贺执掏出手里的黑色水笔，娴熟地在手上转了一圈。

"笔啊，你不认识？"

林宵白眼珠子快要瞪出来了。

"认……认识。"

"贺！执！"

"来了。"

贺执从拐角走出来，有些惊讶地发现苏泊尔这口不挪窝的"锅"竟然从吧台后面走了出来。而被他跟鸡崽子一样护着的许啄手里正捧着一盘堆成了高高小山的果盘，跟只小仓鼠似的。

贺执笑了出来。

"你还笑！"苏泊尔剜了他一眼，"不说一声就把小朋友带过来，刚带进来又被那狗崽子拽跑了，不知道这里是狼窝吗？"

他这一连串骂得真是噼里啪啦，贺执还没出声，里间已经有别人喊了出来。

"老板，谁是狼啊？"

苏泊尔翻了个白眼又回他的灶台上窝着去了。

许啄眨了眨眼睛。

他有点儿没摸清这个盘丝洞是干什么的。

明明开在酒吧街里，但又好像不是酒吧。

推门进来是个亮堂的大厅，里面颇有章法地摆着一些许啄看不懂的摆件与艺术装置，从铁器到木艺应有尽有，但人很少，除了他们三个，只剩下刚刚又回到沙发上挺尸的林宵白，不过许啄看到大厅内部还有许多小隔间，刚才的陌生声音就是从那里面传出来的。

上次那间书店也是，贺执总是出现在奇奇怪怪的地方。

"这是家画廊、美术馆……怎么称呼都无所谓，总之就是卖所谓'艺术品'的地方。"贺执跟许啄解释道。

苏泊尔冷着脸把盘中的苹果丢了过去。

贺执从身后一把接住，递到嘴边咬了一口。

"来得早先不让你干活，最里面那间这会儿没客人，带小朋友进去歇会儿吧。"

贺执的身边，很合眼缘很讨他喜欢的小朋友探了个小脑袋出来："我可以在这儿写作业吗？"

苏泊尔："……自便。"

林宵白还在挺尸。

贺执路过的时候把从许啄盘中顺的苹果丢到了他的怀中，林宵白立刻挺起来原地复活。

两个少年一高一低从走廊上拐没影了。

林宵白想着刚才在门外看到的画面，低下头没滋没味儿地咬了一口苹果，立刻"嘶"地眯起了眼睛。

"老板！你这从哪儿买的苹果！被坑了吧你！"

"不吃就滚。"

林宵白心塞地捂住了胸口。

3

苏泊尔的店在酒吧街开了很多年，一直没个名字，光在门口竖块小黑板，上面写着今日店内驻场艺术家的名字。

Tony、Garry、Eric……有的人还要在自己名字后面画颗爱心，要多奇怪有多奇怪。

"那你叫什么？"许啄问道。

贺执不像有英文名的样子，但在 Tony、Garry、Eric 后面突然加个"贺执"，好像也很奇怪。

"我没有名字。"

贺执帮他搬好小桌子，又拧开了工作台的无影灯："我只是来打杂的。"

许啄"哦"了一声，似是想起前两天晚上贺执在墙上画的那些涂鸦，小声补充："那你以后一定会很厉害。"

贺执抿着唇，带着几不可见的微笑，把兜里揣了一路的笔递到了他手边。

许啄出门买练习册，忘了买笔，中途才突然想起来。

贺执听了原因更是哭笑不得，又绕路找了家文具店，让许啄进去买个爽快再出来。

但许啄只挑了一支普普通通的黑色水笔。

买了雪糕和冰棍，许啄兜里还有五块八，贺执却主动递给了店老板十块钱："不用找了。"

许啄没动弹，老板也没吭声。

半晌，老板："这笔一支十五块钱。"

贺执："多少？"

两个穷光蛋身上一共十五块八毛钱，还差八毛没花，贺执面无表情地转头问许啄："要不再买块橡皮？"

老板："这辉柏嘉橡皮一块十……"

贺执拉着许啄飞快地跑了。

这支笔现在已经不是一支普普通通的笔了，这是他俩合起来斥巨资买回来的笔，是属于他们的共同财产。

贺执虔诚地递过去，许啄郑重地接过来。

笔一完成交接，贺执立刻松垮下来，转身溜达去许啄的果盘里偷吃的。

"……贺执。"

许啄又在后面叫了他一声，不知怎的，竟让人听出了几分脆弱。

贺执转过头来，瞧见一脸严肃盯着习题册的许啄。

干吗，题不会做？不好意思，爱莫能助。

许啄指着小桌上缓缓爬动的细如米粒大小的果蝇幼虫，脸色煞白。

"贺执，有虫子。"

贺执无奈。

"贺执"这两个字对许啄来说是不是和一般人的"天啊"意思差不多。

天啊，有人要打我。

天啊，有虫子。

贺执走过去，漫不经心地扫了一眼桌子上那只他用小拇指都能碾死的小虫子，余光落在了许啄苍白的脸上。

也是没有想到，许啄天不怕，地不怕，但他害怕虫子。

贺执伸手挡在了许啄的眼睛前。

"怕什么，执哥在。"

贺执聚精会神地用一边的瓶盖逮住了那只不知从哪儿吸了果汁变得浑身晶莹橘黄的小虫子。他正琢磨着等下就拿出去给苏泊尔看看店里的卫生条件怎么这么糟糕呢，一点儿也没发现自己随手遮住的那双眼睛其实压根儿就没有闭上。

贺执的手遮得敷衍，指节都没有合拢，什么都挡不住，唯一的功效就是稍微限制了一下视线的范围。

许啄看着少年盯着瓶盖里面的虫子默默狞笑的表情，一时间竟也忘了害怕。

"贺执。"

"嗯？"

贺执把手放了下来。

许啄看着他，眨了眨眼睛，小机器人一样，一板一眼。

"我说话的时候，会看着对方。"

贺执微微一愣，忽然也想起了昨晚自己坐在人家床头自言自语说的那些傻话。

他弯起嘴角："知道了。"

4

"秋秋。"

"嗯。"

"你最近是不是很开心呀？"

许啄的笔尖一顿，回头看向关关："嗯？"

期中考试成绩刚下来，许啄又是年级第一，关关又是班级倒数第七，但女孩子趴在桌子上歪头看他，笑得比年级第一还开心。

在接连两天没有住校后，许啄在第三天回校以后被宿管大爷约谈了。

"你的门锁我已经找人换好了，这是新钥匙，只有一把，别弄丢了。"

许啄点了点头。

本来还想和学生聊聊前天晚上无故没回宿舍的事，但许啄的眼神实在过于清澈无辜，宿管大爷最后还是一脸复杂地把他放走了。

再后来，许啄也没再给过大爷约谈的机会了——他每晚都按时回宿舍休息，楼上那扇被砸碎的窗户早就换好了，而秦峥那个小霸王不知为何也突然想通，不再住校了。

现在宿舍楼里面只剩下了连午饭都要别人接济的穷学生许啄。

每天上午四节课后，许啄会从李木森给他开的一周份额的假条中抽出一条揣进兜里。

信中中午基本没有学生回家，他一个人踩着午休铃声走出校门，沿着学校外的林荫大道向东走上五十米，会看见有一个人骑在路边的摩托车上，仰着脑袋，闭着眼睛，在打盹。

许啄会在靠近他的时候接起对方凭肌肉记忆递过来的头盔，一边往脑袋上扣，一边轻声问他："你这算不算疲劳驾驶？"

贺执半睁开眼睛懒洋洋地看他："算，你怕不怕死？"

许啄摇头："不怕。"

贺执便笑笑："怕也没关系。"

许啄重复："不怕。"

贺执："厉害。"

许啄点头上车。

苏泊尔的店本来只是贺执晚上赖以生存的寄身之所，但自从多了个许啄之后，连白天贺执也开始出没了。

没办法，他俩都是穷人，而苏泊尔包吃不说，还能包个午睡场地。

许啄晚上睡得早，但相应的，他从来不睡午觉。

贺执三天两头通宵，一进门就直挺挺倒在沙发上装死尸。而另一边，许啄会在苏泊尔慈爱的目光中吃完午饭，面不改色地从书包里拿出他的练习册与草稿本。

店里的大厅是他俩白天固定驻扎的地方。

有好几次，客人一进门就瞧见一个小孩儿坐在茶几边的地毯上写作业，在他身后，另一个没出息的用手臂挡着眼睛呼呼大睡，知觉全无，连胳膊垂到地上了都不知道。

于是，他们狐疑地转头询问坐在吧台后嗑瓜子的漂亮男人："那俩你生的？"

苏泊尔一个白眼翻得能瞬间变身索命美杜莎："g—u—n，滚。"

客人立刻摆手滚去寻找预约的 Victor 老师。

闹钟定在两点整，在响够十秒后，贺执会抬起垂到地上的手，缓缓按掉叫嚣的闹钟，然后再送永远满格电的小机器人许啄去上学。

日日皆是如此，一直到许啄结束期中考试。

算起来，许啄已经有一周没出过校门了。

"关关。"许啄忽然喊道。

"嗯？"

短暂的春天早就过去了，伴着蝉声，夏日开始明目张胆。

窗户不知何时打开的，突如其来的一阵风将素色的帘子鼓起，一室静谧。

许啄看向窗外，很安静地笑了一下。

"我好像，交到了一个新的朋友。"

5

期中考试后的家长会安排在了成绩出来的当周礼拜五。

许啄照例走进办公室帮许暨安请假，没想到这回好糊弄的班主任却突然说了声"No"。

"你们家太不普通了吧，从小孩儿到大人都这么爱请假。上学期就算了，但下学期就分班了，要提醒要准备的事还蛮多的，所以这次不可以哈。"

李木森以奇低的笑点闻名燕城英语教学圈，但笑点诡异并不代表这个人会更好说话。

许啄没再求情，微微鞠过一躬就离开了。

没关系，他还有别的方法。

"秋秋，你看这个怎么样？"

关关把手机屏幕伸到许啄面前，兴致勃勃地介绍："这是这回来给我开家长会的大叔介绍的，盘靓条顺……哎哎哎，你视线别转移啊，我的意思是让你看看他当你爸爸怎么样。"

这话说得可太别扭了。

关关轻咳了一声，压低声音道："我知道你的打算是干脆不通知你小叔直接回宿舍睡觉，但咱们小李同志会放过你吗？你这回要是不找个人来开家长会，他肯定会在结束后直接绕到楼上去找你小叔喝茶聊天。你想吗？"

不想。

许啄被成功说服，总算从笔记本上抬起了视线。这一抬，他的目光立刻就定在了手机屏幕上。

"怎么了，可以吗？"

许啄愣愣地看着她手机。

"哎呀，我知道有点年轻了，当你表哥也行嘛！也不贵，咱俩一起打八八折呢！怎么样！怎么样！怎么样！"

许啄最终还是点了点头，轻声说了句："好。"

6

"李叔，您刚说什么？"

贺执举着水管匪夷所思地抬起头来。

"我说，我给咱俩找了一份零工，今天晚上去附近高中，给人开个家长会。"

烧烤店白天客人少，但李叔一般情况下都不会绕到后院来打扰贺执。可今天他不仅来了，还带来了一个让人哑口无言的理由。

"不是……"贺执把水管拧住扔到一边，"高中小孩儿来店里吃东西顺便请您帮忙装爹就算了，怎么还跟我扯上关系？"

李叔搓搓手，嘿嘿笑出声来："那孩子还有个同桌不是？"

贺执无言以对。

摩托车一周没用过了，今天天气好，贺执难得在午后睡醒下楼，准备把他的爱车从头到尾好好清洗一番，哪想着头还没洗完呢，李叔就进来了。

贺执："第一，我发过誓这辈子不进校门了；第二，我忙着呢，您有工夫我没工夫；第三……"

想不出来第三。

贺执："总之我不去。"

本来也没抱太大希望，李叔叹了口气："知道了，你晚上辛苦，还是好好休息。我答应那孩子，也是因为看她太可怜了。"

——叔，救救我吧。就我那成绩，我爸妈看到非气晕昏厥过去不可。而且他俩都在外地辛勤打工，不在燕城，我那么努力，还只考那么点儿分，他俩看见得多伤心啊。叔！叔！救人一命胜造七级浮屠啊叔！

贺执无奈。

这什么烂借口。

毫不怀疑相信了这烂借口的李叔还抹了两滴泪珠："现在的孩子都不容易啊，那小姑娘学习成绩不好害怕爸妈伤心就算了，竟然连她同桌也不愿意家长来学校。听说那孩子回回都考年级第一呢，我要有这么好的儿子，得天天烧香拜佛去。"

年级第一还找假爹，贺执松开被自己擦得倍儿亮的后视镜，心不在焉地想起了许啄。

林宵白说过，许啄学习很好，回回年级第……

贺执抬起头来："叔，那俩小孩儿高几？"

李叔："呃，高一？"

贺执："我去。"

李叔："不用勉强，你不是……"

贺执斩钉截铁："第三，我去。"

7

周五家长会，校门外面比平时还要热闹，傍晚的天色已经有点暗了，关关拉着许啄在校门口吃了碗小馄饨，走出来的时候都能看见月亮了。

"秋秋，要不你先回教室歇着吧，等会儿我接上咱'爸'咱'哥'，对好词儿就来。"

这事儿做得不靠谱，得十分隐蔽，女孩儿凑在男孩儿一侧咬耳朵，远远看过去大可用四个字来形容——亲密无间。

马路对面，贺执抱起双臂，冷漠地扶了扶自己鼻梁上夹的墨镜。

小结巴不好好学习，在大街上瞎晃什么。

"也快到了，我陪你等吧。"

店门口人来人往，总有冒失鬼急急冲进冲出，许啄把关关往自己身边拉了拉，免得她被刚才投胎般冲进店门的小鬼蹭到。

李叔忐忑不安地看了一眼身边的贺执，十分担心他的狗脾气发作，弱弱道："要不小执你还是回去吧，你不是还有别的事要忙？"

贺执："我不。"

李叔无奈。

得，狗脾气确实来劲了。

"怎么还不来呀，不是约的晚上七点见嘛。"

关关握着许啄的手腕看了一眼他的手表："这都过一分钟了，我这'爹'也太没时间观念了。"

家长会七点半开始，从校门口走到教室得十来分钟，路上还得把今天的词儿套好，任务很紧的。

不过许啄压力倒不大，他四下看了看，不费吹灰之力地看见了刚刚走过斑马线的贺执。

许啄："来了。"

"嗯？"关关抬起头瞧见李叔，立刻开心地挥起手来，"叔……'爹'

啊！您来啦！"

"来了，来了。"

头发稀疏的男人有双炯炯有神的眼睛，笑起来很慈祥："店里收东西稍微晚了点，不好意思啊。"

"没事，没事。"

关关走过去与他并肩，开始亲切地互相介绍："秋秋，这就是我今晚的限定老爸了，这位……"

关关侧身看了一眼旁边盲人一般的高个少年。

李叔点了点头。

"嗯，那这位帅哥就是你今晚的限定表哥了。"

表哥挺酷，白衫牛仔裤，一副墨镜遮了半副精致五官，留下半副精致五官，看起来就像个微服私访的三线明星。

关关已经拉着李叔开始串词儿了，许啄无声打量着还在扮酷的贺执，没有说话。

"哎，帅哥，你挺有表演天赋的啊。"关关挺欣赏地想拍拍贺执的肩膀，奈何太高，碰不着。

"你呢，我就不交代什么了，反正对待秋秋老师们只会猛夸，你到时候就保持现状，冷冷淡淡，从容不迫，宠辱不惊，偶尔点头示意即可。"

贺执："我不。"

关关："？"

李叔哈哈干笑两声。

馄饨店前，红招牌下，高个少年插兜弯腰，声音不咸不淡："我这个人话多，憋不住。你说呢，我能说话吗，表弟？"

这欺负小孩的举动真是丢人现眼，关关看不上，抬起腿要上前救美，可当视线扫到许啄并没有与她对视上的目光时，她一下子又愣住了。

许啄："天都黑了，戴墨镜能看清吗？"

贺执："……看不清。"

贺执冷着脸，自己取下墨镜。

世界又恢复了彩色。

许啄抬起手腕看了一眼表针："七点过五分了，我们走吧。"

8

"'爹'啊，靠窗那个空位就是我的座位，你进去坐下后，只要低头看我的卷子就行了，不必和周围人有任何交流，跟'表哥'也最好装不认识。家长会结束后老师没准儿会留您讲话，别怕，就照着我之前给您的词儿背就行——您背下来了吧？"

高一一班门口，关关还在拉着"老爸"做最后的确认。

李叔第一百八十一次点了点头，来时的紧张被关关一路上消磨殆尽，此刻只想立刻进班坐下。

"等等。"关关又把他叫住了。

李叔在心里叹了口气，回过头准备把那张字条上的内容从头到尾给女孩儿再背一遍。没想到关关却趴在门框边上，皱着眉头，一脸困惑地向教室窗边看去。

那里是已经落座的贺执和跟他说话的许啄。

"爹。"

"嗯？"

"他俩怎么认识的啊？"

"……我也想知道啊。"

"等会儿教导主任会在广播里讲十几分钟，然后各科老师会依次进来讲解这次考试的情况，大概会开两个多小时。别的老师没关系，无聊的话可以干些别的。但是政治老师，就是一位戴红色镜框眼镜的女老师，她进来之后要稍微忍一忍。"

大名鼎鼎的年级第一许啄同学，正在家长会前嘱咐儿子一般事无巨细地交代他的"家长"，什么时间适合玩手机。

周围竖着耳朵想听学习经验的家长们一愣。

贺执觉得有点奇妙，小结巴第一次一口气和他说这么多话。

"表弟。"贺执叫他。

"嗯。"

"我手机没电了。"

许啄手揣在衣兜里摸了摸，掏出个坚果模样的充电宝递过去，连数据线都有。

贺执："……你是哆啦 A 梦吗？"

许啄还没回他，班主任李木森已经走了进来："各位家长晚上好啊，学校广播出了点儿问题，今晚主任就不发言了，我们直接进入主题吧。许啄？你怎么还站在这儿，要给叔叔阿姨们分享下学习经验吗？"

许啄摇了摇头，转身撤了，李叔刚好与他擦肩回到关关的座位上。

每次家长会班里都要留两三个学生，在开始之前帮忙引导家长落座，再在每位老师快讲完话之前跑去办公室或其他班请其他科目的老师过来。

这差事一般留的都是住校生，这次刚好轮到许啄和关关。

"秋秋。"

走廊那头，关关飘着气音对许啄招了招手。

高一压力不算太大，不像高三楼层一片死寂，高一这边的走廊上这会儿还有不少学生压着声音嬉笑打闹。许啄绕开一对相互绊脚的幼稚学生，被关关一把拉住手腕走到了无人的茶水间。

"秋秋，你之前认识'表哥'？"

许啄不出意外地点了点头。

你们什么时候认识的？认识多久了？"表哥"是干什么的？"表哥"怎么会出现在这里？你之前提到的新朋友……

问题一大堆，关关不知道先问哪个才好。

她歪着脑袋想了半天，最终还是问出了此刻最关心的那个问题："既然'表哥'可能是'亲生'的，那今晚的费用还能再继续打折吗？"

9

"表哥"在班里打了个喷嚏。

"小……"李叔下意识地出声关心，被贺执从桌子下面拍了拍手。

差点儿露馅。

讲台上年轻的英语教师正在风趣幽默地讲着冷笑话，全班家长捧场地笑出声来，只剩下他们这个角落格格不入。

贺执在无所事事地玩充电宝，李叔在皱着眉头研究试卷。

138 分，英语。这分儿是高还是低啊？

看不懂，下一张。

127 分，语文。好像有点儿低了。

135 分，数学。还行吧。

物化生，85 分上下徘徊。政史地，稍微低些，80 分上下徘徊。

下一张，成绩单打印条。

关关，年级第 72 名。

李叔的脑海里回响起女孩子在自己面前哭诉的话语。

"叔啊，就我那成绩，我爸妈看到非气晕昏厥过去不可。"

"叔啊，我那么努力，才考了那么点儿分。"

"叔啊……"

不用爸妈了，李叔觉得他现在就要气得昏过去了。

现在的孩子，压力真是太大了。李叔没有孩子，要是有个孩子能考这种成绩，他隔三岔五就得上祖坟瞅瞅看冒没冒青烟。

关关的亲生爸妈心得有多狠才能把孩子吓成这样啊。

李叔心里此刻流淌着满满的酸涩父爱，贺执却在旁边无聊地打了一个哈欠。

窗外天已黑透，只有几盏路灯照亮了楼下的大路。

远处是打着白色射灯的操场。

小结巴现在在哪儿玩着呢？

跟贺执的猜想相反，许啄这会儿在窗边学习呢。

他们要时刻关注班级动向，随时准备去叫老师，走不了太远。

明天周六，关关乐得轻松靠在墙边看网络小说，远处高楼的灯红酒绿投射过来，许啄手指点在落灰的窗户上，在一笔一画背写着燃料电池的化学方程式。

关关正看到搞笑的地方笑得直抖肩膀，余光瞥到许啄的动作，笑容虽没收起来，手机却放下了。

"秋秋，你在紧张呀。"

从小到大，许啄永远都是那么一副表情单一的样子，似乎世上少有触动他情绪的事物存在。

但也不是完全没有。

每次许啄觉得焦虑、不安、紧张，他都会毫无自知地拿起最近的纸笔，写长难句，写数学公式，写长长的《长歌行》。

那现在呢，许啄在紧张什么？

不是班里面的"表哥"。

许啄对这场家长会没有上一丁点儿心，就算贺执被一秒拆穿身份，估计他除了平静地把人送出去，也不会有别的任何反应。

那会是什么呢？

其实挺好猜的，毕竟从小到大，他的每一次焦虑不安，几乎都只为了那一个人——许偲。

关关："秋秋，我在这里守着，你上楼去看看吧。"

许暨安今天来给许偲开家长会，也不知道司机有没有把许偲送回家。他们在一个年级，许暨安来学校肯定会先在一楼找找看许啄在不在，而他势必是不在的。

他是故意的——和关关出来吃饭，避开许暨安。

不是不想念小叔，只是如果许偲跟在父亲身后看到许暨安来找许啄，也许会不开心。

梁妍有句话说得很对，他们夫妻俩混账，从小没能给许偲一个美好的家庭，但至少现在要给他一段完整的父爱与母爱。

许暨安不该把爱分给许啄，哪怕并没有别的人来爱他了。

"……秋秋？"

许啄收回手，摩挲了一下指尖浅浅的灰。

"没关系，"他笑了笑，"我就在这里。"

10

贺执的《疯狂动物园》已经开拓到侏罗纪世界了。

语数英物化生老师在台上滔滔不绝的时候，他在桌斗里捉了五只稀有恐龙，有只短手的小霸王龙看着又凶又可爱，系统自动刷新出来的名字叫"小啄"。

政治老师刚一走进一班大门，便听见窗边的少年低头轻笑了一声。

"敢问这位年轻人是谁的家长啊？"

老师扶了扶眼镜，眼神锐利，可惜被她目光锁定的少年是个傻的，还在对着手机屏幕神秘微笑。

"许啄，那是许啄的哥哥。"有家长出声帮忙作答。

"许啄啊。"老师眯了眯眼睛。

今年的这个年级第一，科科成绩接近满分，唯独政治，没有一次上过 70 分。

其他科目的老师有多喜欢他，政治老师对他的意见就有多大。

教室里很安静，迟钝如李叔都察觉出了不对，他抬起头，悄悄地戳了戳贺执的手臂。

套圈失败，让新物种跑了。

贺执不太爽地抬起头来，正对上讲台上女老师不太爽的表情。

这是谁？

贺执皱着眉开始回忆小结巴对他的嘱咐——不要招惹戴红色镜框眼镜的女老师。

而眼前是个女老师，戴了眼镜，镜框还是红色的。

好的，他似乎已经招惹了。

"许啄的哥哥是吧？"女老师勾起嘴角笑了起来。

贺执后背一凉，也坐在座位上扯了扯嘴角："您好。"

"许啄同学从初中开始蝉联第一名的宝座也快有四年了，一直也没听他给同学们传授过什么学习经验，不如今天就请许啄的家长上台，满足一下大家的好奇心，讲讲第一名平时是怎么学习的吧。"

文盲贺执和文盲李叔面面相觑。

哈哈，今天轮到他完蛋了。

11

高一四班的家长会似乎结束得很早，九点刚过，楼上已经有家长和学生走了下来。

许啄回头时认出两个许偲的同学，有一个似乎姓窦，是四班的班长。

"赵小姐怎么进去这么久还没出来啊？"

关关已经快站木了，这会儿弯腰撑着膝盖叹息，没发现许啄在看什么。

"政治老师就是能掰扯，这一个班的学生下学期都未必能有五个人跳到文科班，她竟然还能讲得这么起劲。秋秋，要不我们去门边听听墙脚吧？"

没人回答她。

"秋秋？"

关关抬起头，一眼看到了走廊尽头，刚从楼梯上走下来的父子俩。

许偲和许暨安。

在他们看过来的前一刻，许啄已经走到一班门口，一把推开前门走了进去。

腰痛似的斜倚着讲台正在瞎掰"我们小啄晚上一回家就洗脸睡觉从来没见他头悬梁锥刺股刻苦用功过什么劲的但偏偏学习就是那么好连我这个表哥都生气你说你们气不气吧"的贺执和全班家长一起向门边投去目光。

刚刚走进来的少年面色比平时还要苍白几分，眼皮依旧是毫无波澜般低垂的。

"看样子下一科的老师等不及了。"

贺执的腰痛似是好了，人也站直了，还笑了起来："我的发言差不多也结束了，水喝多了，想上个厕所，各位叔叔阿姨别见笑。老师您好，老师再见。"

许啄还没回过神来，便被从讲台上稳步走下来的少年拍了拍肩膀。

"我不认识你们教学楼，表弟给我指指洗手间在哪儿。"

门在身后合上，贺执挡在他身前，回过头，远远地对上了尽头处成年男人的目光。

小结巴跑得那么急，这人八成是个大坏蛋。

贺执抬起眼皮，很冷漠地看了过去。

许暨安皱了皱眉头想要上前，却被许偲一把拽住了衣角。

"我想回家。"

"可是你哥……"

"我、想、回、家。"

许暨安闭了闭眼睛："……好。"

他们走了。

中间隔着一个贺执的肩膀，许啄都看不见他们的身影，但他就是知道，他们走了。

没什么的。

这不就是他所求的吗？心中忽然空了一块的感觉也不过只是错觉罢了。

可他却在这个时候忽然听见一句"表哥在呢"。

廊间寂静，站在眼前的少年说完安慰的话语正手足无措，许啄却侧过头，莫名其妙地弯了笑眼。

12

高一一班的家长会结束得很晚。

贺执出去"上了个厕所"，回来的时候竟然又在讲台上看见了最开始的那位男老师。

"许啄哥哥回来了呀，"李木森笑眯眯地摆了摆手，"快进来坐，我再收个尾，有始有终。"

原本只打算回来取个手机就溜的贺执被迫落座，撑着下巴无聊地继续挺了半个多小时，家长会才终于宣告结束。

这老师收的尾这么长，难道是霸王龙的尾巴吗？

已经十点多了，结束后竟然还有家长围着老师团团转。关关早在门口等着了，李木森一被家长围住，女孩儿立刻在后门向李叔狂招手，示意他赶紧跑。

"关关的家长留一下。"李木森从人群里探了个脑袋出来。

关关一怔。

李叔："……好的。"

贺执拍了拍李叔的肩膀，咧嘴笑着向后门走去。

"许啄的家长也留一下。"

贺执一顿。

李叔："哈。"

关关又从后门把脑袋探进来了："老师，许啄身体不太舒服，还是让他哥哥先送他回去吧。"

"不舒服？"李木森与贺执异口同声。

关关点点头："他在门口蹲了好一会儿了，我也扶不动他。"

等待的家长实在是有点多，时间也不早了，李木森略一思索便改了想法："那许啄哥哥今晚先带他回去吧，之后再详聊。"

贺执点了点头，这次转身却没有上次那般愉悦了。

"许啄怎么了？"

他走到门边却没看见许啄，不由得眉头紧皱。

那神情有点吓人，外人看起来大约会觉得惊恐，但关关却半点儿没被吓到。

"你跟我来。"

许啄正在教学楼门口，抱着膝盖坐在台阶上，背影孤零零的。

贺执揣着兜大步走到他面前，俯下身，非常意外地闻到了一点点酒精的味道。

他抬起头，看向正心虚地用脚尖在地上画圈圈的关关，问："这怎么回事？"

关关："就、就秋秋不开心嘛，我就把我书包里的饮料给他喝了，我们之前从来没喝过，我不知道……"

不知道这是低酒精饮料，也不知道许啄喝完会这样，从小结巴变成小机器人，所有行为模式都被写入一套固定的程序，就连抱膝的动作都跟他们第二次见面时一模一样，脑袋深深地埋起来，像鸵鸟一样。

贺执拍了拍他："小结巴，起来了，我送你回去。"

许啄的声音闷闷的，语气倒是很果断："不回去。"

贺执愣了下："不回哪儿？"

许啄抬起头，眼睛红红的，但一滴泪也没有。

他一字一顿地重复："不回宿舍，不回汇嘉。"

贺执没听过"汇嘉"两个字，还以为小结巴真结巴了。

关关连忙出声解释："汇嘉是他小叔家的小区名字。"

他小叔又跟他有什么关系？

"那要回哪儿？"

这问题好难，许啄下巴搭在膝盖上思索了好一会儿才瘪着嘴说："青南路。"

贺执眨了眨眼："什么？"

楼下的路灯闪了闪，突然灭了一盏，许啄在夜色中忽然坐起来，目光直直地盯向贺执。

"回贺执家。"

贺执静静听着，点了点头，又用食指刮了刮自己薄薄的眼皮，轻声回答："好。"

13

青南路离信中的那片逃学南墙不算远，三个路口就到，但从正门走却要远一些。

贺执背着许啄，已经走了五条街了。

许啄看着轻轻小小的一点点，但到底是个十六岁的男孩子，说句不客气的话，他现在跟两袋大米没有任何区别。

贺执走得眼神都已经迷离了。

"哎哟，我的天哪，哥，你是我哥，下来走走吧。"

贺执心想自己最近是不是熬夜太多缺乏锻炼，身体也太虚了。苏泊尔，没良心，苏泊尔，黄世仁。

许啄声音毫无起伏地回答："没关系，我不累。"

倒还挺有礼貌。

不知不觉，他们已经离家很近了，近到已经路过了两面贺执涂过鸦的围墙。

往日作品皆是浮云流水，不必留念，贺执毫无停留之意地路过，离开，在第三面墙前，他被许啄用拳头敲了敲肩膀。

贺执微微侧过头，漫不经心地问道："怎么了，我哪儿惹你不高兴了？"

许啄确实不高兴了。

他指了指被他们甩在身后的那面墙，固执地说："我要看。"

你是祖宗。

贺执又背着这袋"大米"绕回去了。

许啄这下满意了，也老实下来，安静得像一丛爬山虎。

墙上的画是贺执去年冬天画的，天气很冷，他嫌冻手，画了一半就回家了。

只不过是个半成品而已，许啄却看得很入迷。

贺执好笑地问："你喜欢这个？"

许啄点了点头，难得地坦诚："喜欢。"

许啄很喜欢看画册，但他从来不表现出自己的任何喜好。

之所以能被发现，是因为他在茶几上的练习册小山里夹了一本名字里有"警察"的书。

贺执从出生开始就不是个世俗意义上的好人，怀着难以言喻的猎奇心理，他在沙发上躺着睡不着的时候，伸手抽出了许啄的课外书。

这是本图画书，文盲也能看得懂。

贺执花半个小时完完整整地看完了那本书，结束时许啄刚刚好把他买的《小题狂练》全部做完。

贺执是个庸俗的人。

他喜欢看电影，但从来不看文艺片。

贺执喜欢爆米花合家欢大电影。哪怕其中多数都烂得让人忍不住质疑这片是不是用来亏钱的，但贺执还是很喜欢一个人去电影院里，只为支持一部网友评分"2.2"的大烂片。

生活已经够烂了，他很好奇电影还能烂到什么地步。

影厅里时而满座，时而又只有四五个人，窃窃私语的，笑的，闹的，玩手机的，人情百态皆可在一次观影中尽览无余。

但贺执对他们都没有兴趣。

他每次都会沉浸其中，无论中途剧情有多低智，只要结局所有人都幸福快乐地拥抱在一起，贺执就会很开心。

他是这么庸俗的一个人，但莫名其妙地，却很喜欢许啄的这本书。

——月球上的无人贩售机到了使用期限会自我毁灭。

——月亮警察喜欢去甜甜圈店吃早点。

——还有说话慢吞吞的疗愈机器人。

——飞船送走了最后一批地球移民，孤独的月亮警察忧伤地坐在群星之间的宇宙孤岛上。

期中考试的最后一天中午，许啄合上练习册，回头看向还在盯着结局出神的贺执。

"小结巴。"

"嗯。"

"他们之后会发生什么事？"

在绘本的结尾，月亮上只剩下了最后的一对男女，再也不被需要的警察与甜甜圈女店员在被宇宙遗弃的角落里，约定一起出去兜风。

许啄不解风情地摇了摇头："不知道。"

贺执把书盖到脸上，闻着印刷喷墨的味道，竟然精神病发作一般地开始思索哲学问题。

"那如果你是那个警察，还会继续留在月亮上吗？"

许啄想了想："应该不会。"

贺执掀开书角垂眼看他。

自相识之日开始，许啄每次说话的语速都是很缓很慢的，无论说什么都像在念诗。贺执没听过正宗的南方方言，如果他听过的话，大约会觉得许啄其实更像在轻哼吴侬小调。

而此刻，那小调中又多了一丝笑意。

"毕竟我不是警察。"

此刻，路边的音像店卷闸门只关到一半，内室的灯光洒到缺少路灯的街上，有人在屋子里跳舞，月光下的影子跳到了少年的脚边，离开得却更快。

　　而那个总是习惯用冰冷眼神张牙舞爪，实际上却只是只小纸老虎的小结巴正安静地趴在贺扶的肩上。

… 第四章 …
/ 朝露待日 /

1

林宵白觉得他家执哥最近似乎有点毛病。

好像每天除了工作，唯一的娱乐就是发呆。

"他都十八岁了，到想谈恋爱的年纪了吧。"

快递刚拆开，苏泊尔对着门口的日光比看着自己指头上新戴的戒指，悠悠说了一句。

"怎么可能！"林宵白反应颇大地从沙发上弹起来，"你不要把你的肮脏想法往我执哥脑袋上扣！"

苏泊尔翻了个白眼："对对对，你执哥一心只想着怎么好好学习重回校园考上大学匡扶贺家重振往日辉煌。"

"那倒也不至于……"林宵白害羞地捂住了嘴巴。

"这也被你知道了老板？"

贺执推开门，眼皮困倦地耷拉着，从头到脚都写着"别惹我"和"起床气"。

苏泊尔把戒指取下来收回了盒中："小许啄都回学校了，你最近怎么还天天那么早就来店里，话先说好，我可不给你加钱的。"

贺执"嗯"了一声，进屋收拾了一会儿，又拿了个本子和炭笔走出来。

苏泊尔的店面以售卖定制一体化为盈利方式，他提供工作场地和交易场所，艺术家们把自己的作品挂在他这里代售，也有人定期驻店，为特意上门的客户提供定制服务。贺执年纪轻，资历浅，还谈不上"艺术家"，只是在关门后帮苏泊尔搬搬货算算账，有时间了就借店里现成的工具画会儿画。但不得不说，天赋这东西真的和年龄无关，自从某次贺执落在大厅的画被客人一眼看中以高价拍下后，苏泊尔就像发现了什么不得了的大商机，画具悄悄买回来一大堆，嘴上虽然依旧骂骂咧咧，心里就等着贺执带领大家发家致富呢。

不过先前这臭小子每次都只在天黑后推门进来，自从带许啄过来歇了一周后，苏泊尔突然就开始频频看见白天的贺执了。

太频繁了，有点烦了。

林宵白早在贺执走过来的一刻便极有眼色地离开沙发给贺执挪窝，苏泊尔看着贺执无比自然地斜躺在他的真皮沙发上，握着炭笔在速写本上涂涂抹抹好一会儿，终于忍不住了。

"你年纪轻轻的，大白天不出去晒太阳，干吗非躺我这儿碍眼。"

只有当客人表示满意大方付款后，苏泊尔才会在二人"分赃"的那一刻对贺执稍许和蔼一些，平时都跟看见苍蝇一样。

他对贺执没好气也不是第一次了，但另一只小苍蝇林宵白却又不乐意了："执哥在你店里画画，那是在为你店里创收，老板你怎么能这么说执哥呢！"

苏泊尔冷哼一声："谁知道他给谁画画呢。"

林宵白下意识地想反驳，但转念一想，确实连他自己也不太清楚贺执一天天脑子里都在想什么，连忙眯着眼睛悄悄觑了一眼。

"我执哥这不就是在画……画许啄？执哥！你画他干什么！"

他嗓门太大了，苏泊尔警告地瞪了他一眼："贺执就差蹲小许啄家门口请他领养自己当人家哥哥了，你大惊小怪什么。"

林宵白眼睛都快瞪出来了："我执哥对小白脸那只是日行一善，我在他心里才是第一呢，你可不要瞎说！"

"没瞎说啊。"懒洋洋的应答声自身后响起。

林宵白机械地转过身去。

贺执吹了下本子上的铅灰，打着哈欠站了起来："以后再叫他小白脸，我会让你后悔。"

漫不经心的语气，但林宵白知道，贺执没在开玩笑。

被抛弃的小白失魂落魄地栽在了单人沙发上。

贺执走到吧台，把刚才完成的那张速写仔细扯下来，又将剩下的本子递给了苏泊尔。

"确实是在给你画画，明天开始放一周假。"

苏泊尔狐疑地接过来，深深地看了他一眼："你又要干吗去？"

虽然锅一直是口没良心的锅，但其实店里氛围很好，贺执几乎从不请假。唯一一次旷工，还是在苏泊尔的店被贺执的"叔叔"派人砸了一次之后。

他消失了三天，最终在一个星夜推门回来。

风铃声泠泠，贺执嘴角乌青，生平第一次，对着一个人鞠了长长的一躬。

他都没对着贺妗的骨灰盒弯过腰。

苏泊尔吓得不得了，连忙过去扶他，没想到这人却忽然栽倒在了自己身上，浑身滚烫。

那之后，贺执断断续续休息了半个多月，因为他握不住笔，手会抖。

但是再也没有人来找他们麻烦了。

可苏泊尔一直在担心——不是担心店被砸，他担心的是店里这个小浑蛋的安危，不然也不会想方设法每晚都把贺执骗来。

林宵白也在角落里偷偷看了过来。

贺执对老板扯了扯嘴角，抬起眼皮笑得温和了些："没事，有点儿别的事要处理。"

不是那事就行。苏泊尔松了口气，又变回了刻薄的"电压力锅"。

他一边翻着贺执多达二十页的细节精致到令人发指的手稿在心中暗爽，一边竖着耳朵佯装不在意地问："什么事，说来听听我再决定给不给你带薪休假。"

贺执又在苏泊尔手边顺了颗葡萄吃："没什么事，老师要家访许啄，我回去收拾一下。"

苏泊尔和林宵白听得目瞪口呆。

店里安静得只剩下贺执掰葡萄时果肉与枝干分离的细微声响。

一分钟前还在嘲笑林宵白大惊小怪的苏泊尔难以置信地瞪大了眼睛："你说什么？"

他都破音了。

贺执扬了扬眉，似是不明白他在惊讶什么。

苏泊尔坐在高脚椅上抚着胸口缓了缓，自言自语："给人家开家长会还不够，现在还要把自己狗窝收拾出来让人家访？"

要知道，上一伙想"家访"他家的成年人，是被贺执轰出院子的。

刚被吓得站起来的林宵白又腿软地坐回去了："家长会？执哥，你什么时候还去给小……给许啄开家长会了？你怎么就从来没给我开过？"

最后一个问题实在太愚蠢了，连苏泊尔都选择跳过直接切入正题。

"贺执，人家可是年级第一。"

贺执还没出声，林宵白已经为了维护执哥条件反射喊了出来："年级第一怎么了？年级第一就不能被家访了吗？"

贺执欣赏地回头看了他一眼："今天倒是说了句人话。"

林宵白原地趔趄了一下："你……你……"

苏泊尔干脆接话："你看着可不像年级第一的家长。"

贺执："你看着也不像已经四十岁了。"

还没过三十岁的苏泊尔脑袋上都快气得冒烟爆炸了。

林宵白哆嗦着腿飘了过来："执哥，你疯了吗？"

贺执竟然对他笑了一下："小白，你想死吗？"

贺执咬碎嘴里的葡萄，忽然就想起了那天家长会前在校门口看见的一幕。

许啄和他的同桌。

等家访的时候，得和老师好好说道说道。

苏泊尔眼神复杂地看着葡萄："家访就家访，你干吗请一周的假？老师还要住你家里彻夜长谈不成？"

"没有。"贺执把手中的速写纸卷了卷，扯下腕上挂着的橡皮筋绑了两圈。

"我要去青南一趟。"

苏泊尔眨了眨眼。

青南路不是条路，青南却是个地名，就在燕城城郊，那里有一家福利院。

林宵白突然也结巴起夹了："执哥，你还在找那个小孩儿啊？"

贺执心不在焉地"嗯"了一声，又从苏泊尔的快递盒里顺了一条绀碧色的绸带，认认真真地给他的礼物系起蝴蝶结来。

贺执手巧，"打劫"厉害，打结也漂亮。

就是有点儿俗气。

不过没关系，贺执的心意，就是这么土了吧唧。

林宵白与苏泊尔面面相觑了一会儿，互相使着眼色，最终还是林宵白败下阵来，耷拉着脑袋凑到了贺执身边。

"执哥，那个秋冉不都说过了，她也不知道当年那个小孩儿被谁领养，又去哪儿了，你……"

"我只是想去看看。"

贺执用纸卷敲了敲林宵白的脑袋："之前答应了小孩子下次给他们带水彩笔，但我很久没去过了。"

林宵白干巴巴地"哦"了一声，眼睛里写得满满的都是"信你我是猪"。

贺执扯了扯嘴角，最终还是没说什么，摆摆手，在进店十分钟后再次离开了店门。

2

小的时候，还没上小学的年纪，贺执第一次被贺妗牵着去了青南的那家福利院。

他不知道贺妗为什么会带他去，只记得自己当时和一个小弟弟玩得很好，临走的时候还依依不舍，从兜里掏出自己买了很多袋干脆面才中的稀有卡片，塞到人家怀里大方地送了出去。

他和小弟弟说："过几天我一定再来找你玩！"

小弟弟话不多，却也很舍不得贺执，一路把人送到了大门口，自己背着双手又扭捏了很久，方才在贺执上车前那次回头时，小心翼翼地对他招了招手。

"哥哥再见。"

他到底有没有说这句话，贺执已经不记得了，只记得小男孩有双很大很亮的黑眼睛，特别特别漂亮。

那时候贺执以为自己会信守诺言，过几天就回到这里找小崽弟玩，但是车门关上后，贺妗却突然很平静地告诉他："那是你爸爸的另一个孩子，你同父异母的弟弟。"

手里的水彩笔摔得到处都是，贺执咬着牙，红着眼睛，恨恨地把最后一支水笔也丢到了窗外。

那是他十八年来的唯一一次失约。

后来，贺执长大了，贺妗也不在了，他翻墙回到曾经的家中，在走之前，于保险柜深处发现了一个小盒子，里面装着他这么多年来攒的无数张送不出去的稀有卡片。

那天晚上，贺执骑车去了城郊，在门口等了一整夜。

第二天的早上，一个叫秋冉的女孩儿走了出来，告诉他，当年的那个小孩子早在他失约的半年之后就被人领养离开了。

那个大眼睛的小男孩不愿意被别人带走，每天都坐在福利院门口的台阶上等一个小哥哥，但终有一天他还是明白了，有的人是永远等不到的。

几年之后，故地重游。

贺执摘下头盔，提起自己来之前在超市里买的十来盒水彩笔下了车。

贺执的步伐总是和本人一样漫不经心，但每一步都很稳，哪怕是在院子里看见了此刻根本不该出现在此处的少年，他的呼吸也不过只是乱了一瞬。

"小结巴，你为什么会在这里？"他问。

3

贺执很讨小孩子喜欢。

"哥哥，你看这个！你看我画得帅不帅？"

小男孩举起自己手中的画纸摆到贺执面前，踮着脚使劲向他展示。

纸上的颜色毫无章法，线条信马由缰，贺执眯着眼睛辨认了半天才勉强从狗熊脚上的"logo（商标）"认出来这画的好像是自己。

他违心地点了点头："还行吧。别光画我啊，你也画画另一个哥哥。"

小男孩被夸得心花怒放，握着油画棒蹦蹦跳跳地跑到许啄面前继续创作去了。

周围的小朋友们得了鼓励，面面相觑了一会儿，忽然也纷纷抱着自己的"毕加索巨作"一窝蜂拥到了贺执身边，"哥哥""哥哥"此起彼伏，跟一窝小鸡仔似的。

小木桌空了一大半，只剩下角落里的一个小女孩。

女孩儿坐在轮椅里，下半身裹着厚厚的毛毯。她脾气似是很不好，从进来开始就没有说过一句话，贺执起初还逗了她一会儿，她都跟看不见似的不搭理他。

贺执自讨没趣，却偏要招人烦地坐到离她不远的地方。

这会儿整桌的小朋友都被贺执勾引走了，坏脾气的小女孩咬着腭裂的嘴唇，悄悄打量了一眼勾着嘴角逗小孩儿玩的贺执，眼眶渐渐红了。

她不是不想和贺执玩，只是在用傲慢掩饰害羞。

许啄身子动了动，但就在下一秒，贺执便从小朋友的海洋中向后仰了仰身子，伸出修长的手臂，给小女孩递过去一朵他刚刚折好的玫瑰花。

"送给你的。"

他的语气还是那么玩世不恭，但眼底的笑意却很真诚。

"跟我玩会儿吧，不吃亏。"

小女孩红着脸把纸玫瑰接到了手里，声音细到几乎听不见："谢谢哥哥。"

但贺执是个顺风耳，听得见的。

"不客气，小美女。"

许啄握着水彩笔坐在一边，撑着下巴，很安静地看着他们。

"哥哥。"

正坐在许啄对面认真描摹着许啄神态的小男孩忽然出声，叫了他一声。

许啄回过头，与小男孩对视："嗯？"

小男孩嘴里叼着铅笔，眉头高高耸起，很困惑的样子。

"为什么大哥哥长得那么高，你却这么帅呢？"

许啄眨了眨眼，还没反应过来，贺执却不知何时已经走到了他身后，手似乎在他耳边放了什么东西，末了还要捉弄一番小男孩："我读书不多，不太懂，'却'字后面接并列语句吗？"

许啄抬起手，在自己耳边摸到了另一朵纸玫瑰。

他抬起头想看贺执，却被这坏人先一步伸手按住脑袋动弹不得。

也不知道他在后面又搞怪做了什么表情，对面的小男孩忽然放下画笔，捧着肚子哈哈大笑了起来。

许啄一脸蒙。

还没等小男孩笑过瘾，贺执便松开手，出声问道："他们要去上体育课了，你想不想也出去晒晒太阳？"

许啄喉结微动，轻声落下一个"好"字。

4

虽然没有细数过，但燕城大概是有好几家福利院的，城南城北，城东城西，甚至还有郊外的这一家。

这么多家福利院，会有那么巧，是同一个人吗？

贺执在一群矮自己一半有余的小朋友包围圈中灵活闪身，远远地投了一个三分球。

那篮筐和他一般高，是给篮球明日之星的小苗苗们专用的。

不过贺执也不欺负他们，自己一个人打他们所有人。

20：00，贺执功成身退，走到场边，接过了许啄递来的矿泉水。

"谢谢。"

贺执坐到许啄身边的台阶上，仰头一口气咕咚下大半瓶水。

许啄撑着下巴看着小操场上一瘸一拐，或是一只眼睛戴着眼罩的小朋友们，有些出神。

虽然家里的大人们不喜欢，但许啄还是会时不时偷偷回福利院看一看，陪小朋友们玩一玩。

086

他离开得很早，第一次回来的时候，大家都有些不敢认。

直到许啄眯着一只眼睛，像小时候那样，举起握成环的右手放在眼前，秋冉才红着眼睛，走过去抱住了他。

这些年许啄常常回来，每次都是挑休息日，他骗许暨安自己要留校复习，实际上则是一个人背着小书包坐上了开往城郊的公交车。

今天也是。

但是，今天还有贺执。

这个人和他见过的所有来福利院的人都不一样。

那些人有的为领养而来，有的为在"社区志愿服务表"盖章而来，也有的单纯只为了看望小朋友。

无论是什么目的，大家总是抱着善意的，可他们却都有一个共同的问题——太过小心翼翼。

被扔在这里的孩子大多天生就有缺陷，少有的健全孩子也少年早熟，成熟乖巧得很。

院子外面来的好人对他们好得小心翼翼，他们便也感激得小心翼翼。

从来没有一个人像贺执这个样子，连打篮球的时候都不知道让让小孩儿，只顾着自己一个人耍帅炫技，把小朋友们忽悠得团团转，自己最后拿个说出去要被笑话的胜利成果回来。

太坏了。

可是他对他们全都一视同仁，把他们当成和自己一样的人，这样太好了。

"小结巴。"

"好人"贺执忽然呼唤许啄。

许啄"嗯"了一声。

刚才的那瓶水很解渴，贺执吞了口唾沫，却觉得喉结滚得有些涩涩的钝痛："你同桌，叫你秋秋。"

似是明白他犹豫之后的问题，许啄直白地答道："从这个福利院出来的孩子，都姓秋。"

贺执沉默得有些久了，许啄没有回头看他，目光还在场上追逐着今天笑得尤其开心的小朋友们。

孩子的笑声如银铃，让人不由自主想起苏泊尔店面门口的那串风铃。

每次一有客人进门，许啄都会忍不住悄悄回头，看一眼阳光下叮当闪烁的碎玉。

许啄出着神，忽然听见贺执问他："那你叫，秋什么？"

然后，他又听见自己一字一顿地念道："秋园。"

贺执似是笑了笑："幼儿园的园？"

许啄点了点头，嘴角也轻轻勾了一下："嗯。"

贺执："你是……"

许啄："我两个月大的时候被送进来，一个月后，小叔就来把我领走了。"

贺执顿了顿，嗓子有些哑："你爸爸叫？"

许啄："许文衍。"

不是他。

贺执是七岁不到来的这里，那个小弟弟虽比他小，但能跑能跳，不可能是只有几个月大的小婴儿。

而且他听人说过，他爸爸叫丰四恺——虽然那大概率也是个假名字，但丰四恺和许文衍，他们不会是一个世界的人。

急促到要跳出喉咙的心渐渐和缓下来，贺执松了口气，却说不清心中究竟轻松与失落哪个占比更多。

贺执："对不起。"

许啄："没关系。"

贺执低下头，忽然笑了出来。

一旁的院长结束了工作，朝他们走了过来。

"园园，小贺，你们今天要住在这里吗？"

园园。

贺执无声地念了一遍这两个叠字。

不补课的时候，许啄每次都是周六上午过来，睡一晚，周日下午再走，但贺执之前好像没来过几次，至少之前他俩就从来没在这里见过面。

许啄应了一声："我住，但是他……"

贺执打断他："住住住！"

贺执看着许啄回过头时困惑的表情，解释道："苏泊尔给我放了一周假，来都来了，让我多玩两天吧。"

就只有他才把来福利院当作郊游。

院长捂着嘴笑了笑，又有些不好意思："这两年院里的老师越来越少了，原来的几间宿舍也留给孩子们加床做了卧房或者活动室，现在只剩下一个空余的房间了，就是园园每次回来住的那间，但屋子里是上下铺，你们不介意的话……"

"不介意。"

贺执一把揽住许啄的肩膀，义正词严地说："园园晚上睡觉踢被子呢，我看着他，不让他感冒！"

院长阿姨是老江湖了，虽然常年住在这个僻远的地方，但打过交道的人却不少，于察言观色这行很是精通。

虽然她没能看着许啄长大，但也瞧得出他和这个年轻人认识，关系似乎也不错。

园园交到了一个好朋友。

她发自真心地笑了笑，说："那我给你们铺床去。"

贺执："好的院长，谢谢院长！"

院长都走了，贺执还在拍院长马屁，许啄小声表达自己的不满："你不要跟着那么叫我。"

贺执咧嘴一笑，不置可否，而许啄涉世未深，竟然当他答应了。

5

福利院围墙上的壁画有些褪色了，那些画从许啄升上初二后就没有变过花样，唯一的变化只不过是原本鲜艳的颜色被风雨烈日冲刷得不断掉漆，色泽越发暗淡。

从前秋冉还在燕城的时候，时常提着颜料回来在墙上重新画上新的图案，偶尔还有另一个女生陪她一起。

那时候，许啄每周都会跑过来，就是为了能不错过她们两个的每一次回访。

他很喜欢看那两个女孩子肩并肩站在一起画画的样子。

秋冉性子柔，那个叫聂子瑜的姐姐很爱逗她玩，画着画着，就会慢慢挪到秋冉的身边，在她已经画好的大头小姑娘脸上勾几撇胡子。

真过分。

任秋冉脾气再好，也忍不住要瞪她一眼。

可聂子瑜却好像对此很受用的样子，没过一会儿又要用笔尾戳一戳秋冉，让她看自己刚刚画的东西。

小姑娘的胡子已经被聂子瑜改回去了，聂子瑜又在小姑娘身边画了另一个小姑娘，她们两个手拉着手。

蓝天白云，阳光明朗，墙上的画违背时节开满了四季童话里的花。

他很想念她们。

而此刻，同样的一片晴朗天空下，那片围墙前再次站了一个手握画笔的年轻人。

他和那两个女孩儿很不一样，下手很随意，也很稳，手臂伸到头顶一笔画下，T恤随着流畅的动作包裹住少年的肌骨，勾勒出两道完美的肩胛线条。

和他的画一样好看。

许啄很喜欢贺执在墙上画的那些涂鸦。

大多数时候好像并没有什么主题，只是想到哪里就画到哪里。

许啄看过贺执摆在店里的一些作品，他似乎在画画这方面有着天然敏锐的感觉，旁人想象不到的色彩碰撞在贺执的笔下，炸开的是一地的淋漓与张扬。

苏泊尔悄悄问过许啄，他最喜欢贺执的哪幅画。

许啄当时没有想出来，但是后来，他想起来了。

他最喜欢贺执在墙上没画完的那幅画。

画中的唯一内容是个女人，五官尚未来得及描摹完毕，作画的人便没了兴致。

可是，那双未完成的眼睛是很美很美的，好像静海深沉，月光下有浪袭岸。

贺执是个艺术家，苏泊尔说。

但艺术家此刻却站在福利院的墙边，画大头儿子和小头爸爸。

许啄下巴搁在膝盖上，无声地笑了起来。

贺执趁着腰酸回了次头，就这么直直撞见了小结巴嘴边没来得及藏好的酒窝。

他干脆地把画笔扔进油漆桶，出声喊道："园园。"

见许啄不应，他又固执地喊："园园。"

叫个没完。

真奇怪，这人"小结巴""小结巴"地叫，许啄不觉得生气，但贺执现在好声好气叫他的小名了，他又开始觉得懊恼。

早知道今天不来了。

像是知道他在想什么，贺执扬眉笑得神采飞扬。

"你今天不来的话，我以后也不会过来的。福利院墙上的壁画已经裂开得差不多了，我一走，墙面就忍不住要继续开裂，等你下次来的时候，墙上的画已经像老太太的牙齿一样掉光了，怎么办呢？没有办法，因为执哥以后再也不会来了。"

噜噜一篇小作文，逻辑论述得稀奇古怪，乍听起来似乎可以自圆其说，但其实他就是在放臭狗屁。

"你怎么有这么多话。"

许啄按了按太阳穴，很无奈一样，起身去墙边看画。

大头儿子和小头爸爸手拉手，围裙妈妈只画了个围裙，飘在一边有些灵异。

许啄想叫贺执别偷懒过来画完，可视线落在围裙兜兜的图案上，到嘴的话又咽了回去。

围裙上印了一条秋刀鱼。

贺执走回到他的身边。

"这是墙角本来就有的一个小涂鸦，刚才刷墙的时候看见了，原样放大画了一个。"

夏日渐深了，墙上的花花草草落到地上，又是一地弱小但不屈的野花生生不息。

许啄站在花丛里，背着双手回头看他，明亮的眼睛里仿佛盛满了燕城今夏。

"谢谢你，贺执。"

许啄不过没头没尾说了五个字，贺执却乱了心弦，脚步一挪蹭到墙边，嘻嘻哈哈地倚上颜料尚未干透的墙壁，抬起裤腿遮住了他在墙角秋刀鱼旁边画的小小涂鸦。

一只小鸭子。

6

贺执是个文盲，平生最恨写作文，但如果今天让他写一篇日记，那他大约会骂骂咧咧地自己主动抬笔落下第一句话：

快乐的时光总是这么短暂！

贺执下午在墙上画了画，路过的院长夸了他一句，他心花怒放仨小时，提着油漆桶东奔西跑，到处留下自己的足迹。晚饭时，许啄给唇腭裂的小姑娘喂饭，贺执就在旁边和打球输给他的小男孩比赛喝水，十八岁的大人比八岁的小孩还幼稚。

时间飞逝，转眼天黑，贺执洗完澡，擦着头发，一走进宿舍便发现许啄正在往上铺丢枕头。

"你洗完了？"许啄回头看他，"你想睡上铺还是下铺，我都可以。"

贺执眯眼笑："你喜欢上铺还是下铺？"

许啄诚实道："上铺。"

初中的时候他还不是住单人宿舍，那时候宿舍设施也老，不是上床下桌。许啄最喜欢的就是靠窗的上铺，远离人烟，不被打扰。

贺执点了点头："那你把东西放好快去洗澡吧，水还热。"

许啄也点了点头，抱着换洗衣物出门去了。

他们两个现在这个样子，特别像一间宿舍的两个室友。

轮流洗澡，帮忙打水，桌上的水杯还在冒热气，是许啄刚刚给他接好的温开水。

　　房间不大，头顶的日光灯一闪一闪，贺执头顶毛巾坐在下铺出神。

　　他忽然有点郁闷，自己怎么就初中肄业了，不然他或许还能跟许啄当同学。

　　贺执闭上眼睛栽倒在院长下午才铺好的床上。

　　他个子高，身量长，标准床铺都嫌不够。许啄洗完澡回来就看见少年屈着双腿躺在床上，胳膊又搭在了眼皮上，看起来怪委屈的。

　　"这么睡难不难受？"

　　许啄路过床边，看到了贺执尚未干透的漆黑发丝。

　　"你头发还没干就睡觉，明早会头疼的，我去给你拿吹风机。"

　　很平常的关怀，但也已经很久没有人这样关怀过他了。

　　房间里又只剩下自己一个人。

　　贺执安静地想，如果他们真的是亲人就好了。那样无论自己什么时候回到家中，那个漆黑的房间里总会有人给他亮着一盏灯。

　　但真可惜，一切都是贺执的异想天开。

　　秋园不姓秋，也不姓贺，他姓的是本市鼎鼎有名的言午"许"。

　　那个不会与自己有分毫干系的许家。

　　贺执枕着手臂，神游天际。

　　也不知过了多久，似睡似醒的瞬间，他听到了许啄趿拉拖鞋回来的细碎声响，少年担忧的声音在房间里回荡。

　　"头已经开始疼了吗？"

　　贺执挪开遮住眼睛的手臂，逆着头顶灯光，对上了许啄的视线。

　　"头不疼，困了，我等会儿去外面吹头，你快上床睡觉。"

　　许啄"哦"了一声，乖乖爬上了床。

　　头发还是湿的，贺执坐了起来，很没来由地，他又想起了那件今天让他烦恼过半个小时的往事。

　　"小结巴。"

　　"嗯。"

　　屋子里静悄悄，贺执起身关灯，站在门边慢吞吞地开口："我小时候，做过一件错事。"

许啄还是"嗯"。

"我骗一个小弟弟说我下次还来找他玩，但我再也没去找过他。"

像是要强调自己的无耻，贺执又补充道："我是故意的。"

但他真的很后悔。

贺执没有家人了，在这个世上，那个男孩儿是他唯一的亲人。

贺执想找到他，一生一世保护好他。

夜色映在墙壁上，在贺执看不见的地方，许啄望着那道清浅月光，很轻很轻地叹了一口气。

"贺执。"

"在呢。"贺执听见自己哑了的嗓音。

许啄说："那个小男孩，他不会怪你的。"

因为贺执是这个世上最好最好的人。

··· 第五章 ···
/ 夏日田园杂兴 /

1

燕城今年的气候似乎有些诡异，不知道是憋了一个冬天憋不住了还是全球变暖的缘故，立春一到，阳光便忽然间开始烈得让人有些招架不住。

原想着待到入了夏要更难熬，但没想到五一假期都到了，燕城近日却好像终于想起了自己是座海滨城市，连日凉风习习，就连压根儿感觉不到江风的市中心也足够清爽。

在如此惬意的环境下，一个焦灼的身影格外引人注目。

关关将整张小脸都趴在了玻璃壁面上，面无表情的同时渐渐地捏紧了拳头。

好烦。

或许是天赋，关关从小就对各种游戏机很在行。长到这么大，除了有时候让一让秋秋，她从来没有输过。

而今天，站在自动贩卖机前，关关认输了。

她已经投了三次硬币了。

第一次卡住了，第二次疏通了第一次卡住的硬币，第三次投进去出来的却是自己最不爱喝的薄荷茶。

诸事不宜。

关关气闷地踢了一脚机器，伴随着"哐当哐当"的声音，贩卖机突然剧烈地抖动起来。

片刻后，所有饮料戏剧性十足地一瓶一瓶倒下来砸进了取货口。

哇，诸事皆宜啊，哈哈哈。

几步外，李木森看着女孩儿蹲在地上搜罗饮料的快乐倩影，扯了扯嘴角，难得地没有笑出声来。

"关关。"

半只身子都快被自己塞进贩卖机里的女孩回过头，她看着自家班主任，尴尬又不失礼貌地笑了笑："李老师，您怎么还在学校啊，不是家访去了吗？"

李木森："家访前先来接你回家啊。"

关关一怔。

与此同时，青南路烧烤店里，林宵白正在烤架旁专心致志地给土豆片刷着油。

今天店内连通铺面和后门贺执领地之间的那扇门打开了，店里没有别人，林宵白对着土豆片流了一会儿口水，忽然听见身后响起的问话。

"这件怎么样？"

林宵白的目光被土豆片攫住动弹不得，"嗯嗯"了两声："好看好看，厉害厉害，帅帅帅。"

敷衍得太明显了，贺执"啧"了一声也懒得理他，扯出一把椅子落座，开始整理袖口。

贺执竟然没过来揍他。林宵白好奇地悄悄侧过头，再次被自己看到的画面吓得险些从椅子上翻下来。

"不是……执哥，就一陌生老师来家里访问一下，你至于这么兴师动众吗？"

贺执竟然规规矩矩地穿了件白衬衫，下身还是剪裁合体的银色西裤。

这干吗呢！

贺执有点儿想来揍林宵白了。

不过这种衣服他就这一套，动作太大起了褶不好弄。

衬衫在上次家长会穿了一次，回来洗净熨好，这是第二次上身。但西裤和皮鞋却完全是第一次穿，穿上总感觉哪里不对，贺执对着镜子看了一眼就受不了，揣着兜转身下楼了。

如果贺妗在天之灵知道她当年兴致勃勃买来预备给儿子结婚用的高档服饰就这么被他糟践，也不知道会不会生气。

林宵白看着从头到脚好像完全脱胎换骨了一番的贺执，眼神很呆滞。

贺执的身材比例非常不错，林宵白原本以为平时那一身黑衣已经最能显出执哥修长了，但没想到，他披上正装，竟然出乎意料地合身。

合身到让素人帅哥忽然晋升到十八线超模水准。

人还是那个懒洋洋的贺执，但当他解开最上面的两粒衬衫纽扣，手臂像往常一样搭在椅子背后时，那颗突出的喉结突然就多出了一丝男性特有的美感。

跷起的长腿被昂贵的布料包裹得严严实实，连皮鞋的版型弧度都像他执哥亲笔勾下的优美线条。

林宵白捂住莫名有些发热的鼻腔，忧郁地回过头凝视他已经烤焦的土豆片。

不是说物以类聚人以群分吗，自己什么时候也能这么帅啊？

贺执正在自拍。

这个人，长得人模人样，自拍功力却菜得不行，拿前置摄像头拍了五六张，每张都像傻大个。

贺执把照片一键删除，想了想又觉得不甘心，于是翻开和许啄的对话框，编辑了一条信息过去。

"园园，家长会那天我帅吗？"

许啄正站在汇嘉地下停车场里，看到消息的一刻没忍住唇边微笑，回了一个"帅"过去。

确实挺帅的，见惯了贺执 T 恤长裤的休闲打扮，那天乍一眼瞧见他风格转变，许啄差点儿都没敢认。

"对方正在输入"了半分钟，最后发来一句"那和你说一下，我今天更帅"。

无图无真相，但贺执拍不出好图。

许暨安合上后备厢，一转头便瞧见许啄垂着眼皮目视手机的出神模样，心中有些惊奇："小啄，你在看什么？"

消息发送成功，许啄锁好屏将手机揣进兜里，嘴边的笑容还未退去。

"没什么。"他说。

只是看见了个英俊的傻子。

"继续保持，再接再厉。"

相当许老师的小机器人式回复，贺执举起手机高过头顶看了一会儿，默默笑了出来。

林宵白食不知味地嚼着自己刚烤出来的土豆片，心中迷茫而困惑，他真是搞不明白这两个人一天天的谜之操作了。

五一小长假，许啄被家长叫回去外出游玩，而他的班主任却要家访，怎么办呢？"表哥"主动举起了双手。

依贺执的说法，他应该是在家长会那天晚上把许啄的小叔瞪了一眼后，就狠狠得罪了人家吧。

贺执不想着怎么好好挽回那边亲生家属，竟然在这里为了见个老师把自己拾掇得人模狗样。

林宵白不解，也不太想解，他怕自己也变成傻子。

"就是这儿了？"

门外有陌生男子的声音响起。

两人循声望过去，果不其然瞧见了高一一班的班主任李木森老师。

林宵白反应颇大，被辣椒呛得咳嗽不休还在瞪着眼睛哆哆嗦嗦伸手指人。

李木森的身后，跟着个女孩儿。

那个叫关关的，是许啄的同桌。

贺执眯起了眼睛。

李木森走进店门颇有兴致地四处打量了一番，方才咧着嘴露出笑容，不紧不慢地看向揣兜起身的贺执。

"哎，许啄哥哥，关关家长今天不在吗？"

贺执的眼中缓缓转出一个问号。

关关低下头，深深地叹息了一声。

2

李木森并不像他表现出来的那样好糊弄。

就连许啄自己到现在都不知道，那天家长会，早在他回来之前，许暨安就去找过他的班主任了。

两人一起聊了很多，从学习到生活，虽然没有正式出席家长会，但这个当小叔的也算在自己能力范围之内做到了最好。

而李木森在送他离开之后，一回到自己班，立刻瞧见了来给许啄开家长会的另一位"家长"。

关关："……我的锅。"

"许家在燕城很有名的。"李木森挑了一筷子没有烤煳的土豆片塞进嘴里，笑得很慈祥，很可恶。

"我可从来没听说过，许啄还有一个表哥。"

林宵白已经默默挪到角落里装死去了。

贺执抱起双臂往椅背上靠了靠，用眼神询问：关关她又是怎么暴露的？

关关抬起手羞愧地蒙住了上半张脸，李木森好心帮学生作答："也没什么，就是她两个学期的爸爸长得不太一样。"

他还有些好奇："关关这学期的这位爸爸姓什么呀？"

贺执："李……"

李木森"哦"了一声："那还和我是本家呢！"

气氛好诡异。

贺执垂着眼皮与那盘土豆片对视了一会儿，扯了扯嘴角："那您今天过来……"

李木森："嗨，假期闲着没事，过来吓吓小孩儿。"

林宵白不知道从哪里找了张白纸在角落里举了起来，上面狗爬字丑得不能辨认。

"执哥，打老师犯法的！"

贺执仰起头，深深地叹了口气，笑了出来。

在四个人一起莫名其妙凑了局剧本杀并在小辈的集体谦让中作为凶手蒙混到胜利之后，李木森心满意足地起身告退了。

作为唯一一个"嫡系"学生，关关送了他一段路，回来的时候还在莫名出神，想着刚才在外面的那段对话。

"关关，你是不是打游戏很厉害？"

"……"

"这是你的人生，我没资格说什么，但是无论是什么，如果选定了一条路一直走下去的话，应该都会很不错吧。"

"老师……"

"我很帅，我知道。"

"……您快走吧。"

关关在出神，林宵白也在发呆，贺执无聊地上楼换了衣服，回来时刚巧听见小白一脸纠结地问："你就是关关且鸟？"

多么熟悉而令人怀念的问题啊。

关关撑着脸面无表情："我不是。"

林宵白："？"

关关："我是关关雎鸠。"

林宵白尴尬地"哦"了一声，坐下了。

贺执看了他一眼，微微挑眉："林宵白，你是不是特崇拜她？"

关关也悠悠地看了过来。

林宵白脸涨得通红，大声为自己辩白："在下心有家国天下之大义，小打小闹实难有一席之地！"

关关诧异地看向贺执："他说什么呢？"

贺执打了个哈欠："他说儿女情长什么的没意思，光耽误他倚天屠龙。"

关关感觉好玩笑了出来，又听见贺执主动介绍："林宵白还拥有自己的百度词条呢。"

女孩儿有些好奇，拿出手机没搜到，还以为是自己打错了字，于是把手机递给了贺执："应该怎么写？"

贺执随便按了几个字母就把手机还给了她，起身去窗边浇花。

关关看着屏幕上的词条，"哈"的一声笑了出来。

"狗"。

他俩在这一唱一和地贬低自己，林宵白心中苦闷不敢释放，只能捂着嘴默默在墙角思念许啄，还是许啄好，许啄就从来不欺负自己。

关关放下手机伸了个懒腰，忽然对着贺执的背影说："喂，大帅哥，我觉得你好像从第一次见面就对我很不耐烦。"

贺执背对着她点了点头："我感觉你的感觉很敏锐。"

关关皱了皱鼻子，有点不高兴："我可是秋秋最好的朋友。"

贺执缓缓转过身来："你们……不是……"

"我们可是好学生。"

女孩子似是被他逗笑了，不答反问："你以为凭秋秋那个软性子，班上那些浑蛋不敢欺负他只是因为同学友爱吗？"

贺执抬眼看她，没说话。

关关靠在椅背上，晃了晃腿。

"我初二的时候，被人欺负过，"关关顿了顿，笑着补充，"不是秋秋。"

"那时候眼睛不好，脑子也不对，以为在隔壁班交到好朋友，但万万没想到，这人把我遗落在教室的日记本当笑话看，还拿回去任凭他们班同学肆意嘲笑我。"

再后来，日记被撕下来塞进了公告栏里。

林宵白皱了皱眉头，贺执侧过脸，不屑地"啧"了一声，但关关却笑了。

"你知道后来发生什么了吗？秋秋走过来，把玻璃砸碎了，我都不知道他从哪里搞来的棒球棍。"

纤瘦的男孩儿弯腰捡起地上的日记残页，走过来把它还给了它的主人，那双看过来的眼睛又黑又圆，浓密睫毛下掩着静谧。

"给。"他说。

贺执更不想说话了。

他看着窗外，似乎在想象那幅画面。

真是勇敢的小结巴。

关关说："我们从小学就是同学了，但我以前一直没注意过他。后来秋秋告诉我，他帮我，是因为小时候我帮过他。"

讨厌的小鬼偷走了许啄的铅笔盒，扔掉他的所有文具，在里面塞了好多好多的毛毛虫，里面还有一只濒死的蝴蝶。

贺执惊讶地眯起了眼睛："你说什么？"

所以小结巴才那么害怕虫子。

那年，在小男孩脸色煞白之时，只有一个小女孩走过来合上了他的文具盒。于是几年以后，许啄就帮她砸碎公告栏的玻璃，把日记还给她。

她问他："你是不是其实不喜欢别人叫你许啄啊？"

男孩子愣了愣。

他从来没这么觉得，但是女孩子天生心细，什么都看得出来。

关关笑弯了眼睛："你以前叫什么呀？"

许啄眨了眨眼，慢慢地、轻轻地说："秋园。"

关关："原野的原？"

他摇了摇头："果园的园。"

"哇，真好听。那以后我就叫你秋秋啦！"

"他很好。"关关说。

"我知道。"贺执说。

贺执知道的，只要待小结巴好一点点，他就会对你特别特别好。

女孩子笑了起来，很开朗，也很认真："你如果对他不好，我会让你非常非常后悔。"

多么熟悉而令人怀念的威胁。

贺执看着窗外，笑着点了点头。

"成交。"

3

许家的五一出行目的地不算太远，就在市内海边的一个庄园里。

定这个计划的时候那对夫妻又吵了一架，因为梁妍担心许偲想不开自己走到水里面去，而许暨安觉得她紧张过度，于是问她"是不是有病的其实是你"。

许啄虽然没有在家目睹这场嘴仗现场，但大概也可以从回家后的气氛猜出大概。

其实他本来是不会回来的，但是许暨安说，这次许偲也去。

当然，许啄没有想到，除了许偲，还有另一个人也在。

"桌桌，你看这个好不好玩。

"桌桌，给你吃这个。

"桌桌。

"桌桌。

"桌桌。"

许偲坐在沙滩椅上看着远处海天一色，面无表情。

他感觉很烦，可是又不能翻脸，因为梁妍肯定不知道在哪里偷偷地看着他。

今天来度假的不只是他们一家，还有好几家许暨安生意上的朋友伙伴，大家都携着妻儿前来喜笑颜开，只有许偲一人郁郁寡欢。

他一点儿也不想来，要不是许暨安说许啄也……

"桌桌。"

程皎合着双手神神秘秘地走过来蹲到了许偲身边，举起自己合拢的手掌，哈着气问他："你猜里面是什么？"

许偲心烦地闭上了眼睛。

程皎毫不气馁："你猜猜嘛，你的名字都叫猜猜，你怎么这么不爱猜猜，猜猜又不犯法……"

许偲："滚。"

程皎开心地用拳头蹭开许偲的手心，把自己手里的玩意儿小心放到了上面。

"好哦，这个给你，我再滚去给你抓点别的。"

程皎确实滚远了。

手心有些痒，许偲垂下眼皮，看着自己掌中一握即亡的脆弱蝴蝶，没有说话。

"小偲。"

身后响起许啄的声音，许偲眼皮一跳，把蹦跶不起来的小蝴蝶藏在身后，坐了起来。

一杯红茶牛奶递到了他面前。

"喝吗，我少加了糖。"许啄的唇边笑意淡淡，但很温柔，像是从小到大从来没有变过。

许偲一声不吭地接过来，直接放到了沙滩椅旁的小桌上。

但是他变了。

许啄是昨天晚上到的家，现在已经是第二天的下午了，许偲还是没有和他说过一句话。

许啄垂下眼皮掩饰眼底的失落，目光没有定点地转移，最终落在了许偲的衣角："小偲，你身后有一只蝴蝶。"

许偲抬起头与他对视，似乎一瞬间有些愕然："你……不怕了？"

竟然是被蝴蝶哄出的第一句对话。

许啄对许偲弯了弯眼睛："还好。"

毕竟他已经长大了。

程皎抓来的那只小蝴蝶很漂亮，翅膀的颜色是很艳丽的绀碧色点缀橙红，但鳞粉被抓它的人没轻没重捏着蹭掉了不少，小蝴蝶展开翅膀却保持不了平衡，在地上低低地飞了几次都失败了。

也许它再也飞不起来了。

就像许偲自己。

许啄蹲在蝴蝶面前，不知道从哪里变出一朵纸玫瑰，伸向蝴蝶。

许偲怔怔地看着那只蝴蝶宛如飞蛾扑火般走进了玫瑰的花心。

程皎哼着歌回来了，看到许啄和蝴蝶在一起时他有些惊讶，但更惊讶的是许啄竟然把玫瑰花梗向自己伸了过来，不仅如此，他还温声告诉程皎："下次要送礼物，记得先装饰一下。"

程皎眨了眨眼，笑眯眯地接了过来："谢谢哥哥。"

"你们玩吧。"许啄笑了笑，转身离开了。

许偲还在盯着那朵玫瑰出神。

程皎又跑了过来，言辞振振："借花献佛！"

许偲端起那杯温热的红茶牛奶起身就走。

程皎站在原地讪讪地蹭了蹭鼻子，又笑着追了上去。

"等等我啊，桌桌。"

4

燕城海边的这片度假别墅群是近几年刚建好的，还没开盘许暨安便已经拿到了其中地段极好的一套，但搁置了这么多年，这还是第一次他们全家一起前来。

大人们在花园里喝茶聊天，小孩子们大都去了海里游泳，许偲好不容易挑了个僻静的地方休息，又被程皎三番五次打搅。

好烦。

许暨安来接他的时候，干吗非要邀请这个缠着他一起出校门的家伙。

许偲明明皱着眉头说了"不要"，许暨安却看着他难得外露情绪的脸出了好一会儿神，笑眯眯地也来了一句"不要"。

心理医生都拿他无药可救，一个烦人精又能有什么帮助，许暨安竟然也已经乱投医到了这种地步。

"桌桌。"

程皎蹦蹦跳跳地追了上来。

许偲深吸了一口气，准备和他一口气说个清楚。

但一回头，忽然就看见了一只半人多高的狗熊立在自己面前。

许偲默默后退了一步。

面前站着的是个褐色的熊娃娃，穿着一件娃娃裙，衣兜里塞着那朵纸玫瑰，蝴蝶静静地停在上面。

"猜猜我是谁？"在身后抱着熊的少年掐着嗓子，细声细气。

程皎侧着耳朵贴上熊娃娃的后背，听了半天也没等来许偲的回应。

程皎继续用搞怪的腔调说着："我迷路了，小偲偲，可不可以带我回你家？"

还是没声，许偲不会已经走了吧？程皎探了探脑袋，可惜熊妹妹体积太大了，他左摇右摆也瞧不见许偲的一根发丝。

"好吧，真的走了。"

他在熊妹妹背上把额前的发丝蹭得乱七八糟，自言自语地恢复了少年的原声。

"可我喜欢和桌桌一起玩，想和桌桌做朋友。

"海风好咸啊。

"熊妹妹，你好菜啊。

"桌桌走到哪里了啊。

"我疗愈一下再去找他。"

他话好多，每一句都各不相干，连蝴蝶都听得有些受不了．展开翅膀扇了扇，在空中跌跌撞撞了几个来回，竟然也振翅回到了风中。

在路过熊妹妹对面安静伫立的少年时，蝴蝶停在他的指尖蹭了蹭，似是一个无声的吻。

程皎还在闭着眼睛碎碎念。

在他看不见的地方，许偲寂静无波的眸中像是被讨厌的小鬼投了块石子，一圈一圈荡开了涟漪。

"熊妹妹，你好重啊，我抱不住你了。"

程皎叹了口气，手臂上移，毫无怜香惜玉之意地卡住了熊妹妹的脖子。

在把熊娃娃夹到臂弯时，许偲站在了程皎面前。

"桌桌。"

碍事的眼镜早在程皎抱起熊妹妹时便被揣进了兜里，此刻程皎毫无遮挡地看着许偲，忽然弯起了眼睛，细声细气地掐回了古怪的含笑腔调。

"我迷路啦，带我回你家好不好呀？"

讨厌的烦人精微微歪了歪头，似是在耐心地等着他的答案。

程皎的眼皮很薄，明明戴着那么夸张的眼镜，双眼却似乎一点也没有变形，依旧还乖巧地窝在他深深的眼窝里。

长长的睫毛垂落，遮住了许偲眸中奇异的神色，有那么一瞬，他忘记了说"不好"。

5

许啄正在别墅二楼的阳台上折纸玩。

贺执送他的那朵花被他转手送给了许偲，许啄在房间里抽了一沓吸水纸，坐在阳台上边晒太阳边试着自己能不能折一朵出来。

可是好难。

他的手能画出最精准的辅助线，却无法在纸上压出最漂亮的折痕。

废纸一桌，残花半朵。

在伸手拿起最后一张吸水纸时，许啄终于选择了放弃。

阳台门后，秦峥抱胸靠在墙上，面无表情地看着许啄的侧影有一会儿了。

大人们连声笑着催促他上楼找同班发小一起玩，仿佛之前发生过的所有龃龉都不过只是他自己的单方面幻觉。

秦峥不情不愿地上楼，本来只想随便找个房间待着玩手机，却意外撞见了坐在阳台上一脸认真揉着废纸的许啄。

他没有见过这个人用这种表情做这种闲事，有些意外，等到再反应过来时，许啄已经放下最后一张幸存的纸巾，安静地看了过来。

秦峥撇了撇嘴角，推门走到阳台上，大大咧咧地坐到了许啄的对面。

他脸皮厚，许啄的也不薄，楼下的花园里还能听得见大人的笑语，他们两个面对面坐在一起，竟然谁也没有觉得不自在。

虽然打招呼的内容似乎不大友好。

"秦峥，你不要惹我。"

那件事之后他可再也没干过什么，而且是许啄砸他窗户在先的。秦峥抬起眼皮目不转睛地盯着神色淡淡似在出神的少年，忽然便一口闷气上头，咬牙切齿地喊道："许啄！"

回应他的是一声淡得不能更淡的"嗯"。

秦峥眯起眼睛似乎在酝酿什么，但他最后也不过只是耷拉下眼皮，卸了一身的气力。

"许偲的事，我一点儿也不知道。"

许啄意外地抬头看向秦峥，但秦峥却别过了脸，神情冷漠。

许偲是个半聋，但许偲也是个神童。

梁妍在嫁给许暨安做全职太太之前是位很有名的中学老师，许偲从小没上过幼儿园和学前班，完全是她一手对着拼音、数字和字母教大的。

许偲第一次去学校，进的就是三年级。

那个班里的孩子都比他大，他谁也不认识，只有一个叔叔家的小哥哥他是见过的。

许偲红着脸去和那个孩子打招呼，对方却笑了笑，一把扯下了他的助听器。

那是秦峥的哥哥。

从那以后，许偲就变了。

许啄从小学开始就住校，每个周末回来，迎接他的是越来越沉默的许偲，越来越寡言的许暨安，以及越来越偏激的梁妍。

他不明白发生了什么事，但他看见了许偲耳边的助听器不见了。

许啄常想帮帮他的弟弟，伸手拉许偲一把，但每一次都会被许偲无声无息地绕开。

最无力的一次就发生在三年前，许偲初三的那一年，少年被穿着校服的陌生人围在操场上，从头到脚浇了一桶凉水。

十二月数九寒冬，许偲就一身湿淋淋地坐在冰凉的篮球场上，面无表情地看着自己的书本被那些人嘻嘻哈哈地扯碎，然后又一片一片地贴在他被冻得发青的脸上。

有三个小时，五个小时，还是整整一个晚上。

到后来那些人终于嫌冷，把他留在原地后，离开了。

而那只是那些年里许偲所经历的最普通不过的一天。

那个时候，许偲躺在地上，看着天际的鱼肚白，不知道想了些什么。而后，他闭上了眼睛，当天就因为高烧不止被送进了医院。

事情发生之后，许偲休了学，再也没去过那所寄宿初中，后来他直接在家复习参加了中考，被许暨安安排转入了许啄的高中。但秦峥的哥哥，这一切的罪魁祸首，却在许偲住院的当天就被父母连夜送出了国，到现在也没有回来。

许暨安挣扎过吗？为他的儿子闹过吗？许啄不太清楚。

反正他们夫妻两个现在正和秦峥的父母在楼下交谈甚欢呢，而秦峥就是在他们的授意下刚刚坐在了自己的面前。

搞不明白大人们都在想些什么，也搞不明白秦峥在想些什么。

许啄收好一桌的废纸，缓缓站了起来。

秦峥转头看着许啄似要起身离去，忍不住又出声叫住了许啄："我没想干什么，但你总惹我，我……"

"我惹你什么了。"许啄回头看了他一眼，目光很冷淡，像是在看一个再陌生不过的陌生人。

"你是不是误会了什么，我们从来不是朋友。"

就算他们从小一起长大，共享过不止同一套玩具，但在秦峥哥哥第一次伸手推了许偲之后，他们家的所有人在许啄眼里就和大街上的疯子没有任何区别了。

秦峥怎么痛苦、怎么挣扎、怎么逆反，跟他有什么关系。

许啄把那朵折废的纸花推到了秦峥面前。

"你大可以像之前那样对我，只要不动许偲，我不会告诉任何人。"

秦峥红着眼睛死死地盯着许啄，但许啄却说到做到一般，抱着他的废纸转身离开了。

院子里大人们讲到好笑的地方，一起爆出了愉悦的笑声。

秦峥额头的青筋跳了又跳，终于忍不住，一脚踹翻了面前精致的雕花铁桌。

桌椅翻倒的动静十分刺耳宛如地震，但楼下的笑语却不过只是暂停了短短几秒，便再次按下了播放键。

6

许暨安的五一假期没能过完。五月才到第二天，公司就打来了电话请他回去处理急事。

他一走，许啄也想跟着离开，但梁妍和她的太太团玩得正高兴，很不乐意回家，而她走到哪里，许偲就必须出现在哪里。

许啄想了想，最终选择再留一天。

秦峥早在昨晚就离开这里了，梁妍与许啄两看生厌，也不会主动出现在对方面前，所以许啄在这儿待着也挺清闲的。

就是他没带作业过来，有点无聊。

昨晚关关和他语音聊天，把李木森家访烧烤店的故事讲得惊心动魄的。

许啄认识她许多年，经验丰富，透过那些大段辞藻堆叠的形容，很轻易便得出了他们班主任把大家全都耍了一圈的事实。

这事他早有预感，唯一有些惊讶的，是许暨安竟然去找过老师，还没有告诉自己。

可能只是顺路，后来也没找到机会说吧。

许啄没在这事上面过分纠结，结束语音后一退出来就看见了贺执在十分钟前发来的消息，问他这两天在哪里玩。

许啄给他发了个定位过去，但不知道是不是又熬了夜，这都第二天下午了，贺执还是没有回复。

"哥哥。"

房门被敲了两下，程皎在门外问他："桌桌想出去玩，你要不要和我们一起呀？"

其实只是他想出去玩。

许啄从床上坐起来，下床过去开门。

"去哪里？"

程皎笑得像傻子："海边吧。今天好像是什么美食节，有很多好吃的。"

一听就不是许偲的主意。

许啄想了想，点点头说："那你等我一下，我们一起去叫小偲。"

许啄回屋换了身轻便的衣服，踩着人字拖和程皎一起走到许偲紧闭的房间门口。

两人面面相觑了一会儿，程皎抬手示意许啄敲门。

三声之后，寂静的门内传来了细碎的脚步声。

"怎么我敲门就只有枕头砸在门上？"

程皎靠着门小声嘟囔，许偲一拉开门，程皎险些摔在他亲爱的同桌身上。

好在许偲反应及时，一个后退便让程皎结结实实地趴在了地上。

他们这才认识多久啊，许偲已经不止一次让程皎从地上爬起来了，不过程皎爬得很利索，站起来又是笑意盈盈，眼镜都没歪。

"桌桌，哥哥想去海边参加美食节，我们陪他一起吧！"

许啄心想，这个人可真是见人说人话，见鬼说鬼话啊。

许偲似乎刚刚一直在午睡，这会儿呆愣着眼睛看木头一样看了程皎一会儿，突然别开脸，冷淡地说："知道了，你们在外面等我。"

许啄惊讶地眨了眨眼。

程皎还是笑眯眯的，但他似是把同桌的话奉为圣旨，许偲一赶人，程皎立刻拉着许啄往门外走。

要不是许啄眼睛尖，走之前都发现不了桌上已经见底的是他昨天才递给许偲的那杯牛奶。

他忍不住勾起唇，在门边看着程皎的眼神也奇异了几分。

这个男生，比他想象的要更加厉害。

7

一年到头，燕城各大商店广场几十场美食节层出不穷，海边就更不必说了，一年四场，每场持续三个月。

本地人是不会来这儿挨宰的，不过他们三个好像都没怎么出过门，对这明摆着就是欺骗外地游客的一众摊位相当陌生新奇。

"桌桌，你看那个！"

许啄循声回头，许偲已经被程皎拉着跑没影了。

许啄掏出兜里的手机，打开看了一眼屏幕上闪烁的坐标。

今天出这趟门，梁妍本来是极其不愿意的。

但程皎实在太能缠人，伸手不打笑脸人，周围坐着的又都是些笑眯眯等着看热闹的阔太太，梁妍默了默，还是把许啄拉到一边，把自己的备用手机塞到了他手里。

"看好弟弟。"

她冷冷丢下一句话，转身回去时脸上又堆满了温婉愉悦的微笑。

好厉害。

许啄兴致盎然地目送梁妍远去，回过神来发现许偲也在看着自己，确切地说，是在看着梁妍刚刚硬塞给他的手机。

许偲表情很平静，很快便无所谓地转移了目光。许啄却淡了笑容，把手机收了起来。

许啄不能不拿这个手机，不然梁妍会发疯。但他拿了似乎又是在背叛许偲，许偲会讨厌他，进退两难的选择。

许啄现在正拿着手机看他弟弟的行动轨迹。

程皎拉着许偲在几十米外停了下来，估计是看到了什么有意思的摊位。

许啄忽然感觉很无聊，把手机再次揣回了兜里。

哪怕是个六七岁的小孩子，被家长无时无刻监视着也会感觉恐惧，更何况是已经长大的许偲。

心理医生不止一次地提醒过梁妍，不要那么时刻紧张兮兮，一双眼睛无时无刻不放在儿子身上。

那样的做法，除了不断提醒许偲和别人不一样外，对他的病情不会有任何帮助。

但梁妍却为此大动干戈，险些闹得许偲要换医生。

是不是长大就会好一些啊，等到许偲长大，可以离开家，自己也长大了，那时候他会好好保护许偲，不再让许偲受到任何伤害。

许啄心不在焉地走在拥挤的街上，压根儿没注意到身边的人什么时候都飞快靠边了。

"许啄！"

伴着一声熟悉又陌生的呼喊，许啄被人一把拉住手臂，向后趔趄了半步。

在他刚才傻站着的地方，一辆摩托车不要命地从路中间直直地冲远了。

"疯子，就该立刻推行禁摩。"

说话的人紧皱着眉头，完全忘了他自己就天天骑着心爱的雅马哈上街。

许啄猛地抬起头来，看见了几日不见的贺执。对方好像还没有从刚刚的惊魂一刻中缓过来，神色正严肃。

"对不起。"许啄忽然抢答。

贺执噎了一下："对不起我什么？"

对不起我没有好好看路。是不是有点幼稚？

许啄咬了咬嘴唇："我把你给我的花送给别人了。"

街上又热闹起来了，各路叫卖声此起彼伏，贺执看着许啄，危险地眯了眯眼。

"这么过分？"

许啄被他瞪得不知所措，眼神也止不住地四处游移，他转过身自顾自往前挪动，忽然间却听到来自身后的笑声。

"那我不是只能再送你一个礼物了嘛。"

许啄迷茫地转过身，眼前一闪，只瞧见贺执抬手用什么东西轻轻敲了敲他的脑袋，一点儿也没用力气。

"给你的。"

少年摊开掌心，泛黄的画纸卷成筒，绀碧色的绸带扎在上面是个漂亮的蝴蝶结。

好像昨天的小蝴蝶。

"执哥！"

林宵白大喊一声从后面追了上来："你跑那么快干什么！我还以为你要和那疯摩托车赛跑呢！咦，小白白白……啄哥！你也在这儿啊！"

贺执"啧"了一声，反手在林宵白头上敲了下。

教训完一惊一乍的林宵白，贺执一回头便瞧见许啄低头玩着蝴蝶结爱不释手的模样，不由得笑起来。

"我送你的又不是蝴蝶结，回去再看。你一个人出来的吗，想玩什么？"

林宵白从来没听过贺执这样好声好气地讲话，不由得两眼翻白，指着前面不远的打枪摊位："执哥哥，人家要玩枪枪。"

贺执头也不回地向旁边踹了一脚，但是被小白灵活闪开先往摊位上跑去了。

少年面向许啄，再度询问性地歪了歪头。

许啄下意识指向林宵白离开的方向。

贺执微微扬眉笑了两声，这次态度很好，立刻就领着许啄过去了。

林宵白在招人烦这一点上一个顶俩，但眼力见儿一个顶仨，两人刚一过去，林宵白已经付好钱把枪送到了贺执面前。

贺执端枪的姿势十分熟练，脑袋歪在枪柄上面两寸，"啪啪啪"几声连打，全脱靶了。

林宵白镇定地从钱包里又掏出来一沓零钱。

"老板，再来十枪！"

老板乐呵呵地应了。

贺执一口气连打了四个十枪，枪枪脱靶，非常厉害，最后还有脸回头对许啄说是"枪有问题"。

"小伙子，你怎么说话呢？"老板数着钱都不乐意了。

"我来吧。"许啄伸手接过贺执手里的玩具枪，被人护眼珠子一样教了半天怎么瞄准再怎么扣扳机。

许啄活动了一下手腕，看起来十分娴熟地举起玩具枪，跟侦机关枪似的连着扫射了十次，一眨眼就没子弹了。

九发脱靶，一发打在了边上。

许啄从容不迫地把枪放下，轻描淡写地开口："枪有问题。"

老板无语。

林宵白："我来我来！"

小白一把掏出钱丢在桌上，十分有气魄地趴到了桌案上。

"像不像乌龟？"贺执小声地对许啄说道，后者"嗯"了一声。

林宵白：滚啊。

小白忍住哽咽的冲动，扣下了扳机。

不得不说，姿势决定胜利，林宵白虽然没能赢下最大的熊布偶，却赢回了一个兔娃娃。

他抓着娃娃看了半天，还是在贺执恐怖的眼神中递到了许啄面前："给你吧。"

许啄有些受宠若惊地接了过来："谢谢。"

跟他们混得久了，许啄竟然无师自通地掌握了得寸进尺："可不可以再给我弟弟赢只小马？他喜欢马。"

林宵白翻了个白眼。

贺执笑得倒是很开心："可以，当然可以，交给你了啊，小白。"

兜里的手机还在闪烁着坐标，但许啄不知道的是，代表许偲的小圆点已经走回来停在了离他们十米开外的地方。

趴在摊位上射击的少年姿势可笑，准头却不错，另一个高个的少年吊儿郎当，手臂虚虚搭在许啄的肩上，也不知他说了句什么，许啄忽然侧过头，勉力忍住了唇边的笑意，可酒窝却不受控制地陷得深了。

"哎，桌桌，这个人好像和你哥哥很熟啊。"程皎摸着下巴眯了眯眼睛，跟福尔摩斯似的。

许偲无言地看了一会儿，忽然转身离开。

程皎扯了扯嘴角，半天才揣着兜慢悠悠地回身寻他。

"桌桌，你走慢点啊。"

贺执抬起眼皮，警觉地四下打量了一圈。

"怎么了？"许啄问他。

贺执如临大敌："好像听见有人叫你啄啄。"

许啄一愣。

林宵白抱着刚换来的小马扶了扶腰："执哥，这种名字你都叫得出口，你真是条汉子。"

贺执很和蔼："小白，你过来。"

林宵白把小马扔进许啄怀里，飞快地溜了。

今天可真是个丰收日，蝴蝶、兔子、彩虹小马全都抱在了许啄的怀里，他低着头打量怀中的礼物，似是有些困惑今天到底是什么日子。

贺执看他挺有趣，好不容易按下一句"小结巴"，下一秒又脱口而出"园园啊"。

许啄抬头看他，好脾气地"嗯"了一声。

大约是被橙子果酱颜色的夕阳晒的，贺执忽然晕乎乎地叹息了一声。

他说："许啄，很高兴认识你。"

贺执又眯着眼睛笑了起来："希望你也是。"

… 第六章 …
/ 铝热反应 /

1

　　贺执请了一周假，舒舒服服地歇了个黄金周，回到店里时新上的货物也快堆满了。

　　季末清仓上新，店内的摆设又要重新布置，苏泊尔忙得都从柜台后面走出来了，一看见他就像看到了救兵，讨厌中夹带着亲切，一边把脚下的箱子往贺执那边踢了踢，一边不容抗拒地宣布："从今天开始，贺执就是我店正式的驻店艺术家了啊，最里面那间隔间就是他的，谁也不许占。"

　　在老板身后，一大清早就被召唤来的全体员工稀稀拉拉鼓了两分钟掌，贺执的手机刚好传了一圈回到他自己的手中——大家都已经选好了自己喜欢的奶茶口味，就等着他为升职买单请客。

　　此前，贺执从来没有自己的工作间，为了避让风头少给苏泊尔惹事，他昼伏夜出，通常也只干些谁都能做的体力活。离开学校之后，贺执有很长一段时间都没有再画过画，但苏泊尔却渐渐以剥削为由，忽悠着贺执重新拿起画笔，先是帮忙修复店里无人认领的破损油画，又把他自己的作品不动声色地摆到大厅寸土寸金的地段，让贺执逐渐成了本店的"宝藏招牌"。

116

虽然嘴上总是不饶人，但苏泊尔对他总是很好很好的。

贺执很感谢老板，也原谅了苏泊尔一口气连点三杯奶茶讹诈他的行为。

今天是贺执头一次应对进门来的客人，对方的要求也简单，只是拿了幅毁了部分的成画出来，想让贺执在此基础上二次创作一下。

在请假前贺执给苏泊尔交了一沓画稿，原以为够老板卖上半年了，哪想着苏泊尔心黑，搞了个小型鉴卖会把贺执的画混进去一口气全卖了不说，最后还向众人哄抬身价，正式隆重介绍了这位"招牌"的存在，哄得买到与没买到他画的客人们全都在翘首以盼"大师度假归来"。

苏泊尔留在这条酒吧街实在太屈才了，他应该去娱乐圈给人当经纪人，手段一套一套的。

"但话说回来，你和小许啄说话的时候是不是中暑了？"

"你把嘴里的东西咽下去再说话。"

贺执平时都爱戴口罩，只剩下一双眼睛留在外面，懒散但明亮。

苏泊尔恨铁不成钢地又吸了一口温热的鲜芋牛奶西米露，戳了戳贺执的脑袋："你这个人脑子不太好使。"

林宵白抱着橘子走了过来："老板，你是没见到我执哥当时那样啊，我怀疑他以后跟人表白都是强买强卖的。"

客人是个年轻的小伙子，听了半天终于憋不住笑了，乐得肩膀直哆嗦。

贺执"啧"了一声，皱着眉头向旁边看过去："你们两个闲人能不能先出去待着？这不是我一个人的工作间吗，能不能有点私人空间？"

苏泊尔撇了撇嘴，翻着白眼转身离开，林宵白依依不舍还想驻足，被贺执一个淡淡的眼神斜过来，立刻吓得也连声"老板"追了出去。

2

改画这行当难也不难，今天便不算太难，两人两个多小时就走了出来，客人小哥满意得不得了，在门口和苏泊尔结款的时候还回头找贺执搭话："帅哥，你的花名是什么啊？我还有哥们儿爱好艺术，到时候我都推荐到你这儿来。"

贺执一靠近吧台就偷苏泊尔的水果吃，这会儿又挑了袋酸奶戳上吸管：“还没花名呢，现在就叫贺执，执着的执。”

执着，执啄。

贺执没忍住勾起了嘴角。

苏泊尔皱眉注视着出神的少年，强忍着不适把店里的名片给小哥发了一张。

门边风铃声响，客人走了，林宵白又蹭了过来，扶着远视眼镜装起文化人：“执哥，你该拥有一个英文名了，我从去年开始就为你精心甄选了共计三十八个帅气简洁又不失内涵的名字，来，我现在就读给你听……”

“不用了。”

贺执咬着吸管向自己的房间走去：“我已经拜托园园帮我挑了。”

苏泊尔好奇地问：“园园是谁啊？”

林宵白郁郁地趴到了吧台上：“还能是谁。”

苏泊尔震撼地坐回了他的灶台。

老板给贺执排的活儿很满。

之前满脑子利益至上，但现在眼看着刚成年不久的少年人每天在店里一坐就是一天，每日为了生活忙碌，腾不出片刻余暇出门放松，老板那不存在的良心竟然开始隐隐作痛了。

连着三个白日之后，苏泊尔默默联系客人修改了贺执的预约安排，又主动给他点了二十五张百元大钞，赶在贺执下班的时候递到了他面前。

贺执：“老板，你真好……”

苏泊尔把最底下的那张五十抽出来递给了他：“今晚吃点好的。”

贺执笑了：“我觉得我去举报你雇佣童工，奖金会更多。”

“你，童工？”

“我，显小。”

这狗崽子和林宵白不愧是一起玩到大的，苏泊尔冷着脸拍了一下桌上的按钮，大门自动打开，贺执在他“快滚”的眼神中忍笑走了出去。

此刻是下午六点，许啄说过，他不知道自己具体出生在哪天，但是他小叔带他回家的那天，刚刚好就是六月一日儿童节。

贺执近来心情好，脾气也好了许多，甚至突然变成了个有礼貌的文盲，咬着蛋筒高举手机，字斟句酌地耐心询问对方："园园，我现在能来找你玩吗？"

晚自习还没有下课，老师已经飙干了唾沫星子让大家自习，手机的振动从桌斗联动，一路经由铁与木的介质传导到了少年的指尖肌理。

许啄捏着耳朵小心地低头按亮屏幕，似乎看清了上面的字体，又或许没有看清。

手机又振动了。

"好吗？好吗？好吗？"

吵人的家伙。

许啄缓缓编辑回复，生平第一次，在"好"的后面藏了一只尖牙利嘴的小怪物。

但连月亮都知道，他的虎牙来自纸糊的老虎。

3

夏夜晚星出现，这是翘课好时机。

贺执从墙上翻下来稳稳落地，回头时仍觉眩晕。

星星正高挂于夜空，一人多高的围墙外是他瞎泼的五颜六色，墙内却是素色的青砖水泥。这面围墙他很熟悉，毕竟初中翻了三年墙，辍学后游荡的范围也离这里不算太远。

但这还是第一次，他从墙外翻到墙内。

当时，贺执不是住校生，从不出席早晚自习，除了体育课每节不落，平时他想第二节课走，绝不多留到大课间。

但他今天却穿着信中的校服从校外翻墙回来看母校了。

树后人影微动，许啄背着双手走出来，微微歪头，似是有些不敢相认。

高挑的少年不知道是不是从十五岁后就再也没有长过个子，三年前的蓝白校服穿在身上也不显小，正大刺刺地敞着拉链，露出里面熟悉的黑色 T 恤。

贺执是个辍学少年，但他又好像从来不只是个辍学少年。

就像他此刻穿着中学校服站在自己曾经最不屑的校园里，这也并没有一丁点儿的违和。

除了头发有些长会被彭主任嫌弃，贺执笑起来的时候阳光又干净，看起来就像是任何一个走在校园里的普通帅哥。

"什么普通帅哥啊？"

贺执单肩挎着书包走到许啄身边，语气不满："我上学的时候可是级草来着，学姐学妹下课全都排着队来看我。"

虽然被看的对象不是翘了课就是趴在桌子上睡觉，她们什么也看不着。

许啄侧过脸离他远了些，语气也平平："我们班这学期的转学生也被追着看过半个月。"

怎么突然就说到转学生了。

贺执好奇道："他长得有我帅吗？肯定没有吧。"

许啄没理他，转过身自顾自道："半个月后就没有人来了。因为大家发现传言传错了，那个特别帅的转学生，进的不是我们班。"

为了骂他自作多情，小结巴竟然能兜这么大的圈子。

贺执心里新奇，又忍不住想笑。

书包坠得人肩膀发痛，贺执将它扯下来抱进怀中，他忽然深深地吐出一口气，忧郁感慨："知识，你好沉重。"

许啄看着他手臂间的大物件，有些迷茫。

贺执的眼神却满是期待："送你的礼物，打开看看。"

许啄用手指捏上拉链，小心翼翼地沿着轨道推开了藏有宝藏的大门。

拉链拉开了，许啄看清了，贺执抱了一书包的《教材全解》送给他。

贺执舔了舔嘴唇，忐忑地问："你喜欢吗？"

许啄点了点头，机械回复："喜欢，谢谢你，贺执。"

如苏泊尔所言，贺执今日脑子确实不大好，一点儿也看不出来许啄

120

的无奈，心里还美滋滋的，一道惊雷却倏地破空而出。

彭建华："那边是谁？干吗呢？"

早不来，晚不来，偏偏这个时候教导主任又来巡逻。

贺执利索地拉好拉链把书包甩到肩上，带着许啄轻车熟路地沿着他早已谙熟于心的离校路线出逃。

贺执出生落地十八年，每天都是能屈能伸的一条好汉。但这条好汉从来都是孤胆英雄，连林宵白都没能跟在他身后当过拖油瓶。

除了今天。

花圃、操场、教学楼，他们最后走进忘记上锁的体育器材室，贺执转过身轻声问道："累了吗？"

许啄摇了摇头。许啄很纤瘦，总好像一阵风就能把他吹倒，但其实就算是南加州的龙卷风气势汹汹而来，也刮不走这个慢条斯理的小机器人。

像是意识到这点，贺执也笑了："那你开心吗？"

许啄点了点头。

贺执没完没了："几分开心？一百分是满分。"

许啄随口敷衍："一分。"

贺执顿了一下，重新开口："你有没有听过爱迪生的故事？"

许啄挑了挑眉。

贺执一本正经道："爱迪生小时候很菜，每次考试只考五分，但其实他们国家就是五分制。所以，我们也按五分制来吧。"

许啄："不是爱迪生。"

贺执："啊？"

许啄很认真："是爱因斯坦。"

贺执："……哦哦。"

许啄继续补充："而且爱因斯坦每次考的是一分，一分是最出色。"

贺执还没反应过来，沉浸在降维打击中，忧郁地别过了脸："好的。"

"所以，我们就按五分制来吧。"

贺执眨了眨眼，似有所觉地看了过去。

许啄，很高兴认识你。希望你也是。

我的确是。

许啄背过手对他笑道："贺执，我刚刚的开心是一分的。"

4

贺执很飘，飘得厉害，宛如打了鸡血。

在把许啄送回宿舍楼下再回去翻墙时，贺执再次碰见了准备下班回家的彭建华，本该转身立刻就跑，他却坐在墙头傻笑着和主任问好。

"贺执你个欠打的臭小子！给我在那儿坐着别动！"

少年给多年未见的主任抛了个飞吻，撤离南墙时都感觉自己身轻如燕，似乎突然掌握了什么绝世秘籍的功法。

秘籍就叫《三十六计》，今天用的是走为上计。

路边有野狗忽然冲自己"汪汪"不休，贺执心地善良，心态随和，可惜所有的商店都关了门，他的裤兜里也没有随身携带火腿肠。于是他只好蹲到野狗面前，慈祥地和狗叙述自己的少年心事。

眼见着他将网吧初遇讲了一百八十章，似乎紧接着又要继续开启新的回合，狗吓得连忙"汪唔"后退，慌不择路地转身飞奔逃离。

真没意思。

贺执蹲在自己涂过鸦的墙边，对着狗的背影无语地"啧"了一声，撑着下巴，勾起嘴角，又没忍住笑了出来。

5

许啄很晕，晕得厉害，仿佛坐了一路的盘山大巴。

他迷迷糊糊地推门回了宿舍，机械地洗漱完毕做完所有作业，抬头一看才刚刚十点一刻。

往日这个时候他该上床睡觉了，但今天他却难得有些犹豫——也许自己还能继续学学。

学习难道还需要什么理由吗？

许啄走到房间正中的桌前，盯着不属于自己的黑色书包，抿着嘴唇，煞有介事地拉开拉链，拿出了九科的《教材全解》。

从小到大，许啄都觉得自己像一个天生的箭靶子。哪怕再想悄然无声，总有各路目光有意无意扫射在他的身上摆脱不去。许啄讨厌那些目光，但也从来没能得幸逃脱。

可是这个晚上，在贺执把书包郑重其事交到他怀里的那一刻，他忽然便感觉不到那些无处不在的窥视了。

贺执初中常爱逃学，其实不是为了跑出去疯玩。他在校外有个老师，那人若是活到现在，苏泊尔店里的"招牌"位置大约还轮不到贺执来坐。

贺执喜欢画画，也很沉迷画作复原的工作。从前同学们在学校里学二次方程的求根公式，他就在校外学习"修旧如旧"和"修旧如新"的区别。当然了，作为一位"艺术家"，他对后者更感兴趣。所谓"二次创作"，和直接在一张大白纸上动笔或者将原画一比一复原都不一样，既需要他和原作者在精神上的碰撞共鸣，也少不了他自己的灵光乍现，同时还要顾及画作拥有者的要求期待，是很复杂也很考验人的一项工作。贺执对此很感兴趣，只是这样的机会并不算多，贺执钻研了许多年，前不久在苏泊尔店里改的那幅肖像画才是他靠这个手艺真正赚的第一笔钱。

钱不算多，但贺执很珍惜，给苏泊尔送了个漂亮的相框，给林宵白买了盘刚出售的游戏，末了还给李叔挑了件崭新的外套留待下次家长会用。

嘚瑟一番后报酬剩下的已然不多，他又去给贺妗买了束花放在自己的窗边，最后才走到原本以为一辈子也不会踏足的新华书店里，给小结巴精心挑选了一套看起来花色很多的教辅资料。

其实许啄不是很喜欢这套书的，内容老，讲解得虽然详尽但太过基础，不大适合自己。但既然是贺执挑的，也许还是可以试着做一做。

不对，应该是"既然是贺执挑的，那还是算了吧"。

文盲表哥大大咧咧在讲台上对着全班家长胡掰吹嘘"我家小啄只爱做《教材全解》"的画面还历历在目，贺执当时说得毫不心虚，估计也是因为那是他唯一认识且记得的教辅名字。

许啄忍不住想笑，随手拿起了最上面的那本语文《教材全解》。

书拿到手里便能感觉到不对，好像中间夹了些什么。

许啄眨了眨眼，轻而易举便翻到了倒霉的第17页。

从苏泊尔那儿结来的崭新纸钞叠成的小动物被夹在书页里，像是害怕被人发现不了似的，这一页第三段第四行的"好"字被用荧光记号笔用力涂了好几下，就差再画个箭头提醒读者高度警惕。

34页，65页，71页，118页，195页。

"好好学习，园园。"

许啄拉过椅子坐在桌边，语文辅导书被妥帖放在一侧，他好奇地拿起了另一本充斥着数学公式的《教材全解》。

97447。对应九宫格拼写顺序，我是个好人。

物理、化学……最后一本生物《教材全解》也被摆在了手边，玻璃板与桌面之间的那张速写纸终于得以再见光明。

许啄趴在桌子上，神情与动作就和纸上的自己一模一样。

贺执可真闲，许啄想。

但我更闲，许啄笑了起来。

时钟已经指向十一点，连做作业都要不了他这么多工夫，但破解贺执的密码竟然占用了许啄这么多宝贵的睡眠时间。

眼睛都有些睁不开了。

许啄趴在手臂上蹭了蹭薄薄的眼皮，赶在睡意席卷之前，给贺执编辑了今晚最后一条短信过去。

在今夜之前，他们的上一次对话是贺执说"园园，帮我想个英文名吧"，许啄说"好"。

6

新的一周，酒吧街苏泊尔的画廊历经多年风雨终于在全城市容改造的洪流中正式挂牌，店名叫"行素"，寓意取自《礼记·中庸》，"君子素其位而行，不愿乎其外"。一屋老小，终于告别文盲。

同一天，行素店里的那位贺姓大师也把自己崭新的花名用粉笔写在了店外的小黑板上。

贺执文化程度一般，字却写得极好，英文花体也不在话下——哪怕他很多时候并不知道自己在写些什么。

不过这次是知道的，因为园园给他解释了。

Nathaniel，是上帝的礼物。

7

分科前的最后一次九门期末统考为期两天半，文理志愿单早在一个月前就交到了各班班主任手里，暑假就在眼前招手，所有人都像刚刚高考完毕了一样喜悦得只想立刻往门外窜。

考试结束的这个下午，除了值日生还要暂时多留一会儿，整个宿舍都洋溢着仿佛过年前人去楼空的喜庆气氛。

许暨安中午本来也要来接两个孩子一起回家的，但是许啄说下午有同学聚会，只拜托小叔帮忙把行李箱带回去。

许偲比他出来得早，早就坐在了车上，许啄走之前在紧闭的车窗前和他说了一句"小偲晚上见"，也不知道弟弟听没听见。

学校里人撤了大半，除了许啄外最闲的就是他同桌关关。两人在食堂里吃饭，女孩儿毫无顾忌地掏出手机刷微博，没过一会儿就哆嗦着笑了起来。

这半学期以来，贺执隔三岔五便偷溜爬墙来找许啄玩。

大多时候是晚自习后，他拎着在家掐点热好的牛奶过来，也不多留，盯着许啄喝完便心满意足地摆手离开。

最近考试紧张，彭主任也加强了校园巡逻，贺执倒是有一段时间没过来了，不过他上次硬塞给许啄的那些零食还没解决完呢。下午班级聚会，许啄请了假，为了弥补缺席他还把零食一起贡献了出来，搞得同学们都被第一名这难得接地气的行为惊得说不出话来。

不过还没等他们说些什么，许啄就下楼去找许暨安了。

他还是不太习惯和别人过多接触。

下学期就分班了，虽然离开一班去文科班的只有四个同学，但是大家还是认认真真攒了个局。下午的确是有班聚，但许啄的确也不太想去。

他虽然和这些同学相处了整整一年，但是从始至终就没有真正融入过这个集体，就算去了也不过是一言不发，扫兴罢了。

但他也不想那么早回家。

还好贺执问他："园园，你要不要来给我过生日？"

"秋秋，你给贺执准备了什么礼物啊？"

关关咬着筷子皱了皱眉："他怎么还邀请我了？你说我要是空手过去，大帅哥会不会生气啊？"

自从四月初相识，贺执便零零碎碎给许啄送了好多好多的礼物。零食教辅兔娃娃、牛奶速写小涂鸦，就连收留他的那两夜，许啄放在贺执床头的两百块钱也被叠成纸飞机塞回了他的衣兜。

在六月一日许啄生日的时候，这人更是给他送了一个无比精心的礼物。

贺执提前好几天在音像店里寻摸出一盘空的卡带，回家后用铅笔把里面的磁带转了出来，用自己那手和文化水平完全成反比的好字在上面一笔一画写下了自己人生的第一篇抒情散文。

磁带太窄，材质本就不适合书写，为了不损坏表面，得用特殊的笔芯写得极其小心。贺执写得头晕眼花却愉悦难当，完成后又一圈一圈把磁带原样转了回去。

真是闲得感天动地。

投之以木桃，报之以琼瑶。许啄从复习周之前就开始想了，想了很久，终于想出了一个还算满意的礼物。

提前听了一半的关关震撼了："……秋秋，我现在过生日还来得及吗？"

许啄谦虚地摇了摇头。

8

店里今天休业，满屋子彩带飘飘折腾得跟求婚现场似的，几个同事还在比赛谁吹的气球更大更圆。

去年贺执过生日，店里可没有这么大的排场，少年的十八岁生日是在殡仪馆和他妈的骨灰盒一起度过的。

贺妗离世早，除了一条"火葬，别埋我"的小字条，什么遗嘱也没给贺执留下。

这个女人生前性格开朗而张扬，贺执被她一手带到大，他很了解贺妗，也读得懂她是想让自己把她烧了之后一把灰扬得干干净净。

可是她也该知道，贺执不会愿意的。所以她只说了那么一句，至于身后事究竟如何，全凭儿子自己心意喜好了。

贺家这位当妈的半途而废，当儿子的也不是很孝顺，一年到头三百六十五天，贺执只在自己生日那一天会去殡仪馆看看他妈的龛位。

儿的生日，母的受难日，虽然贺妗把他带到人世，吃了很多苦头，但贺执还是感谢她的。毕竟这个糟糕的世界也不是完全没有好事，他活得挣扎，但并不感觉艰难。

再者说了，要没有贺妗给他生命，他现在还不知道是哪片外太空的尘埃呢。

谢谢母亲，由衷感谢。

贺执弯着眼睛，靠在路边灯柱上等人的时候也忍不住想笑。

林宵白站在一边看着勾起嘴角若有所思的贺执，只感觉岁月真是一把屠龙宝刀，就连大名鼎鼎的青南路小黑龙现在也成了烧烤店门前每晚甩着尾巴来求喂剩饭的二狗子。

太傻了。

"贺执。"

等的人来了。

林宵白的目光不自觉地在许啄身后游移，却什么也没看到。

小白的情绪变化来得有些突然，像是被兜头泼了盆水似的，水温如何不知道，反正他突然就放空蒙了起来。

许啄有些好奇，贺执回头扫了一眼便了然地扯了扯嘴角，佯装不经意地问："园园，你同桌今天不来了吗？"

林宵白倏地竖起了耳朵。

许啄惊讶地微微睁大了眼睛，但是贺执就挡在他俩之间，还悄悄对身前的小结巴挑了挑眉毛。

许啄看着贺执作怪的眉眼，歪着头弯了弯嘴角："来的，她说去给你买个礼物，等会儿就过来了。"

林宵白不动声色地松了一口气，看许啄的眼神也忽然间善意友好了许多。

"啄哥，从学校过来一路累坏了吧！快进屋歇歇，里面吃的喝的什么都有！别客气，就当到了自己家一样！"

资深混吃等死米虫小白热情地准备将自己的逃学根据地分享给刚刚认定的挚友二号，可惜被他执哥当空拎住领子不客气地就往外丢。

"那是你家吗，还挺不客气。"

贺执拍了拍手上不存在的灰尘，回头对许啄温柔微笑："但那是我第二个家，园园，你可以随意。"

林宵白在贺执这里受尽了伤，捂着心口转身先一步跌跌撞撞跑回行素。

"别理他，一天戏那么多，林叔都打算让他明年去试试电影学院。"

贺执手揣在兜里歪头研究许啄背在背上的小书包，看起来鼓鼓囊囊的也不知道装了些什么，不会是一书包假期作业吧……

"是给你的礼物。"

许啄顿了顿，补充道："是个惊喜。"

哪有这么广而告之的惊喜啊。

贺执忍着笑："好，那你千万藏好，我最爱惊喜了。"

三人会合的地点距离行素只有短短不到五十米，但已经足够贺执叮嘱一长串："园园，你之前过来的那段时间店里人不多，大家也都在工作，所以其实没有见过几个人。今天大家基本都在，不过他们人都很好，不用担心。"

已经走到行素大门口了，贺执又不放心，停下脚步回头对许啄认真交代："但如果你感觉不自在了，不要憋着，一定要告诉我。执哥只陪你玩。"

语气正经得很，说的话却像是在哄小孩子，可许啄的十七岁生日都过去了。

只不过少年的眼睛太明亮，许啄点了点头，根本说不出不好。

答应贺执过来之前，许啄其实想了很多，而想得最多的就是自己会不会讨人嫌。

除了贺执和关关，许啄其实根本不会和人相处，就连平时和许暨安说话的时候都不动声色藏了许多情绪。贺执邀请自己和他的朋友们一起给他过生日，许啄犹豫了好久，生生在考试周焦虑出了轻微的神经衰弱，但这些他都没有也不会告诉贺执。

可是有些话就算不说出口，也是可以被真正记挂他的人看出来且愿意放在心上的。

长睫轻垂覆盖了眼底的涟漪，门边风铃声响，在走进来的一刻，突然一左一右"嘭嘭"两声巨响，两人被彩带兜头喷了一身，十分狼狈。

贺执和许啄双双愣住。

行素大厅里，十来个阳光帅气的小伙子站成一排，林宵白带头，站在最前面，手臂高高举起，忽然如一声号令落下，所有人便如经过排练似的整齐弯下腰，声如洪钟。

"啄、哥、好！"

许啄默默倒退半步。

抱歉，突然就有点想走了。

9

在苏泊尔尚且短暂的二十七年人生中，如果问他最不后悔的一件事是什么，那他一定会说是十七岁那年认识了贺妗姐姐。

但你如果要问他最后悔的一件事是什么……

那应该是答应贺妗接管了她的儿子吧。

虽然贺执看起来是个天然浪子，但其实在现实生活中根本不会主动接近任何人——这个燕城胡同圈公认的青南路小黑龙设定，在遇到许啄后被击溃了。

"园园，袖子好碍事，你帮我往上捋一捋。"

"园园，我刚才的五杀你有没有看到？"

"我瓶盖拧不开，你帮我拧一下吧。"

贺执现在就只是一个普普通通的，连瓶盖都拧不开的废物。

如此鸡肋的表现连二号废物林宵白都入不得眼，更遑论是作为一店之长的老板。

"小废物，刚才外卖打电话来了，滚到门外接去。"

贺执被赶走了，临走前还把自己"拧不开瓶盖"的那瓶饮料托付给了许啄代喝。但许啄身边的座位没有空太久，少年前脚刚离开，后脚苏泊尔就占据了他的位置。

"小许啄，我拧不开瓶盖。"

许啄抬起头，对上了苏泊尔漂亮的笑眼。

行素的"驻店艺术家"们成分很复杂，有全职搞艺术的也有兼职做律师的，只要作品能入苏泊尔的法眼，便是无关专业的年轻学生也能获得展览的机会。这些人来自天南海北，年纪最大的也不过正在奔四，单拎出来可能都还有点儿成熟魅力，但凑在一起时简直全员弱智，这会儿所有人正围坐在沙发周围，观看正中间坐着的关关与林宵白在电视屏幕投影的游戏里决一死战。

周围都是咋咋呼呼的喔喔声，苏泊尔无语地翻了个白眼，忽然听见许啄在旁边轻轻说了一句"谢谢小苏哥"。

好甜的宝贝。苏泊尔心情很好地对他笑："谢什么呀。"

许啄举起手里刚被递过来的另一瓶同款饮料，也勾起嘴角，没说话。

贺执每次递给自己饮料的时候，瓶盖都是刚刚好拧了一半的，但是苏泊尔刚才递给他的，却是已经完全拧开的。

苏泊尔摸了摸下巴，忽然说："经常喝饮料对身体不好。"

许啄眨了眨眼。

"不过这一款还好，营养成分比较多，没有加乱七八糟的添加剂。"突然科普。

许啄拿起瓶子开始在配料栏寻找蛛丝马迹。

"贺执他……是真的对你很好，小许啄。"

苏泊尔轻咳一声，有些不自然地偏了偏头。

"我是想说，贺执他……他不是什么坏孩子。"

如果要是再问苏泊尔前二十多年觉得最幸运的一件事，那应该还是答应贺妗接管了她的儿子吧。

"贺执他……以前过得不是很顺意，但现在好了许多，特别是认识了你以后，性子也恢复开朗了，你可以放心和他做朋友。"

苏泊尔藏在喧闹中的语气很真诚，许啄对他弯了弯眼睛："我知道的。”

他从很久以前就知道了，贺执是一个很好很好的人。

“你们背着我说什么悄悄话呢？”

贺执提着几大兜的全家桶、烧烤走回来放在桌上，双手插兜懒洋洋地冲两人歪了歪身子。

“不关你的事。”苏泊尔又开始翻白眼了。

“我刚才说的，小外甥你好好考虑吧。”

说罢，他对许啄点了点头，看都不看贺执一眼就拍屁股走人了。

这话说得实在不算客气——如果没有那句“小外甥”的话。

贺执倚在沙发靠背上，长腿一翻便利索地坐回到许啄身边。

“老板是不是给我卖惨了？”贺执靠在许啄身边悄悄问道。

许啄看着电视投屏上的赛车比赛，心不在焉似的点了点头。

“我妈之前认了他做小弟，论这层辈分的话，苏泊尔其实可以算我小舅。但他婆婆妈妈，说的话你不用理。”

除了林宵白，贺执从来没有带任何“朋友”来见过苏泊尔。林宵白虽然烦人，但是自来熟，苏泊尔打他骂他都没有任何心理负担，但是许啄却很不一样，他好静，不爱说话，看起来和他们完全不是一个世界的人，大人难免会有些手足无措。

也不知道苏泊尔和小结巴说了自己的什么坏话。

贺执手臂搭在沙发靠背上，两眼出神地琢磨着等会儿就把老板堵墙角问清楚。

“每一句都不用理吗？”许啄突然出声。

贺执转过头，瞧见许啄手臂撑在沙发上，身子微微前倾扭头看他的模样。

嗯……小外甥那句，也许还是可以理一下的。

“那老师！快来救场！这位女侠已经把我们所有人赢了一圈了！太跌份儿了！”

大屏幕上，林宵白操纵的酷炫小哥正和本人一样耷拉着脑袋郁郁寡欢，在他旁边，一身酷炫套装的络腮胡大叔却在终点向满场观众发出飞吻。

关关盘腿坐在地毯上回头，挑了挑眉毛，满脸都是挑衅。

贺执还在沉迷于在想象中给许啄的帽衫绳子系蝴蝶结，眼都不抬："滚，没空。"

许啄帮贺执选了个英文名，Nathaniel，清丽脱俗，但忒拗口，全店上下没有一个人念得出全名，没过几天就"那撒""妞儿"地叫起来，贺执一一单挑也挡不住大家的戏弄，索性也就不理他们了。

"喂，表哥，你不会是怕了吧？"

关关好像和贺执天生就不对盘，这会儿还耸了耸肩膀，对大家唏嘘地撇了撇嘴。

今天贺执生日，可是他却不是最大，连林宵白都敢作乱："执哥，那你直接认输吧！反正你也没有我厉害！"

贺执才不想理他们，关关却突然道："那我也派出仅次于我的二号选手出场吧，秋秋，你玩不玩？"

贺执倏地拉着许啄站了起来："来来来，让我来为我店一雪前耻。"

两人坐在了刚被让出位置的沙发前面铺的毛毛地毯上，贺执握着游戏手柄兴致勃勃，转过头凑在许啄的眼前，一本正经地问他："赢的人可不可以要一个奖励？"

周围都是嘘声和意味深长的起哄声，许啄大方地点了点头："谁赢还不一定。"

关关"哈哈"一笑，林宵白带头鼓起掌来："啄哥牛！"

贺执挑了挑眉，似是不以为意地歪了歪头，嘴边满是带着胜负欲的微笑："那开始了，园园。"

10

贺执输了。

贺执领先了整整九圈，在最后一圈的时候，贺执操纵的D城名少被身后穷追不舍的小机器人别出了赛道，最后以两秒的弱势为行素"全员弱鸡"的战绩榜书写了最后浓墨重彩的一笔。

"那老师，你行不行啊？"

"就不该让他上！"

"你行你上，我看你第二圈就得被人踢下悬崖！"

关关已经咬着桃子和苏泊尔交谈甚欢了，男生们还在推推搡搡嘻嘻哈哈。贺执谁也没搭理，只是把手肘随意搭在膝盖上，耐心地问："你想要什么奖励，园园？"

"没想好。"

"好，那先记着。"

周围喧喧嚷嚷，就他俩这儿还算安静，有人起身去开全家桶，忍着笑鼓捣了半天，最后端了一只插了"9"岁蜡烛的霸王堡过来。

"Happy birthday to you, happy birthday to you, happy birthday to dear 贺执，happy birthday to you…"

屋内灯光骤灭，装着汉堡"蛋糕"的小托盘被传到了许啄的手中，小蜡烛灯火摇曳，映得男孩漆黑的眼睛越发明亮，像是什么月光宝石。

贺执小声说道："我没有愿望，园园，你姓许，你帮我许一个吧。"

理由还挺多。

许啄从善如流地闭上眼睛，在他睁眼后，贺执勾起嘴角，和许啄一起吹灭了烛光。

谢谢你帮我实现生日愿望。

11

燕城是座老城，大大小小的宽窄巷子少说也有上百条，这几年三旧改造，很多巷子都无声消弭在了历史的演进之中，但也仍然还有很多幸存下来。

贺执现在就站在从行素到汇嘉之间的某条巷子里，对着一个垃圾桶发呆。

请恕他没有文化，孤陋寡闻，实在看不出来许啄现在究竟打算做些什么。

贺执的生日派对像个群魔乱舞的舞台，平日里憋着劲的人今晚全都在店里放飞了自我，唱K的，打游戏的，千杯不醉的，当然还有一杯倒的。

有人在角落里举着网球拍挥空拍，红着眼睛说那是他曾经的梦想，也有人轻声附和长笛也曾是自己幼年的最爱，然后就从书包里掏出一支竖笛，吹了一曲跑调跑得一塌糊涂的《小跳蛙》。

小跳蛙是许啄。

此刻，月黑风高，不知道被谁拿啤酒当饮料灌了一口的许啄正鼓着嘴巴，一脸认真地蹲在地上从书包里一样一样往外掏东西。

贺执看得胆战心惊，忍不住出声问道："咱这是……"

"嘘。"

许啄举起食指挡在嘴巴前面，一喝醉就泛红的眼皮半垂不垂，看起来像是马上要睡着了。但他晃了一下又突然睁开眼睛，仿佛清醒了似的。

"你等一下，马上就好。"

贺执忍着笑意叹了口气，由着许啄继续从书包里掏出大大小小的瓶瓶罐罐和不知用途的器材，最后，又看着他抱出一个真空罐，从里面取出了一朵被剪掉枝梗的玫瑰。

红棕色的粉末被倒在花芯里面，贺执托着下巴思索了好一会儿都没想出来许啄究竟在干什么，直到许啄又把一根银灰色的亮面金属插到了粉末上面。

不会吧。

丝毫没有听见贺执惊恐的心声，许啄最后又从书包里翻出两个焊接面具，递给了贺执一个。

"注意安全。"许啄认真解释。

最不安全的就是你了。

贺执吞了口唾沫，接过面具干笑了两声："你看今天天色已晚，不如我们改天……"

话还没有说完，许啄便带他往后退了两步。

贺执只用一秒就倒了戈：罢，生亦何欢，死亦何惧。

但什么都没发生。

许啄屏住呼吸发了好一会儿呆才想起来自己漏了最后一个关键步

骤，于是他又走回去捡起了地上的点火器材。

贺执眼睛猛地睁大，还没来得及上前阻止，许啄已经点燃铝条站了起来。

"很快的，别眨眼。"

在他起身离开后，耀眼如白昼流星的光芒忽然点亮了狭小的巷道，光辉灿烂，转瞬即逝。

而许啄站在一地星火中，只是淡淡地说："啊，忘了放到罐子里了。"

贺执立刻上前一步："你想死吗，小呆子！"

许啄不理他，瘪了瘪嘴，又蹲回到可怜的玫瑰面前，开始用镊子在残骸中挑挑拣拣。

贺执把面具随手扔开，走到许啄的身边。

本来他还想继续教训人的，却见许啄忽然丢开镊子，伸手要去拿那堆刚刚发生完反应的熔融物。贺执吓得连忙要拉住这小疯子的手，但许啄却忽然伸出另一只手在他的耳边打了个响指，然后将两只拳头一起伸到了他的面前。

"你选哪个？"

贺执有些发愣，颤着手指随便指了一个。

大约是他指对了，许啄弯了弯眼睛，顺从地摊开了掌心。

细细的掌纹里面躺着一颗黑如清漆的青玉。

"生日快乐，执哥。"

许啄生来孑然无所傍身，一切皆由别人施舍，唯有这个，是和他的小被子一起被放在福利院门口的。

贺执没有说话。

许啄以为他对礼物有误解，小声道："这是黑青石，戈壁料的。"

贺执更震撼了。

啊？什么东西？这不是你从江边捡的鹅卵石吗？

许啄见他不愿意收，有些着急地结巴着解释："这个只是和田玉的籽料，不值钱的。"

贺执："……你先收好。"

许啄"哦"了一声。

贺执扬了扬眉，还没来得及松口气，许啄已经把不值钱的小石头收到衣兜里，仔细地拍严实了些。

贺执的兜。

好吧。贺执在心里叹了口气，屈服了。

"那我先帮你收好啊。"

许啄满意地弯着眼睛笑了起来。

贺执还是有些好奇："这些东西你都哪儿搞来的？"

许啄一脸无辜："秘密。"

贺执侧过脸笑了出来。

他今年十九岁了，而这是他有记忆以来，度过的最好最好的一个生日。

贺执忍不住得寸进尺："给我唱首歌吧，唱首我听不懂的英文歌。"

许啄沉默了一会儿，张开嘴一板一眼哼道："ABCDEFG，HI……"

贺执："等会儿，25个字母我认识。"

许啄眼睛都不眨："26个。"

贺执："啊？"

许啄："有26个字母。"

也不是第一次因为文盲翻车了，贺执也不恼："那你再给我念首诗来听听。"

许啄歪歪扭扭站在花坛沿上走一字步，慢悠悠地、一字一顿地念道："你的内心仿佛燃起了热焰，月亮在你的皮肤下鲜活而生动。"

非常应景，非常美。

"是一位叫聂鲁达的诗人写的。"

贺执听得很陶醉，连连点头："这个小聂很厉害啊。"

许啄没说话，八成是自己又闹笑话了，但是和过去的每一次一样，贺执一点儿也不觉得跌份儿。

事实上，如果能让每一天都能像今天一样，贺执愿意做一辈子的快乐文盲。

暖黄街灯将他们的影子拉长，月亮大方地将银河剪碎洒向人间。

许啄站在高台上，贺执站在高台下。

"夏天快乐。"贺执踢了一脚路边的小石子，懒洋洋地说道。

许啄在他的搀扶下从花坛上跳了下来，一本正经地重复："夏天快乐，执哥。"

… 第七章 …
/ 意气相许，何乐不为 /

1

象征着活力的盛夏已至，但期末考试与家长会之间的这个周末，对于大多数学生来说才是暑假最精华的两天。

连鸟儿都在窗外"啊啊啊"地啁啾不休，扰人清眠。

枕边是阳光柠檬草味，许啄醒来时，没忍住闭着眼睛蹭了蹭棉麻的枕巾。

迟钝了两三秒，他终于睁开了能看得清晰的眸子。

他不在汇嘉，这里是青南路。

楼下的鸟儿还在叫，隐隐约约似乎还有人声，像是人和鸟在吵架。

已经是上午十点了，许啄睡了将近12小时，连牙床都有些酸软。他起身坐了一会儿，揉着眼睛踩上了床边崭新的家用拖鞋。

他忍不住好奇，又有点想笑。

许啄站在洗手间里，看着多出来的洗漱用品，轻轻地点了点属于他的牙刷。

这些东西，在汇嘉他都只拥有一次性的，但贺执不知道什么时候就偷偷备好了另外一套。

白色的新牙刷是他的，蓝色的是贺执的，许啄对着镜子发了一会儿呆，默默拿起了属于他的那一只。

　　贺执正在楼下喂鸟。

　　今天苏泊尔给他放了假，可贺执早上起得比平时还早，浑身热血活力无处释放，只好先出去晨跑了半个小时。提着豆浆油条回来时，许啄还是没有起床。

　　贺执不愿意把许啄晃醒，只好下楼逗他刚弄来不久的小鸟。

　　"园园，你怎么那么能睡？

　　"园园，你昨天送了我生日礼物。

　　"园园，你昨天叫我执哥了。

　　"园园。

　　"园园。

　　"园园。"

　　鸟都被他叫得无语，闭上嘴巴缩到角落里去了。

　　许啄走到门边，眼睛一眨不眨地望着贺执站在院子里无聊逗鸟的背影，听见他懒洋洋又小心翼翼的呼唤。

　　鸟儿被贺执烦得够呛，扑棱着翅膀在笼子里撞来撞去，搞得鸟食都撒了出来。

　　贺执"啧"了一声，撸起袖子有点儿想开笼收拾坏鸟，但余光瞥到什么，他又原样把衣袖放了回去，温和地对鸟笑了笑，做足了戏才回头道："园园，早啊。"

　　也不早了。许啄趿拉着拖鞋走到他身边，好奇地踮了踮脚。

　　"它叫什么？"

　　贺执还在盯着他发呆："园园。"

　　许啄转头看贺执，漆黑眼睛似乎在无声谴责。

　　贺执连忙回神挽回："圆不溜秋的圆！肥嘟嘟的那个圆！不是幼儿园的园！"

　　鸟快气疯了，已经开始尝试怎样才能把自己撞死了。

　　挂在晾衣绳上的笼子被它撞得东摇西晃，贺执把许啄拉到一边，终于忍不住出声骂鸟了："你是不是人来疯！小心我把你和前门那条狗子一锅炖了！"

鸟老实下来了。

贺执满意地过去把笼子取下来，端到了许啄面前展示："来，圆圆，跳个舞给园园看。"

许啄无语。

贺执想起来抬头补充："我说的是笼子里这个圆圆！"

笼子里头和外头的都不搭理贺执，许啄凑近了些，看清了笼子里的小鸟。

是只粉色的鹦鹉，尾巴鹅黄，浑身毛色过度甜美如水蜜桃，堪称鸟禽界的桥本环奈。

好可爱。

圆圆踩在木枝上，歪着脑袋，也在好奇地打量园园。

许啄的肚子咕噜了一声。

2

烧烤店里，许啄正在吃早点，贺执正撑着脸目不转睛地盯着他发呆，而李叔则在一边算账一边竖着耳朵偷听。

"园园。"贺执突然开口，语气郑重。

许啄咬了一口油条，抬头"嗯"了一声。

贺执："后天家长会，还是我去给你开吧？"

"嘭——"

一声巨响之后，李叔从柜台后面爬了起来，扶着后腰冲看过来的两人摆了摆手："椅子坏了，我拿出去修修。"

"……您当心点。"

贺执唏嘘地目送中年人夹着椅子出门，继续转过头，认真地看向许啄。

"你们班家长群里都发通知了，李老师说了，后天晚上七点半，不见不散。"

李老师是和那些"××爸爸""××妈妈"说的，不是和群里面那位"许啄表哥"说的。

表哥，好像太不亲切了。贺执有一个大胆的想法，假如他把备注改成许啄亲哥……

"执哥。"许啄出声打断了贺执的畅想。

"昨天是关关和你说的吗，我可以不回家。"

贺执"嗯"了一声："我本来是想把你送回去的，但是你的小同桌忽然打电话来，说是让我带你回我这里。"

他认真地辩白："不是我头脑发热把你挟持过来的啊。"

许啄点了点头，思索了一会儿，便拿起手机随便划了几下放在耳边。对面嘟了好几声都没接通，许啄耐心地等着，贺执则耐心地坐在对面玩着自己的手指。

"喂，小啄？你睡醒了？"

许暨安的声音听起来有些疲惫，大约正在公司忙事情，许啄"嗯"了一声没敢多耽误时间："我下午就回去了。"

"好。"

许暨安顿了顿，又说道："我今晚就不回去了，小啄你多陪陪小偲。"

无论应酬有多晚，在燕城的时候许暨安很少不回家，除非他又和梁妍大吵了一架。

许啄的表情淡了下来。

"好的，你放心。"

电话挂断了，许啄还是一副垂着眼皮若有所思的模样。

贺执趴在桌上问道："你要现在回家吗？我可以送你。"

许啄依从本心摇了摇头："下午吧。"

贺执勾起嘴角笑了下："好，那你现在想不想玩游戏？"

反正也没别的事干，许啄点了点头。

他没太玩过单机以外的手游，对关关和贺执擅长的游戏很不熟悉，但是贺执非常有耐心，手把手教着他开通账号，绑定手机，修改 ID，接受好友申请。

飞快跳过新手教程，贺执给许啄送了一堆稀有皮肤和装备，握着手机兴致勃勃地换来换去，生生把竞技游戏玩成了换装手游。

"好了，我们现在可以开始双排了，你跟在我身后看看风景就好，没有人敢打你，谁打你我就让他在断网前流尽最后一滴血。"

贺执笑得很天真、很开朗、很残忍。

许啄很配合地点了点头，接过手机按下了组队按钮。

这个时间打游戏的人很多，没一会儿他和贺执的这支队伍就组满人了，但是不知怎的，许啄看着"伴我长峥""、晨爷"和"是因为等的人在远方 O"这三位队友，突然就陷入了难言的沉默。

贺执立刻察觉到他的不对劲，温声问道："怎么了？"

许啄摇了摇头："没什么，想起几个人。"

对面的队伍还在选英雄，许啄摇摇头试图把一些脏东西甩出脑海，但屏幕上某位队友网名后的小喇叭却从静音符号闪了闪，下一秒手机里便响起了一句语气古怪的问话："许啄？"

许啄面无表情地闭上了眼睛。

好的，确实是那几个人。

"呃，忘了关语音了，"贺执笑了笑，"你认识队友们吗？"

许啄很干脆："不认识。"

仿佛都能看见秦峥和他的跟班们坐在屏幕对面，冷冷看着自己的模样了。

许啄有些想退网了，但又有一个小喇叭亮了起来："许啄！你有没有良心！昨晚你不知道上哪儿去了，要不是峥哥帮你打掩护，你早被你姊姊骂死了！"

这位"、晨爷"真的好吵。

但昨晚不是关关打的电话吗，关秦峥什么事。

贺执耸了耸肩膀，示意他也不知情。

许啄想了想，说："哦，谢谢你，秦峥。"

对面没人说话了。

贺执仰头笑出声了。

"、晨爷"又来劲了："许啄！你在和谁双排！就你那个表哥吗！"

这都猜得出来，贺执在期中家长会上到底给家长们留下了多么深刻的印象。

贺执好奇地问："他叫什么？"

许啄："冀晨。"

贺执有些惊讶："忌辰？这么不吉利的名字啊！"

这回轮到许啄笑了。

他们两个的语音自始至终就没关过，冀晨都快气疯了："许啄，这就是你表哥？不愧是一家人，全都没什么家教！"

贺执"啧"了一声有点想骂回去，但许啄却先他一步，淡淡道："不是啊。"

许啄说："你看不见网名吗，他是我的亲哥。"

一片沉默。

贺执慢悠悠打字："哈。大家好。（笑）"

秦峥离线了。

3

汇嘉今天来了客人，客人一家姓秦，还有一家姓冀。

许啄从私家电梯出来，是秦峥给他开的大门，而等他换好拖鞋起身的时候，秦峥还站在门口看着他，眼神复杂，不知道在想些什么。

许啄等了等，听见他冷淡地说："昨天你小叔给我打了电话，我说大家玩得太晚一起住酒店了，是城南区那家仙季，别搞错给我添麻烦。"

许啄点头，又重复了一遍："谢谢你，秦峥。"

他这么有礼貌，秦峥却好像听到了什么芬芳语句似的，翻了个白眼受不了地走了。

不知道秦家和冀家母子今天造访是为了什么，冀晨坐在许啄家里，还敢在语音里说许啄没家教，多亏了许家房子大，隔音好，不然他得被他妈拎着耳朵踹死。

许啄本来只打算和大人打个招呼就回房间的，但是走到阳光洒了一地的偌大客厅里，却被空气中弥漫的古怪气氛绊住了脚步。

梁妍不是天生的贵太太，纵然结婚之前她也算是这座城市里小有地位的知识分子，但她没有家世。不过梁妍人很圆滑，更难能可贵的是，她并不假装清高，许家交际圈里面的这些太太都很喜欢和她一起玩，除了秦太太。

她们的丈夫是生意场上最重要的伙伴，这位秦太太虽然尽力维持了面上的和睦，但是梁妍看得出来，她看不起自己。

一直到三年前，许偲的那件事情发生，许暨安勃然大怒，而秦太太连夜赶到医院，跪在梁妍面前痛哭流涕地向她求饶。

那个时候，这个从未真正被现在所处的阶级接受过的许太太，心里大概是复杂而奇妙的。

她当然很恨伤害自己儿子的一家人，但现在，这个以前只能仰望的女人毫无自尊地跪在自己面前，她心中又控制不住生出了一丝奇异的满足感。

她可以接受许暨安最终选择原谅秦家，也可以和这些太太继续和睦相处，但这一切都建立在秦家那个大儿子永永远远不再出现在自己面前的前提之下。

客厅里的气氛很诡异。

秦太太和冀太太坐在一侧你一言我一语恭维着许家的装修，她们的儿子沉默地坐在一侧若无其事地玩着手机，而梁妍则气质端庄地坐在靠窗的椅子上修剪着桌上的花束。

很镇定，很像个真正的贵太太，直到许啄走进来的时候，她才抬头看了一眼这个自己最不喜欢的孩子，眼中忽然闪过了一丝极其微弱的哀求。

她昨晚和许暨安吵架了，吵得很凶，而这一次她决计不想让步，可她没有同盟。

能让她这样看着许啄的只能关于一个人——许偲。

许啄在沙发上坐了下来。

"秦阿姨、冀阿姨好。"

"小啄好呀，好久不见了，这次考试肯定又是年级第一吧。我总让小晨跟你多玩玩，近朱者赤，但这孩子就是太害羞。"

冀太太笑眯眯的，胡话说出来眼睛都不眨一下。

"妈……"冀晨咬着牙从嘴里含糊吐出一个字，谁也没搭理他。

秦峥正戴着耳机歪倒在沙发靠背上。许啄坐在离他不远的地方，从茶几上拿了一只橘子，语气淡然："秦阿姨，秦远是不是要回来了？"

屋子里一片死寂，秦峥的睫毛颤了颤，依旧紧阖着双眼。

秦太太和冀太太面面相觑了两秒。

看了看不急不慢剥着橘子的许啄，又看了看窗边假装耳聋的梁妍，秦太太咬了咬牙，柔声道："小啄，这都三年了，你秦远哥哥一个人在国外也吃了很多苦头，早就真心悔改了，小偲现在不是也好多了，也可以去上学了，不如……"

"秦阿姨，"许啄垂下眼皮，温暾地打断了大人的建议，"你知道为什么当汽车时速超过 50 公里每小时的时候，马路上必须设置中央分隔带吗？"

没人回答他。

许啄把橘子一瓣一瓣剥开，很平静地自问自答："因为一旦发生车祸，那就是生死所能承受的撞击临界线。"

"小啄……"

许啄抬起头，目光安宁得如同两汪静水："但是这个生与死的区别和一般人的想象不太一样，实际上其实是死和生不如死。"

经历过惨重车祸的人，可能会失去健全的四肢，可能更换人造颅骨一辈子低智，代价有很多很多种，其中也包括许偲这么多年来受过的所有伤害。

许啄看着哑口无言的秦太太，笑了一下："我是许家的养子，这个家里本没有我说话的份，但是我却不得不提醒您，正是因为这个家只有许偲一个儿子，所以未来许家的事业究竟会交到谁的手上，应该是很明显的吧。"

秦家为了可以让继承人顺利归国，甚至不惜再次掀起几年前掩好的烂疮，但他们谁又能保证，这个粉饰出来的太平可以延续多久。

许暨安不会永远坐在那个位置上。

秦太太的脸色一片煞白。

梁妍还在窗边摆弄着她的鲜花，仿佛什么也听不见似的。但是刚才许啄回来之前，她可没有现在这么悠闲。

"小啄，"冀太太忍不住僵着笑意插嘴，"你小叔不止说过一次了，你也是这个家重要的一分子，你这么说话，你叔叔婶婶可要伤心的。"

"您说得对，"许啄轻笑了一下，"但是其实都一样吧，毕竟我和小偲都不喜欢秦远哥哥。"

秦太太再也受不了这番毫无掩饰的咄咄逼人，难堪地拿起衣服站了起来。

许啄把橘子皮扔进桌上精致的水晶烟灰缸，抬起头，笑着给了她最后一击："许家只有许偲，但是秦家不只有秦远，您说是吧？"

"许啄！"秦峥睁开眼睛，视线冰冷地看向他。

还是这种态度比较好，他们之间除了针锋相对和陌生之外不应该有任何别的关系。

许啄连眼皮都没抬一下。

"我们走吧，小峥。"秦太太闭了闭眼，端着最后的自尊与体面，毫不留恋地离开了。

都不用亲妈提，冀晨早就如坐针毡了，秦峥还没动，他已经飞快地蹿出了许啄家这天杀的巨大客厅。

可秦峥还坐在沙发上没有动。

冀太太的笑容都快挂不住了："小峥……"

秦峥站起来一步一步走到了许啄面前，弯下腰，俯身凑在了他的耳边。

有那么一刻，许啄觉得，秦峥估计恨得想把他的耳朵咬下来。

但最终秦峥还是什么也没说，什么也没做，离开了。

大门被甩上了，只剩下主人的客厅再次安静了下来。

许啄两分钟结束战斗，起身准备回屋。

"小啄。"梁妍忽然出声叫住了他。

许啄回过头，很安静地看着她。

梁妍不喜欢许啄，很大一部分原因，可能是因为她其实打心眼里有些害怕许啄。

这个孩子从很小的时候就是这个样子，眼睛漆黑明亮，张漂亮，

146

可她总觉得，那双眼睛就像旋涡或是什么深渊，让人止不住地想要远离。

许啄是个什么都不怕的疯子，但其实也没什么，毕竟住在这个家里的，有哪个不疯。

"昨晚，我们和秦家人一起吃了一顿饭。"

梁妍放下花剪，声音很轻。

席上如往常一样，男人们推杯换盏，女人们笑着交流当季的首饰，但行到中途，秦父却忽然佯作不经意地说："暨安啊，这几年我身体也是大不如前了，秦峥那孩子也不争气，天天在学校里给我惹麻烦。倒是国外那个，最近学了很多为人处世，我看着，虽然远远不如你们家的两个孩子，倒还是勉勉强强比他弟弟强上一点。"

当时的场面静得就如今天一样，梁妍的脸色骤然惨白，而许暨安在长久的沉默之后，也不过是笑了笑，握起酒盏与好友碰杯，无比自然地换了其他的话题。

梁妍难受地抬起一只手捂住了眼睛。

"你小叔，他太软弱了。"

各自心怀鬼胎的饭局一结束，梁妍在回来的车上就和许暨安吵了起来。

她可以接受他们继续与秦家和平相处，但她受不了秦远就这么回来——他从头到尾，根本就没有付出一丁点儿的代价。

许暨安从昨晚就一直没有回家，他中途绕道去了公司，梁妍是被司机送回来的。

许暨安真的软弱吗？

他是个天生的商人，但他也是一个男人，一个父亲，听到那种近乎无理的试探，他也会感觉愤怒，想要发泄，可是他不能就那样毫无保留地释放。

许家和秦家，从上一辈人开始就有着千丝万缕的利益纠葛。像秦家离不开许家一样，许家同样也离不开秦家，许暨安不能和他们撕破脸。

但是作为一个深觉对不起儿子的父亲，他又不甘心让伤害许偲的罪魁祸首就这么安然无恙回到燕城，于是他故意表现出那种模棱两可的暧昧态度，故意引得梁妍和他歇斯底里。

女人的眼泪是世上最没有道理的武器，他在逼妻子在这场无声的试探之中为己方取得胜利。而梁妍比他想象的要更聪明，因为她在许啄回来的一刻就意识到了，比妇人之仁更有效的，是童言无忌。

许暨安知道吗，梁妍会向许啄求助。也许本来是不知道的，但今早许啄给他打了电话，而知道家里有谁正在做客的许暨安沉默了两秒，并没有提前告知他。

也许他们并不觉得自己做错了什么。

"谢谢"就在嘴边，可怎么也说不出口。梁妍犹豫了几次，最后还是重新拿起花剪，放柔了声调道："你可以不必说那最后一句话的。"

许啄勾起嘴角，把手中的橘子瓣放在了桌上。

他当然要说。

那是许暨安想借他的口告诉秦家的唯一一句话。

秦太太今天过来，只不过是又一场试探，试探的结果虽然并不代表许暨安的看法，却决定了他的态度——秦远不能回来，秦家最好还是早日扶持二儿子，别打大儿子的主意吧。

诛心之言，交给了一个孩子说出口。大人们不会为此付出任何代价，走出家门，他们仍然还是燕城最被尊重的董事长、贵太太之一，就连今天几乎撕破脸的秦家人，再次相见时，他们仍然还是会笑得如同一家人般亲切。

但许啄不是。

他可以说话无所顾忌，可一旦离开了许家的庇护，他会立刻陷入不利的处境。

也许许暨安和梁妍都没想过这对许啄很不公平，他们也许还在为这一次家庭的并肩作战默默感到内心宽慰，但是从来没有一个人想过，许啄其实很想离开这个家。

他愿意一直尊重许暨安，保护许偲，可他也很希望，自己可以不再困于这个养子的身份。

不过他也没得选，毕竟他不过只是个捡来的孩子而已。

"刚才说的那些话都是真的，无论小叔说过什么，我什么都不会要的。"

许啄对突然抬起头向他睁大眼睛的梁妍微微欠了欠身："午安，姊姊。"

或者说，午安，许太太。

汇嘉的大门再一次被关上了。

青南路的后院里面，贺执正在尝试教鹦鹉说话，可惜连鸟都不愿意理他。

少年勉强按捺下对这除了长相可爱外一无是处的鸟的怒气，察觉到什么似的，回过头，在院子门口看见了刚刚被他送回家不久的许啄。

"怎么哭了啊？谁欺负你了。"

许啄摇了摇头，一声不吭。

他只是突然很想念青南路。

想念这个世上，唯一一个给他温暖的地方。

4

信中的家长会安排在了周日晚上，许啄被老师叫到学校交代事情，下午就从青南路离开了。不过李木森也没扣许啄多久，半个小时后许啄就从办公室里走了出来。

"秋秋！"

他关上办公室大门，一回头便瞧见关关在走廊那头冲自己招手。

许啄和女孩儿相对而行，还没来得及出声打个招呼，关关已经冲到了他的面前，指着许啄身上的 T 恤大惊小怪地喊了起来："你这穿的谁的衣服？"

许啄低头看了一眼校服外套领口露出的黑 T 恤，平静道："贺执的。"

"……难怪这么没品位。"

许啄伸手帮她抚平了翘起的领子，听见女孩儿忽然小心翼翼的语气："秋秋，你这两天，一直住在表哥那儿吗？"

许啄"嗯"了一声，没多说什么。

他只是和许暨安提了一下去同学家里住几天，小叔本来还在追问是哪个同学，但许啄听到电话那边似乎是梁妍说了些什么，许暨安沉默片刻，最后回了一声"好"。

从走进许家大门开始，这是许啄第一次近乎直白地表示出暂时想离大人们远一点的态度。

但其实他小题大做了。从小到大，许啄对许暨安有时候近乎无情的冷漠早已经习惯到可以无视的程度了，整个成长过程中甚至都没有产生过任何有关"失望"的情绪。

这一次偶然被当枪使其实也没什么，毕竟许啄已经不是那个被扔进寄宿学校睁着眼睛彻夜难眠的小不点儿了。

至于他从汇嘉跑出来的原因，许啄想，他大概只是想稍微逃离一会儿而已。

而这一会儿的工夫，他的确度过了非常轻松愉快的两天。

许啄不想出门，贺执每天便变着花样带他在青南路小房子里玩。

那只叫圆圆的鹦鹉现在还在房间里满屋子乱飞和人斗智斗勇呢，也不知道贺执能不能及时赶到家长会。

许啄眨了下眼睛，连他自己都没有注意到唇边无意识的弧度。

关关默默惊叹了一会儿，纠结地皱了皱鼻子。

"怎么了？"许啄察觉到了她的犹豫。

关关咽了口唾沫，飞快解释："表哥生日那天，我本来是打算直接给你小叔打电话的，但秦峥却先一步打了过来。"

电话里，秦峥的声音冷得像冰箱里冻得结结实实的陈年老冰："许啄今天不用回家了。"

说完秦峥就挂断了，都不给关关问他"你是谁你是不是神经病"的机会。

关关感觉很迷惑："他这是闹哪出啊？"

楼道里到处是人拿着卷子跑来跑去，两人一起向班级走去，许啄走在外侧护着她不被人撞到，淡淡道："可能是为了让他哥回国，提前和我示好。"

关关突然瞪大了眼睛："那条狗要回来了？"

狗也太委屈了。许啄没忍住笑了一下："没事，回不来。"

关关松了口气："那就好，不然小许偲也太委屈了。"

许偲。

许啄不自觉地捏了捏指尖。

他两天没有回去，许偲……还好吧？

"秋秋！"关关伸手在许啄面前打了个响指，"回神了。"

许啄眨了眨眼。

关关抬手伸个懒腰，嘴边忽然勾起淡淡喜悦："这次家长会我家没人出席，等会儿把卷子收了我就回去过暑假啦。"

期末成绩昨晚就出结果发到了各个家长的手机上，该夸的该打的基本已经结束了第一轮战斗，关关家里长期没人，她回去是真的可以撒欢。

不过她竟然这么高兴。

许啄了然道："你要去宛城找你爸爸玩了？"

关关笑眯眯地用力点了点头："这次是真爸了！"

关关的父母几年前离异，妈妈嫁去了国外，爸爸在江南一带做生意，本来也想带关关一起走的，但女孩儿记挂着她唯一的好朋友，执意留在了燕城。

贺执起初误会他俩关系不是没有理由的，毕竟连关关的亲爸和老师同学们都这么以为，但事实是，世界上就是有这么纯洁的异性友谊。

至于关关为什么要租别人来给自己当爸？一个确实是因为成绩不佳不想通知亲爹，另一个，确实也是因为她觉得好玩。

"你假期在哪儿待着呀？要不来找我玩吧，我带你玩肯定比跟旅行团还好玩！"

许啄连今晚回哪儿都还没有想好呢，说："我考虑一下。"

他家的事情乱如一团麻，关关虽然了解个大概，但也从来没有揪着问过，这会儿也只是点了点头，善解人意道："行，你想来就告诉我一声，没时间我就开学给你带好吃的回来。"

"什么好吃的啊！"

两人循声回头，瞧见了不知何时出现的林宵白。

"你们约好了出去玩吗？带我一个怎么样？"

关关挑了挑眉无所谓道："随便啊。我们去宛城玩，你去吗？"

上次在行素，这两个人打游戏打出了革命友谊，一个毒舌，一个欠骂，倒也相处得十分融洽。

许啄没插嘴，三人一起慢悠悠往前走，只听见林宵白有些诧异地重复了一遍："宛城？"

关关没好气："没听过吗？"

"不不不，"林宵白摇了摇头，"那是执哥老家啊，执哥也去吗？"

许啄回过头来："你说什么？"

5

青南路，贺执刚把飞到天花板的鸟抓下来塞回笼子。

他从桌子上利索地跳下来，俯冲得很有技法，落地几乎无声。李叔站在一旁啧啧称奇了一会儿，问道："小执，你等下去给小许开家长会，不换身衣服？"

上次老师来家访，贺执就把自己打扮得人模狗样，这次期末家长会，怎么穿得还没期中正式。

贺执低头看了一眼自己日常如一的黑色套装，无所谓道："没什么可换的吧，反正那些爸爸妈妈上次应该也看出来我是什么货色了。"

既然作为一介文盲这么有自知之明，何必还非要去给人家学霸开家长会。

李叔一边腹诽，一边看着贺执对着店门口的落地镜原地转了一圈，摩挲着自己的下巴，欣赏地自言自语。

"贺执。

"要不这表哥你别干了。

"我看许啄的亲哥位置就空着呢，你把备注改了吧。"

模仿着李木森语气的贺执快乐地笑了起来。

李叔默默走开了。

高一一班很好找，贺执到得太早，走进去只看见一个在讲台黑板上写字的女学生。

贺执屈起食指敲了敲门："你好。"

女生歪过头眨了眨眼，忽然想起什么似的问道："您是许啄的哥哥吧？"

还您呢，学校可真是个文明世界。贺执勾起唇点了点头，感觉"哥哥"这两个字很受用。

"许啄被老师叫走了，大概是去广播站准备等会儿的家长会演讲。"

"演讲？"贺执挑了挑眉。

许啄今天走之前可没和他提过这件事。

贺执从小皮到大，是在全校师生面前检讨过不少，但许啄可不会和他一样。

作为年级第一的"表哥"，贺执忽然感觉好膨胀。

怎么办，有点儿想跟他妈妈说：喂，贺女士您好，您没能实现的梦想，儿子帮您完成了。

贺执暗爽着，都没注意到自己堵在门口让人进退不得。

女生看着他身后沉默不语的成年男人，有些尴尬地扯了扯嘴角："您是……许啄的叔叔吗？"

这孩子怎么记性这么不行，刚才还认出来自己是表哥，一眨眼的工夫就忘了。

贺执回过神来，凭敏锐知觉光速复位，他一步迈出去，警惕地回过头来。

夏天还穿风衣正装，神情淡然，长得还行，有些眼熟。

想起来了。

贺执抬起手，礼貌又欠打地笑了起来。

"您好，我叫贺执。"

6

离家长会还有半个多小时，广播站里这会儿只有许啄一个人坐着。

他本来想先回班待着，但还没进门就被同学告知彭主任正在广播站等着他，好像是演讲稿有问题。

但许啄敲门报告了好几声，推门进来时才发现，压根儿就没人。

他无所谓地走进来拣了张椅子坐下，拿出手机给贺执发了条短信，这会儿还没有得到回复。

不知道是不是还在捉圆圆。

许啄靠在墙边闭目养神，门边传来门锁转动的声响，他睁开眼，歪过头，瞧见了从外面走进来的秦峥。

又是这种把戏，许啄无趣地闭上眼睛。

秦峥这半学期的表现实在太过古怪，那次从海边回来之后，他突然间开始在学校里把许啄当作不认识的透明人。他那些跟班有的故作聪明又来招惹是非，许啄还没做些什么，秦峥已经先一步出手把人踹了个半死。

但秦峥从来不看许啄，不和许啄说话，一直到前天，他在汇嘉给许啄开门。

之前一直搞不懂秦峥在想些什么，但现在看来，一切的莫名其妙都是有原因的——为了他哥哥回国，二少爷大概被自家父母施压了。

这在意料之中又好没意思。

许啄不耐烦地抬起眼皮，对上了秦峥俯视他的冰冷双眸。

7

"你让我离他远点儿？"

贺执没骨头似的倚在墙壁上，嘴边挂着懒洋洋的微笑："可我不想。"

防火楼梯间有回音，但对话却可以足够隐秘。

许暨安抬手看了一眼腕表，淡淡道："我不会干涉小啄的交友，但是你们不是一个世界的人，就算我不做什么，最后他也会离开你。"

明明满嘴没有一个脏字，但听起来就是比那些"混账流氓"的词语还要刺耳。

贺执无所谓地耸了耸肩膀："随他高兴。"

贺执早就明白，许啄愿意和他在一起玩，是因为自己可以让他开心。

如果可以，贺执愿意永远想方设法逗许啄开心，但如果有一天，贺执没那么有意思了，当许啄再也无法从他身上汲取到任何的喜悦、想要离开他时，贺执也不会说不。

但现在，他是许啄的哥哥，他会站在许啄的身边，保护许啄。

十几岁的孩子最固执，世上没有任何东西可以摧毁他们的感情，除了距离。

许暨安又看了一眼腕表，向贺执点了点头，转身向楼上走去。

他的步伐很优雅，胸有成竹，是贺执这一辈子都学不会的不凡气度。虽然很不想承认，但许啄被这个人一手带大，骨子里的温暾与傲慢，的确与许暨安很像。

贺执扯着嘴角笑了一下，揣着兜直起身来，慢悠悠地向与男人相反方向的楼下走去。

很像，但许啄不是他。

8

广播室里，秦峥侧了侧头，嘴角扯起戏谑笑意。

许啄就站在墙边看着他，眼神冰冷。

这么纤细的一个男孩儿，偏偏性格那么极端，从小到大，几乎没有从任何人手上吃过一丝一毫的亏。

冀晨以前曾指着路上对陌生人疯叫不止的吉娃娃，嗤笑着说看它像不像许啄，但秦峥没有理睬。

秦峥想，许啄才不是那种因为自己弱小才用凶悍作为掩护的家犬。许啄是只真的野狼，受了伤被赶出族群，孤独而饥肠辘辘，似乎任何一个猎食者都能轻易扑向他的咽喉，但事实却恰恰与之相反。

秦峥懒洋洋地垂下手，好整以暇地看着许啄。

"你现在明白了吗，从头到尾，秦远回不回来，跟我都没有任何关系。"

秦峥想要的，从来就不是那个败类兄长的回归。或者说，秦远回不回来根本无所谓，而秦远现在回不来了，秦家未来落到自己手里，许啄最好祈祷那时候许家还愿意庇护他。

"你高考能考几分？"许啄忽然问。

秦峥眯起了眼睛。

许啄松开攥得发紧的掌心，语气已经冷淡了下来，平静得像在说些无谓的闲话。

"你这次考试成绩还是排在年级倒数，未来也不过是和你哥一样去国外混个学位回来继承家业，而我在国内读完大学，和你，和许家的事业都不会有任何的牵扯。但是无论如何，我始终都是许家的人，你就算想羞辱我，也该换个手段。"

秦峥忽然笑了："你觉得我在羞辱你？"

许啄敛目："你不是吗？"

秦峥的语调意味深长地拖长了些："那个贺执？"

贺执走到门口时，正好听见这一句："你还真拿他当个东西了？"

许啄没有说话，贺执也没有推门。

秦峥讥讽地说："你们完全就是两个世界的人，许啄。"

到底怎么就是两个世界了，21世纪已经发达到可以同时存在不同维度了吗，一个两个，每个人都在尝试把他们两个塞进不同的维度，不同的世界。

贺执彻彻底底地冷了脸。

"为什么是两个世界？"许啄轻声问道。

门内门外的人都愣住了。

许啄背着双手，像在做客观证明题，已知："我是好人，贺执也是好人。"

门外，贺执侧过脸，忽然笑了。

门内，许啄的眼睛像两颗浸在静水中的月亮，绵凉的声调掷地有声。

许啄说："我们是一个世界的人。"

9

许啄是个很特别的好学生。

同学们说，许啄学习很好，但是性子很冷淡，很不容易接触，大家都不太敢和他说话。

老师们说，许啄很聪明，学习也很认真，但性子太独特，除了学习，也应该适当注意一些别的方面。当然了，还是学习更重要。

家长们说，哇。

"家长们"包括许啄的表哥。

"今晚很荣幸在这里和各位家长简单分享一下我的学习经验，不过世上没有相同的两片叶子，同样也没有完全一样行之有效的学习方法，叔叔阿姨们听过以后不必过分苛求同学们，毕竟最重要的是有一颗真正向学的心……"

每天只会播放上下课铃和眼保健操音乐的大喇叭今晚播放的语音来自一个男孩子，他的嗓音清冷温瞰，贺执听这个嗓音说过很多话，唯独没有听过他这么正儿八经地聊"天天向上"。

说实话，单看许啄平时那些出人意料的举动，很难让人把他和一个万年第一名联系在一起。

但是只要你真的看见许啄，看见他那渗到骨子里的凌驾于小书呆子之上的淡定沉着，就可以肯定，他一定是个学习非常厉害的人。

这算什么，好学生的外在光环吗？

广播里的学习经验小讲座并不是今晚的开场秀，在许啄之前，这学期文科第一名的家长已经介绍过了自家的教育经验。

本来许啄的发言时段学校安排的也是家长来家长会上传授经验的，但略尴尬的是，许啄是个常年不回家的住校生，家长除了每学期交个学费基本没出现过。

从小到大，这也不是他第一次代表家长出席了，但是这一次，许啄的家长会也是有人来开的。

此刻，贺执正撑着下巴坐在许啄的座位上，看着桌上摊开的漂亮分数，笑得非常阳光灿烂。

好可惜啊，今天李叔没来，他都没同桌可以炫耀。

贺执真的好膨胀啊。

大家好，大家听见了吗，现在这个正在说话说得条条有理的男孩就是我的"表弟"，非常优秀。你们羡慕嫉妒恨也是很正常的，我可以理解，但是你们也确实无能为力。

哈哈哈！

膨胀了近两个小时，散会的时候贺执还在欣赏许啄写的那些自己压根儿看不懂的化学符号，最后还是被路过的李木森敲了下桌面，略显无奈地提醒："表哥，你表弟来接你放学了。"

贺执抬起眼皮，瞧见了倚在教室的门框上的许啄。

他弯了弯眼睛，又笑了起来。

贺执今晚心情很好，许啄瞧得出来，却不太猜得出原因。

不像是因为他又考了年级第一，总不会是因为他今晚去给全校师生发了个言？

月亮高高悬挂在天上，贺执单肩背着许啄的书包，一边走一边哼着些不成调的曲子。

许啄默默打量了他一会儿，有些困惑：贺执原来是这么虚荣的人吗？

回青南路的路上，贺执突然顿住步伐，转过头望着许啄："园园。"

许啄"嗯"了一声。

"你是不是还挺喜欢跟我一起玩的？哪怕我们有那么多不一样……"

许啄没说话，眸中写着"你在说什么废话"。

贺执没忍住侧过脸笑得越发开心，垂下眼皮小声道："小许小许，意气相许。小贺小贺，何乐不为。"

像个摘了邻居家的花后偷着乐的二傻子。

许啄看了二傻子一会儿，眼中划过一丝了然。

"你去过广播室了吗？"

贺执点点头。

许啄"哦"了一声，背过手，清平无波地回答："贺执，你很重要。"

贺执一愣。

许啄又重复了一遍："你很重要的，贺执。"

贺执向着路灯的方向走了两步，转过身，成了灯下唯一的黑影，他问："你就不怕我欺负你吗？"

许啄答："要我给你讲个故事吗？"

深沉气氛一秒洗脱，贺执抬起头，眨了眨眼睛："啊？"

许啄背过手，慢条斯理地念起他看过的绘本故事。

"红毛的狮子独自行走在寻找同伴的崎岖路途上，他看过沙漠，看过星夜，一路上山川湖泊他都路过，终于，他走到一片池塘边，遇见了一个小男孩。明明是想邀请对方接下来和自己一起走的，但狮子开口时却说：'我一口下去就能咬掉你的头。'"

贺执笑了出来。

这个故事他也看过，就在和许啄初遇的那一天，他在走到阳台之前，刚刚好翻完这本童话。他还记得，在故事的末尾，狮子的余生终于不再孤单。

不知何时，许啄也慢吞吞地挪到了灯下，他抬起头，寂静的眼底藏着显而易见的笑意："执哥，感到不好意思可以直说，不用拐着弯说自己不好。"

你很好，也值得我对你好。

"园园，你以后想做什么？"

"牙医。"

"这么具体？真了不起。"

许啄用两根手指抵住嘴角往外一扯，对着贺执面无表情地龇了龇牙。

"专治狮子的蛀牙。"

贺执笑着也龇了龇牙，眼睛弯弯的："那以后我老了掉牙了，还麻烦小秋医生帮我镶口金的。"

已经快到青南路了。

长到十七岁，许啄住过福利院，住过汇嘉，住过宿舍，住过世界各地的漂亮酒店，这儿却是唯一一个，让他真正生出了些许眷恋之情的地方。

许啄垂下眼皮，忽然听见有人在不远处叫了他一声。

"许啄。"

非常熟悉的声音。

许啄回过头，在看清蹲在门口的人后诧异地喃喃开了口："小偲？"

··· 第八章 ···
/ 小桥流水人家 /

1

宛城在江南，江南出美人，美人叫贺执。

林宵白在第八次嘴贱哼哼出了这句唱词后，被贺执一脚踹下了车。

他们到宛城了。

高一升上高二的暑假，许多学生都选择了去上文理分科后的课程先修班，但许啄从小到大都没在外面上过补习班，这次同样也没有。

不仅如此，他还安排了去宛城找关关玩的行程。

他最近好像有点叛逆。

许啄下了车，看着从后面那辆出租车上走下来的程皎和许偲，心想，他们许家人最近好像都有点叛逆。

那天家长会后，许啄在青南路门口捡到了离家出走的许偲，什么也没问，只是在贺执的默许下带他上楼住了一夜。

二楼只有两间房，许啄和许偲住一个屋。贺执第二天一大早就出门买了三人份的早餐，回来时，刚巧碰见许啄从楼上下来。

许偲还在屋里睡觉，他们两个很安静地对视了一会儿，许啄忽然轻声问道："你想去宛城玩几天吗，执哥？"

都叫执哥了，刀山火海也得去啊！

　　贺执和苏泊尔关系近，一说是和朋友们出门游玩，老板立刻喜笑颜
开地给他批了半个月的假。

　　苏泊尔说自己听贺妗说过她曾听别的人说起，贺执的老爹似乎就是
宛城人。那么把这山路十八弯似的消息四舍五入，贺执或许也该算是半
个宛城人。

　　尽管他根本没有离开过燕城。

　　江南潮热，一下飞机便能感觉到与燕城截然不同的空气质感，好像
被蒙了层水膜似的。

　　从出租车上下来后，贺执还在眯着眼睛适应身上的黏腻感。

　　这是一处临山靠水的民宿，关关爸爸开的，很大，许啄给关关打了
电话，女孩儿正往外跑着来接他们。

　　"执哥。"

　　贺执回过神，看见静静打量自己的许啄。

　　许啄问："你不舒服吗？"

　　贺执从鼻子里哼哼了两声，虚弱道："可能是水土不服吧。"

　　许啄还没回话，许偲路过时已经留下了一声轻蔑的冷哼。

　　紧随其后飘走的程皎："哈哈哈，哥哥们好！"

　　林宵白震惊地指着走到前面的许偲，眼睛都瞪大了："啄哥，你弟
弟怎么比你还狂？"

　　许啄没说话。

　　贺执胡乱揉了揉林宵白的脑袋："你管那么多。"

　　林宵白的发型是他早上出门时特意喷了啫喱水搓了很久的，虽然在
飞机上睡了一觉已经折损了一半帅气，但他不能任由另一半也被毁掉。

　　他抱着自己的脑袋悲愤地往前跑："执哥你没有心！"

　　林宵白跑得快，一下便越过许偲，这时民宿的大门刚刚好从里面打
开，林宵白差一点点就和开门的人撞个满怀，但他刹车及时。

　　看着穿着轻便吊带和短裤的女孩子，林宵白不好意思地挠了挠鼻子。

　　"你吃疯药啦？"关关白了林宵白一眼。

　　她把林宵白推到一边，和刚好走到门边的许偲打了个招呼："小偲

下午好呀，路上辛苦了！"

变脸速度用飞快形容都有些高看飞快了。

"姐姐好。"个子傻高傻高的男孩儿戴了副夸张的近视眼镜，不知道几百度了，还在这儿弯着眼睛傻乐。

关关"嗯嗯"两声，靠近早就候在一旁的林宵白，小声问道："这是谁啊？"

林宵白凑近了和她咬耳朵："貌似是啄哥弟弟的同桌。"

除了许啄，从来没有男孩敢靠自己这么近，关关条件反射就想打人，但手刚抬起来，目光就对上了林宵白无辜的黑眸。

关关扭头去喊许啄："秋秋，走快点啦！"

秋秋。

许偲的步伐一顿，一言不发地迈过了民宿做旧的木质门槛。

他的情绪波动得轻微而迅速，程皎握着行李箱拉杆思索了一下，低头轻笑着跟了上去。

2

许偲正在和程皎冷战。

程皎在机场突然出现的时候，是这么和许啄解释原因的。

彼时许啄用审视的目光盯着他，一旁的贺执作为代言人率先跷起二郎腿挑眉问道："你被弟弟揍了？"

许啄谴责的目光转移到了贺执身上。

贺执举起双手道歉。

程皎只是笑了笑，"蚊香眼"看向被林宵白硬拉到自动贩卖机处还没瞧见自己的许偲，淡淡道："我倒很想。"

许啄也许不该答应程皎与他们同行，毕竟许偲现在也因此和自己冷战着。

许暨安和梁妍又在家里闹了些什么，许啄不太清楚，但这次能把许偲闹得从家里走出来，还可以回去以后收拾行李走得更远，想必是闹到了一个新的高度。

本来没打算来宛城的，许啄的突发奇想，完全是为了带弟弟出门散心。

但现在……

"园园，手伸出来。"

关关家的民宿都是二层楼的独栋房子，他们住一楼，房间临水，推开阳台门走出去就能钓鱼。

屋子里两张床，贺执正俯身坐在靠内的那一侧，捏着个颜色粉嫩的东西对许啄晃来晃去。

许啄把手伸了过去。

贺执抻开手中小熊形状的"橡皮筋"戴到了许啄的手腕上。

这是个驱蚊手环，款式比较特别，不过效果一般，只是样式做成了小动物的形状。

很可爱，很受小朋友们的喜爱。

贺执把自己手上的粉色小企鹅比对着人家的蓝色小熊美滋滋地转来转去欣赏。

许啄安静地看着他，忽然轻轻出了声："执哥。"

心理年龄只有五岁的贺执："嗯？"

许啄笑着摇了摇头："没什么，你饿了吗？"

3

江南菜食多甜淡，大人细心，怕孩子们初来乍到吃不惯，端上来的饭菜南北口味都有，随君自取。

"谢谢叔叔！您费心了！"林宵白嘴甜得不得了，热情得比撒哈拉沙漠还火热。

关关去给许偲带路不在场，贺执却已经有些没眼看，侧头小声问许啄："他这个样子，会不会被当作小骗子赶出去？"

许啄表示没关系。

叔叔这么好说话的？贺执摸了摸下巴，若有所思地看了一眼去柜台后面继续忙活的大人，心想自己等会儿得抽空过去和许啄的同桌家长交流一下教育经验。

还在和哥哥冷战中的许偲站到许啄与贺执身后，目光低垂，打量着剩下的座位，没说话，也没动。

从关叔叔那儿转移回注意力的贺执撑着耳侧抬眼看他，浑身的挑衅在许啄看过来时瞬间变脸成了兄长的慈爱："小偲呀，对面好几个座位呢，快坐，碗筷都摆好了。"

许偲冷着脸扫了他一眼，虽然没出声，但贺执总觉得自己的耳边好像又响起了一声冷哼。

许啄："小偲……"

程皎跟过来揽住了许偲的肩膀，笑眯眯地拉着他往桌对面走去："桌桌，我们坐那边，那边的菜好吃。"

许偲额上的青筋跳了跳，就在林宵白屏住呼吸以为他要一脚踹出去的时候，许偲垂下眼皮，紧皱的眉头渐渐松弛下来。

关关和林宵白一起默默松了口气。

林宵白掩住嘴小声道："许家基因也太好了，兄弟俩走哪儿都是焦点。"

关关不以为意地小声回他："这有什么的，我看这一桌男的除了你都挺霸道。"

林宵白："我怎么就不霸道了？"

关关诧异了，回头看他："啊？你霸道啊？"

林宵白："我……我霸道啊！"

他突然间嗓门拔高有些震人，贺执也非常疑惑。

"园园，弟弟不是叫偲偲吗？桌桌是谁？你们家人怎么名字都这么多？"

这么多名字还不都是你们这些奇奇怪怪的人取的。

程皎看着纳闷的贺执，耐心解释："我们是同桌。"

原来是这样。

长桌四面是长条的仿古板凳，厅内布置温馨，贺执环顾四周，敲了下自己的拳头，举一反三道："那我们不都是屋屋了？"

林宵白"呃"了一声，关关不适地转过身，程皎假装没听见举起杯子开始研究底部的花纹。

许啄平静地站起来，长凳失去平衡，冒充小火车的贺执一屁股坐在了地上。

许偲终于笑了。

4

许啄很后悔。

同时带许偲和贺执一起出来玩，大概是他今年做过的最错误的决定。

贺执："我想吃虾，我不会剥。"

许偲："我想吃鱼，不用剥。"

贺执："我想喝饮料。"

许偲："我的水喝完了。"

贺执："渴。"

许偲："哥。"

许啄："……"

偌大的饭厅寂静得只剩下关关和林宵白事不关己低头扒饭的碗筷碰撞声。许啄放下水壶，目光定定地望向忽然间哑巴了的许偲，眼睛里闪着很奇异的光芒。

许偲抬起头，面无表情地与他对视，幼稚但真诚地重复了一遍："哥哥，我渴了。"

许啄笑了起来："好。"

贺执：败了。

虽然一直很想，但是贺执没有当过哥哥，可他可以理解许啄。

这个世上与你最亲近的、流着一样血液的孩子亲口说出的一句"哥哥"，大约抵得上世间所有的甜言蜜语。

贺执撑着脸用筷子搅了搅碗中的蛋花汤，不知想起什么，有些出神。

"执哥。"

林宵白凑过来小声对他"噗嘁"了两下。

贺执眼睛都没抬："说。"

林宵白扭捏地侧过脸："你陪人家去上个厕所。"

贺执陪他去了。

民宿的公共洗手间离他们所在的餐厅不远，走出去绕着回廊转到小院子的对面就是。

林宵白去卫生间了，贺执就站在洗手台前，掏出许啄先前送给他的打火机，打开，合上，打开，合上……

春天时他们初见，贺执捏着自己手里的破烂打火机帮了许啄一次。贺执的打火机总是打不出火，为了报答他，许啄后来送给了贺执一个价值远超数倍的zippo，纯铜表面，上面雕着一只很精致的独角兽。

当时他们还不太熟，贺执没有要许啄的两百块钱房费，却鬼使神差地收下了这个。

"执哥。"

林宵白从里间走出来，打开水龙头边洗手边从镜子里偷看若有所思玩着打火机的贺执。

"你刚才是不是想起你弟弟了啊？"

镜中的火焰默默燃烧了一会儿，贺执合上打火机装回了自己兜里："嗯。"

林宵白有些犹豫，搓着手指缝里的泡沫小声说道："你弟弟他现在应该过得很好吧……福利院的人不告诉你他的去处，也是在保护他。"

贺执点了点头，很平静："我知道。"

除了贺妗的一句话，他没有任何证据可以证明自己和当年那个小男孩的关系，而且据院方说，他们已经向收养方和男孩本人表明了贺执的来意，但对方的回应是：不必见了。

弟弟应该过得很好，而贺执显然过得不怎么样。虽然他想要认回这个弟弟，以后好好照顾弟弟，但既然对方认为不认回更好，他也不会用自己熟练的手段翻到院长办公室里寻找当年的领养记录。

虽然总还是会有些怅然。

贺执忽然道："小白。"

林宵白低头冲着水："啊？"

贺执："你说……许啄会不会就是我弟弟？"

林宵白一愣。

这个想法大胆得有些狗血，被哪个编剧路过听到，回去就可以撰写一部家庭伦理大戏，开局 2.2 分，贺执也知道自己有些异想天开了。

但他总还是会忍不住这么想一下，然后在下一秒自己否定自己。

瞎想什么呢。

贺执轻咳了一声："好了，我随便……"

"执哥，"林宵白一脸震撼地抬起头，"我觉得你这个想法很牛啊！"

贺执一怔。

林宵白陆续竖起了三根指头："如果许啄是你弟弟的话，那你俩就是同父异母，许啄的爸是许偲的大伯，那许偲岂不也是你弟弟了？我的天啊，许家的基因真是太了不起了！一窝子男孩，全是街头小霸王！"

贺执拍了拍林宵白的脸。

"清醒一下。"

林宵白擦了擦脸上的水，很委屈："那不是你自己说的吗？"

贺执懒得理他，转身就要往外走。

"执哥！"林宵白大喊一声追了上来，抓起贺执的手就往里塞了什么东西。

贺执拿起来一看：一包味道包括但不限于变质牛奶、死鱼、臭鼬屁的怪味糖豆。

贺执将糖豆烫手山芋般丢回他怀里，无语道："林宵白，你有病？"

林宵白嘿嘿笑得诌媚："我从机场买的，专门孝敬给你的，执哥！"

执哥头也不回地走了。

林宵白"啧"了一声，摇了摇头没动弹。

五个数以后，贺执走回来从他手里抽走了糖豆。

5

夏日天长，他们吃完晚饭天色还没有昏暗的意思，晚霞蒸得人间美得出奇。

许偲和程皎似乎已经结束了冷战，程皎饭后趴在桌子上目不转睛地望了许偲一会儿，小机器人的弟弟小金刚人就面无表情地站起来，走到门边，回头看了一眼坐直后茫然眨眼的程皎。

许偲冷淡地说："你不是要出去玩吗？"

一片震撼中，程皎笑眯眯地站起来跳了过去。

民宿坐落在山里，离热闹的小镇有些距离，程皎喜欢看热闹，他们八成是去镇上的夜市玩了。

许啄有一点担心，但想着来之前心理医生特意嘱咐的"许偲其实已经差不多康复了，他现在最需要的不是过分的关怀，而是放手。他已经是个可以独立自主的大孩子了，不要总是小心翼翼像对待瓷器一样对他"，许啄又坐了回去。

关关被林宵白喊去打游戏了，江南的小厅里忽然只剩下了两个人。

贺执笑着对他伸出一只手："来吧，凑合和我玩。"

许啄跟着站起来，一边往房间走，一边慢吞吞地打开了话匣子。

"我初二的时候，帮过关关一次。"

这个贺执知道，他点了点头。

许啄并不清楚关关早就讲过那段往事，但还是默契地越过前因经过，直接跳到了后续。

"那之后有人说我的坏话，也有人说关关的坏话，我觉得他们很吵，于是告诉他们最好把嘴闭上。"

这话说得很平淡，也很简略，但许啄当时的发言要更长一些。

——我的确不太正常，容易偏激，做出些不当的举动，所以麻烦离我们远一点。

几乎不用复述当时的场景，贺执也可以把许啄面无表情到有些温和的语气想象出来，他默默震撼了一会儿，又忍不住笑了起来。

"干吗和我说这个？"

许啄："不是你刚才吃完饭偷偷跑过去问的关叔叔？"

贺执"哦"了一声，佯作遗憾地说："我还以为是你想通了，想和家长分享秘密呢。"

这倒是个新颖的思路。

许啄想了一下，道："那你有秘密吗？"

贺执眨了眨眼："什么？"

许啄张了张嘴，似乎想说什么，但最后还是摇摇头，垂下目光。

"没什么。"许啄说。

6

宛城是座旅游名城，小桥流水十八弯，是非常有东方风韵的东方威尼斯，出门都得靠划船，而晕船的许啄已经靠在贺执肩上睡着了。

镇上很热闹，此起彼伏的叫卖声都是吴侬软语，仿佛下一秒就会唱出来一曲《秦淮景》似的。

林宵白在船头和路过的商船买了几个莲蓬，坐回来分给了贺执两个。

他们六个人出来，租了两条乌篷船。关关去另一条船上给许偲做导游了，林宵白本来也想跟上去，但被女孩以坐不下超载为由赶了过来。

但这条船上真的好无聊。

许啄在睡觉，贺执在专心致志地剥莲子。

林宵白看着似乎体力不支的许啄，非常小声地幽幽问道："执哥，我的糖豆你吃……"

贺执把莲子精准地丢到了他嘴里。

壳已经剥好了，还挺甜。林宵白嚼得来劲，还想再碎嘴换颗莲子吃，但被贺执一个淡淡的眼神扫过，他便老老实实地趴回船舷上看风景去了。

呵呵，黛瓦白墙石板路，每一样都比贺执臭着的脸好看。

昨天发生了什么事吗？

昨天确实发生了一点事。

贺执不过一个没留神，许啄就成了酒酿许啄。

那糖豆里面怎么还有酒心巧克力啊。

贺执放下手中的莲子，从边上动作幅度很轻地抄起一件外套披在了许啄身上。

他的动作缓到一帧能有二十秒，但许啄大约已经睡够本了，睫毛颤了两下便缓缓睁开眼睛。

贺执小声问道："你醒了？"

人在睡醒之际总有片刻迷茫，分不清自己究竟身在何处。

许啄揉着眼睛坐起来，凭着本能点了点头，又发了半分钟的呆才回过神来，看向贺执端到自己面前的一小碗雪白莲子。

"吃吧。"

林宵白听到声音从船尾探回脑袋，刚好赶上这么一句，立刻没眼色地搭腔："小白也要吃。"

贺执打了个哈欠："你做梦。"

许啄咬了颗莲子："剩下的都给你。"

贺执回过头，许啄已经把剩下的整碗莲子递到了林宵白面前。

他眯起了眼睛。

所以说，昨晚不是错觉，许啄是真的在和自己闹别扭？

但比起闹别扭的理由，感觉好像还是许啄竟然会和他闹别扭这件事带来的震撼更多一点。

兄弟间闹别扭了怎么办呢？

打一顿就好了。

贺执面向许啄，语气诚恳地建议："你要不要打我一顿？"

林宵白被莲子噎得回船尾呕吐去了，许啄被他说得愣了愣，半天才缓缓开口："打你干什么？"

"我不是让你不高兴了嘛，虽然不太清楚具体缘由，但你打我一顿总能解气吧。"

压根儿没生他气的许啄轻轻叹了一声："我没有生你的气，我只是在想一些事。"

"这么巧？"贺执挑了挑眉，"我也有一些事想和你说。"

贺执的眼神正经了些，似是做足了心理准备似的吐出一口气，缓缓开口："我……"

"你们怎么这么慢啊？"船外有女孩的笑声，小舟带着坐在上面的人一起晃了晃。

靠岸了，他们一起抬头。

站在岸上的关关弯腰撩起船舱的帘子，笑着向他们展示身后灿烂的风景。

"到站咯。"

7

泛舟目的地是当地很有名的望江楼，坐落在通达两岸的双层桥面之上，古色古香的建筑风格瑰丽奇特，像是一座漂浮在水面之上的空中楼阁。

游客很多，越往上走人越少，但再往上，登高望远的人就又变多了。

三人最终选择停在了倒数第三层，窗边刚刚好摆了几张休息的椅子且还没几个人停留。

但贺执还没走过去歇脚，林宵白就又扑回了自己的肩上："执哥，陪我上厕所！"

贺执："滚。"

林宵白佯作无意地用鞋尖点了点地："你昨天在厕所和我说的那些话……"

贺执一把揽住他的肩膀慈祥地笑了起来："小白，我内急，陪我去上厕所。园园，你在这里等我一会儿，别乱跑。"

二人的身影消失在转角，窗边的江风很舒服，许啄趴在椅背上闭上了眼睛。

望江楼临江的木质窗框全部推开了，绿水荡漾，复古精致的亭台楼阁中，少年躲懒假寐，窗内窗外都是一幅被定格的优美画卷。

有人在他身旁安静入座，许啄睁开眼睛，看见了许偲垂眸的侧脸。

怀着说不出口的自私心思，许啄这几天甚至偶尔会有些感谢许暨安和梁妍——是他们的争吵不休，把许偲再一次主动推回了他的身边。

可这的确是太过自私的想法。

——他们要离婚了。

那个许偲离家出走的晚上，睡在床上与沙发上的两个少年之间唯一的一句对话，就是这一句。

他们这次也许真的要离婚了。

原因是什么呢。许偲没说，许啄也没问，他只隐隐约约猜出了许偲这次来找他的原因，但他很意外，许偲最后选的是自己。

上午的穿堂风很清爽，许啄歪着头，听见许偲很安静地说："如果他们真的离婚，我谁也不想跟。"

许家没有别的人了，除了父母，他只剩下一个哥哥。

许偲抬起头，平静地看着许啄："我只有你了。"

关关和程皎不知道被他打发到哪里去了，或者说，关关不知道被程皎骗到哪里去了。

这一层只剩下他们两个人，世上最亲近的兄弟俩，窝在一个被窝里睡过觉，肩并肩坐在一条地毯上搭过城堡。

后来也曾被迫分开过，年复一年地生疏过，但他们流着一样的血，哪怕无数个日夜隔着一扇门没有相见，再次对视时，仍然可以温声唤出"小偲"和"哥哥"。

许啄常常思考要如何攒到很多的钱，最后带许偲一起跑路。

他知道自己是在做白日梦，但是没有想到，隔着那扇紧闭的房门，许偲也在想象和他一样的未来。

哪怕男孩死鸭子嘴硬，明明想要靠近却让对方离开，但真的到了选择的一步，许偲还是会回过头，转身走向从未被列入备选项的——他的哥哥。

许啄抬起手，轻轻地摸了摸许偲听不见的右耳。

那是少年最敏感的肌肤，从小到大，许偲只允许一个人触摸。

许偲浓密的睫毛颤了颤，依恋地看着许啄，忽然感觉有些委屈。

许偲问："你跟贺执，是很好的朋友吗？"

闻言，许啄只是忍着笑问弟弟："你觉得我们不能成为很好的朋友吗？"

这可有的说了，许偲掰起手指头，明显比之前幼稚了许多。

"你们性格、家世都不一样，还有……"

他数了两个就词穷了，还好有点理智，没拿年龄来充数。

许啄跟哄小孩子一样安慰他："性格的话，我们相处得很好，玩得来，不用担心。"

许啄没提家世，许偲也没再重复，在他们眼里所谓家世的确是最不重要的东西。

其他的……那好像也就没有什么了。

许偲低下头，小声说："我不喜欢和他一起玩。"

许啄"嗯"了一声："但是我很喜欢和他一起玩啊，小偲勉为其难也喜欢一点吧。"

真麻烦。

许偲面无表情地点了点头。

"秋秋！"

关关扶着楼梯扶手脚绵软无力地飘了过来，一坐下就从茶壶里找水："累死我了，你们可真能爬。怎么就你俩，表哥和小白呢？"

就她一个人上来了，程皎也没出现。

许偲的目光在无人出现的楼梯拐角停了一会儿，又收了回来。

"去厕所了，"许啄起身站了起来，"我去找找他们。"

许偲立刻跟在他身后："我也去。"

冰雪小王子怎么突然变成小跟屁虫了？关关挑眉目送他们兄弟俩远去，嘴角弯了起来。

8

也不知道贺执和林宵白上哪儿解三急去了，竟然去了这么久都没回来。

许啄和许偲绕着望江楼这一层走了一圈都没瞧见一间洗手间，倒是准备上楼的时候，两人面前不知从哪里突然冒出来个程皎，笑眯眯的一句"哥哥好"之后，许偲就被他拉走了。

这又是哪一出。

许啄歪着脑袋望向被跟跟跄跄带走的许偲，有点想跟上去。

消失大半天的贺执笑着出现在他身后："别打扰小孩子们培养同学情谊。"

许啄仍然看着那个方向。

贺执忽然正经了起来："园园。"

许啄转过身来："嗯？"

"刚才在船上，那件事没说完。"

　　贺执语气挺郑重的，许啄抬眼看向贺执，听见他说："你记不记得上次在福利院，我告诉你，我小时候遇到过一个小男孩，骗了他。"

　　许啄点了点头，长睫不受控制地轻颤。

　　但垂下眼皮的贺执不仅没有看见，还扯开嘴角自嘲地笑了一下。

　　"我一直想找到他。"

　　找到他，和他说声对不起，无论他愿不愿意再叫贺执一声哥哥，以后遇到任何事情，贺执都愿意保护他。

　　"你为什么……"许啄费力地说，"你为什么，一直想要找到他呢？"

　　为什么？

　　贺执笑了一下，抬头对上许啄异常明亮的眼睛。

　　"因为那是我的亲生弟弟啊。"

　　楼梯间的白炽灯闪了两下，和许啄眼中的光一样，倏地灭了。

··· 第九章 ···
/ 一场游戏一场梦 /

1

燕城今年夏天的天气变幻莫测，忽冷忽热，上一秒艳阳高照，下一秒便有可能乌云密布风雨将至。

好多人都经不住这冷热交替患了感冒，其中就包括天天嘚瑟不好好穿衣服的林宵白。

他们从宛城回来一周了，大家各回各家，只有关关还留在她爸爸那里。

回来之后的林宵白好像变了个人，忽然决定好好学习。

学习第一天，林宵白和许啄报了同一个补习班，购入大量学习工具。

学习第二天，林宵白感冒了，回家歇着了。

"啊啊啊……阿嚏！"

林宵白一个喷嚏把自己呼到了电脑桌上，两眼都在冒金星。

贺执斜眼瞥了他一下，把手边的保温杯往小白那边推："喝药。"

林宵白揉着鼻子爬起来，鼻音浓重："执哥，你能不能对我上点心啊，这会儿才上午十点，我第一顿药刚吃完没多久。"

屏幕上游戏刚好结束，己方胜利得一塌糊涂，贺执把键盘推了回去，站起来活动着手腕向对面的人扬了扬下巴。

"我赢了，说到做到，以后别来找事了。"

对面被他连续 KO 了五局的男人脸色很差，贺执没理睬他，绕开林宵白向吧台处撑着额头打瞌睡的老板走去。

"完事了，报酬呢？"

苏宁睁开眼，倦怠地打了个大大的哈欠："没有。"

贺执"啧"了一声："你怎么比你哥们儿还抠门？"连苏泊尔现在都不拖欠工资了。

苏宁看样子还没睡醒，耷拉着脑袋又趴了回去："那去找我哥们儿吧。"

昭敦巷 YASO 书店的老板苏宁先生与行素的老板苏泊尔相识许多年，但不知道是因为都姓"苏"，还是都是不爱动的"电器"，两人一个比一个宅，明明身在同一座城市，但一个固守城南，一个固守城西，很久也见不了一次面。

林宵白常常由之感慨人类的脆弱意志力——连出门转转的懒惰都战胜不了，活该他俩单身。

贺执问："你怎么困成这样，昨晚上干什么了？"

被他赢了一上午的男人阴沉着脸推门走了，苏宁眼皮子都没抬地站了起来，晃晃悠悠又到窗边的躺椅上歇下了。

"你现在是大忙人，连昨晚欧洲杯的赛事都忘了。"

林宵白蹿了过来："何止啊！我执哥现在连我都忘了！"

贺执拿起一个苹果扔着玩了起来："你谁？"

林宵白夸张地扯起公鸭嗓："宁哥你看！"

行素最近生意不算太忙，苏泊尔先前给贺执放了半个月的假，没想到一周刚过他就回来了，白捞了七天假期。

没见到许啾，苏泊尔就更烦每天瞎晃悠的贺执了，一个电话便把他赶到了另一个窝点。

但这边的老板对他也没有多热情。

贺执被当个皮球一样踢来踢去，没爹亲没娘爱，连林宵白都快看不下去了："宁哥，你别睡了，陪我俩聊会儿，你再这样我执哥就去支持你的竞争对手们了！"

苏宁轻嗤一声，眼睛都没睁开："我倒想把他赶走，你试试能做到吗？"

贺执还在充耳不闻地玩水果，林宵白狐疑地凑到苏宁面前："宁哥，你再不说我就对你打个喷嚏！"

"嘶！"苏宁抬手推开了小白越来越近的大脸，"你俩真是一个比一个烦。"

林宵白讨厌地张大了嘴巴："啊啊啊……"

苏宁飞快秃噜起嘴皮子："贺执没告诉过你他来我这儿兼职了？"

林宵白："啊？阿嚏！"

苏宁从地上捡起拐杖就要往他身上抽。

"别别别！"林宵白灵巧地躲到了贺执身后，"我真不是故意的！没控制住！"

他已经跑到苏宁的攻击范围之外了，再想打他就得站起来。苏宁利索地把揍人专用拐杖扔了，继续合眼休息。

林宵白松了口气，扭过头端详着贺执毫无波澜的脸色："执哥，你怎么又来书店打工了。"

贺执靠到窗边咬了一口苹果："技多不压身。"

林宵白狐疑地看了一眼瘫在躺椅上假寐的苏宁，又对贺执说："你来这儿学什么技术？"

贺执心不在焉地回答："数钱。"

苏宁是高才生，但毕业后一份工作都没找，每天就窝在这间门可罗雀的书店里打瞌睡——在燕城坐拥十几套房产的拆迁户活得就是比一般人从容些哈。

在场唯一啃老族林宵白讪讪地栽倒在了最近的一把椅子上。

比起贺执这边的热热闹闹，许啄这两天其实挺无聊的。

许家那边对长辈闹离婚，战线拉得跟奥运会似的，他们从宛城回来后竟然还闹得如火如荼的。

家里气氛不好，许偲被他妈打发去他姥姥家住，许啄也一并被送了过去。

只是那是许偲的姥姥，不是许啄的姥姥，待得久了总是不自在，第二天许啄就捏着一张小广告，上街找了家假期先修班去报了名。

贺执本来还想拉着许啄出去玩，但许啄平静地告诉他："最近耽误了学习进度，我要补回来。"

成吧。谁让他认了个金光闪闪的学神做亲戚。

贺执有点无聊，一无聊心情就不太好，心情不太好他就要找点事做让自己心情变好。

他找着了——帮苏宁收租……当然还有别的。

电脑屏幕上粉粉黄黄一团，看起来像间迪士尼公主风格的卧室，家具精美，还有宠物。

林宵白眼神呆滞地看着贺执用鼠标操纵着卡通水壶给客厅里面的那株爱心藤蔓浇水，大脑小脑脑干不停地被打碎重组。

"执哥，你在干吗？"

贺执哼着歌把水壶放回工具箱，又用他攒了好几天的虚拟币从商店里换了一只鸟放在窗台上，心情很好地回答："装扮空间啊，看不出来吗？"

林宵白捂着胸口，平复了一会儿呼吸，艰难地问："许啄知道你这么少女心吗？"

贺执："？"

林宵白离他远了一些，又问："不是不是，我是说你搞这东西我啄哥知道吗？"

贺执哼哼一声："知道，当然知道。"

许啄去上补习班，不让贺执去找他玩，贺执休假中，无聊又委屈，许啄想了想，便把这个新出不久的游戏给贺执推了过来。

种田换衣装扮空间，可联网可单机，绑定账号还能与好友比拼。贺执胜负欲很强，一进入游戏发现自己竟然排名最末，立刻夜以继日地投入了进去。

他最近有望直奔"小康"，虽然有心氪金装修"新房"，许啄却不喜欢。贺执只好天天守着点做日常任务，一有空就上线浇浇花，养养猫，没事再去隔壁邻居家偷两棵大白菜。

不得不说，贺执认真起来真的很吓人，这才三两天的工夫，他和许啄已经蹿到了好友榜前五。前四名全是店里那几个闲人，绑定队友任务做得无比认真，但马上就要被贺执一个人赶上了。

林宵白两眼放空，一脸呆滞地看着贺执。

"执哥……你觉不觉得啄哥在让你自己玩别烦他啊。"

"觉得啊。"贺执面不改色地给屏幕上的两个小人换了一套新衣服。

好看是挺好看的，但太贵了，还买不起，得再偷几天大白菜。贺执看了一眼自己的钱包，忽然有些后悔刚才买了只鸟。

买什么鸟，家里那只鸟还不够招人烦的！

林宵白："那你怎么这么平静啊！"

他太激动，又憋出个大喷嚏，连忙掏出纸巾给贺执擦脸上的口水："别杀我，执哥。"

贺执懒得理他，闭上眼睛等着臭小子收拾完，方才慢悠悠道："在宛城的时候，他就有点不在状态了。"

林宵白收回纸巾，掏出口罩给自己戴上："啊？啥时候？"

他怎么没看出来许啄有什么不对，那人每天都跟个小木头精一样，就贺执能读得出许啄藏在心里的细微变化。

贺执又回去装扮卧房了，只是鼠标点击的频率明显慢了下来。

"也没什么，就是动不动走神，可能和他家里的事有关吧。他想自己静一静，我就过两天再去找他。"

林宵白唏嘘了一会儿："行吧，我下午去补习班上课，帮你看看他，你骑车来的，送下我呗，执哥。"

"你在放什么……"贺执松开鼠标坐了起来，嘴角忽然上扬。

"小白，你好聪明啊。"

林宵白："啊？"

贺执保存进度关了游戏，动作利索地起身走到吧台，把自己的车钥匙拿上。

"干吗去？"苏宁睁开半只眼。

贺执笑得很开心："陪弟弟上课去。"

林宵白虚弱地伸出手，挽回不得便怒向胆边生。

"姓贺的！你有没有心啊！"

"没有。"

贺执摆了摆手，推门离开。

2

黑板上已经写了好几面的平面几何大题解题过程，上百座的阶梯大教室座无虚席，所有人都在奋笔疾书埋头抄写公式。

除了最后一排的许啄。

窗外蝉声阵阵，是个近日里难得的艳阳天。

老师还在远处的讲台上讲解着冗长复杂的证明过程，许啄停下笔，纸上工工整整写好了三种简洁算法，没有一个和老师黑板上的经过相同。

这个补习班是燕城挺有名的一家机构办的，名声很响，也不好进，许啄来的时候就只剩下最后几个名额了，算是插班生。

他每天来得很早，每次都会在教室里挑个角落自习，虽然已经尽量降低存在感，但总还是可以察觉到一些若有似无的目光。

他认得出这一教室的两百多人有些似乎是信中的学生，但是都不相熟，也没人来和他打招呼。

但是他们好像都对许啄很感兴趣。

目光和窃窃私语是躲不掉的，而只要他抬起眼皮，那些若有似无的审视打量便会瞬间消匿在人群之中。

有点烦，不过无所谓，他也不认识这些人。

脑子一团乱麻，除了做题，什么都无法让他静下心来。

家里的老人待许偲很好，待他也很客气，但他很早之前就瞧出来了，许偲的姥姥其实和她的女儿一样，不太喜欢他。

从小到大，许偲最依赖的就是这位老人家，他不想打扰弟弟难得的清闲时光，主动从家里走出来。

若是从前其实也没什么，他早就习惯了。但现在，他却在人群中忽然觉出了一丝寂寞。

他很想念跟贺执他们在一起的时光。

180

"同学，我忘了带练习册，能和你看一本吗？"

身旁的书包突然被人抱起来塞进了课桌里，来人利索地落座在许啄身侧，压低的嗓音钻入他的耳朵。

许啄转头看过去，长睫下的黝黑瞳孔不自觉地放大了。

吓着了？

贺执没忍住笑了起来："好久不见。"

前排的同学扭过头，古怪地看向他们。

贺执的嘴角垮下来，淡淡地瞥他一眼，对方立刻吓得把脸转了回去。

欠揍。

贺执回过头来，又是一脸的春风暄暖："园园……"

许啄忽然把练习册推到了他们两个之间。

"可以。"他说。

可以和你共看一本练习册。

还挺配合。贺执低下头，一边研究许啄的字迹，一边抬头看黑板上的公式。

他装模作样了一会儿，忽然又煞有介事地趴到桌子上，歪头看向安静听课的许啄，小声说："这儿的老师好菜啊，你比他厉害多了。"

许啄有些无奈地偏头对上贺执的视线。

贺执忽然直起身子，从许啄笔袋里顺出一支铅笔，开始在写满非主流语句的桌子上涂鸦，半分钟就是一幅小画。

许啄本来不想理贺执，偏偏贺执一画完就变着花样做鬼脸示意自己快看。许啄拿他没办法，只好顺着那幼稚少年的心意转移视线，瞧见桌上的速写漫画。

地中海老师叉腰唾沫横飞，台下昏昏欲睡。线条非常简单，神韵却把握得非常到位。

许啄没忍住轻轻弯起嘴角，笔尖点了点自己的练习册，示意贺执可以直接在书上画。

还有这么好的事。

贺执活动了一下手指，开始专心致志地在许啄的笔迹边缘空白处勾起漂亮的小花、藤蔓、真皮沙发……

老师已经讲到下一题了，许啄的注意力却完全被吸引走了。

贺执送他的那套《教材全解》还摆在许啄的宿舍书架上，他见过贺执在墙上涂鸦、在速写本上画手稿，但从来没见过这个人是怎么在课本上瞎涂乱抹的。

不过倒也没什么特别，就是垂着头，抿着唇，眼神超级认真。

像是一个再普通不过的，偷偷在语文课上给诗圣身下画摩托车的高中男生。

而他原本是可以有这样的人生的。

许啄望着贺执认真的侧脸，忽然觉得心脏像被谁捏了一把，很酸。

"园园，"贺执抬起头叫他，眼睛亮晶晶的，满是期待的笑意，"快看。"

许啄垂下眼皮，在几乎全部被搬到自己书上的卡通小屋里，看见了两个小人。

他们正坐在桌前，和他俩现在一模一样的姿势。

咬着笔的 Q 版贺执，和安静听课的 Q 版许啄。

会画画可真好。

许啄静静地看着贺执在小人底下一笔一画地写下"园园"和"执哥"。

贺执的字写得很好看，不像许啄的字总是圆圆的，幼稚得像个小学生。

老师不知何时已经离开讲台了。

"这位同学。"

贺执回头，听见人说："我刚才看见你从后门走进来，你不是我们班的学生吧。"

贺执敷衍着："我来试听一节。"

老师眼睁睁看着许啄面不改色把画满涂鸦的练习册翻了一页，皱了皱眉："哦，那试听结果怎么样呢？"

贺执向后靠了靠："好啊，很好。"

老师："那你们两个刚才一直在说什么呢？"

前排刚被贺执一个眼神吓回去的男生再次转过头打小报告："他们说您教得不好。"

老师气笑了："行，那你俩上去给大家讲讲这道题。"

贺执眯着眼看向前排果真欠揍的小子，看得那人的眼神由挑衅一秒转为慌乱。

在贺执旁边，许啄站了起来，淡淡应声："好。"

贺执连忙出声："园……"

许啄用食指轻点了下练习册："帮我记好笔记。"

贺执弯起嘴角，点了点头。

教室里很安静，只剩下许啄在黑板上用粉笔写字的声音。

两百多人陆陆续续地抬起头来，沉默不语地看着少年手握粉笔流利顺畅地写下一串串的字母和数字。

贺执撑着下巴望向许啄单薄笔直的背影，指腹轻轻摩挲笔头，忽然想起什么，他低下头，意外地发现这支笔好像就是很久以前他和许啄一起买的那支"平平无奇"的黑色水笔。

与此同时，许啄在黑板上也画下了最后一个"30°"，粉笔落回盒中，他捻着指尖的粉笔灰转过身来，平静道："挺简单的，大家看看应该就明白了。"

黑板上上道题的答案还没擦干净，许啄只写了一种最简单的算法，粉笔字刚刚好铺满老师留给他的半幅空地。

其实应该还有两三种方法，但许啄不太想擦黑板吃粉笔灰。

他的解法很简单，也很巧妙，起初还有人抱着看笑话的心态看他怎么演戏，但等到许啄画完辅助线，那些目光便无声地消失了。

一目了然的简洁方法，很难想到，写出它的人是真的很聪明。

许啄在满教室人垂头奋笔疾书时的偷窥余光中回到了自己的座位前面，轻声问道："我可以回来了吗，老师？"

老师转身回讲台去了。

许啄刚一坐下，一张画了哭泣表情的字条便递了过来。

"我是不是给你惹麻烦了？"

许啄的手指一顿，偏过头，看向趴在桌上的贺执。

少年的眸子都半阖起来了，一副不敢看他的样子。姓贺的张扬惯了，鲜少露出这样的神情。

许啄没回他，贺执伤心地抬笔开始在字条上写"我以后还是在教室外面待着吧"，但才写到"外"字，许啄就把练习册竖起来挡在了他们两个面前。

许啄摇摇头，轻声说："没有惹麻烦。"

许啄是真的不适合上这些课外班，不仅如此，他可能都不太适合上学。

他只是很擅长逼迫自己而已。

下课铃声响了，教室里骤然喧闹起来。桌椅板凳书本纸笔，样样都能摩擦出吵嚷的噪音。

许啄把笔袋拉链拉上，连带练习册一起收到了贺执怀中早已准备好的书包里。

"园园，中午吃什么？"

走在街上，贺执的语气期待得很，像为这一顿特意饿了三天三夜似的。

许啄有些无奈："回家吃。"他答应过许偲了。

贺执仍然笑眯眯的："别这么苦恼啊，我过来只是想找你玩了，又不是来绑架你。"

他说得很坦诚，哪怕根本不知道许啄最近究竟在因什么心事烦恼，少年眼底的笑意依然无比真切。

他们已经走到公交站台了。

许啄接过贺执肩上的书包，喊道："执哥。"

"嗯？"

千言万语压在心间，很多句都以"其实就是"开场，但后面的话他却无论如何也难以说出口。

许啄小声道："我还没想好要怎么说。"

贺执扯了下嘴角。

"你是不是不想再和我一起玩了？我影响你学习了？"

许啄抬起眼皮急急看他，很认真很认真地摇了摇头，他永远不可能这样想的。

贺执松了口气:"那就好,别的事情都没有这个重要。你现在不想说也没关系,以后再告诉我,或者不告诉我都可以。"

"真的吗?"

"当然。"

公交车停在站台一侧,伴着一声汽鸣,车门开了。

许啄走上台阶,沿着车窗一步步走到最后一排坐下,侧过头,贺执就揣兜站在车下仰头看他,笑容懒洋洋的。

许啄伸出手,轻轻地向车下的少年挥了挥。

许啄想,他做好决定了。

3

休假的倒数第二天,贺执对着镜子精心打扮一番,在鹦鹉圆圆的尖叫声中心情很好地出了门。

许啄在补习班待了两天,昨晚忽然发消息邀请贺执第二天一起吃饭。

这两天林宵白也跑去上课了,贺执虽然不在,但许啄还是拥有了另一个多嘴的同桌。

不过林宵白这两天还是挺安静的。

在贺执振聋发聩的警告中,这位明明重感冒却没能获得任何怜惜的男生每天上课都戴着医用防护口罩。别说打喷嚏,他连脸都不敢正对着许啄,生怕人家一个轻微的身体不适,贺执就立刻冲到林家让三代单传独子他本人吃不了兜着走。

但林宵白归根结底不是个老实人,握着笔憋了两天耐性就被消耗殆尽了。

讲台上的英语老师正在讲课,林宵白无聊得几度昏昏欲睡,最后实在受不了,把手机掏出来了。

机构的英语老师和李木森的快乐教学完全是两种风格,每天就是刷题刷题刷题,倒是意外地很适合刷题爱好者许啄。

完形填空做完,许啄翻页的时候余光没留神瞥到了林宵白的手机屏幕,眉毛没忍住挑了一下。

他也在玩"开心小屋",房间和贺执的小公主风格略有不同,是地中海风格的。

察觉到许啄好奇的目光，林宵白回过头，隔着口罩对他嘿嘿一笑："最近出单人版了。"

林宵白生怕被他误会，急急小声解释："啄哥，真的！这是联网版本最近更新的，孤寡玩家也可以线上交友。"

许啄更沉默了。

林宵白脑袋哐地砸到桌上，泪眼滂沱地坐起来看着他："我不是那个意思，我对学习一往情深。"

许啄："你……"

林宵白泪花闪烁："啄哥！再给我一次机会！"

许啄："我……"

林宵白："啄哥！求你了！"

许啄："闭嘴。"

林宵白："哦哦，好的。"

林宵白低下头，灰溜溜地退出游戏，悄悄给贺执发去了一条消息："啄哥今天也一切正常。"

半分钟后，贺执高冷地回了一个"嗯"。

贺执只在面对许啄的时候像条温驯的大型犬，平时对谁都是藏獒。

林宵白撇撇嘴收回手机，与试卷上密密麻麻的英文字母对视了一会儿，没能培养出感情，栽倒在桌上睡着了。

4

擦着口水跟在许啄身后走出辅导班大门时，林宵白一眼就看到了马路对面电线杆子旁边靠着的黑无常。

黑无常是贺执，如往常大多数时候一样，他从头到脚又是一身黑色打扮，除此之外，这人今天竟然还戴了个黑口罩。

少年的下半张脸被遮得严严实实的，半长不长的漆黑碎发越发衬出肌肤剔透如白玉，唯一露在外面的一双凤眼懒懒半阖，看起来既冷淡又多情。

林宵白："这又是搞哪一出？"

周围有许多好奇的人在窃窃私语。

同样是戴口罩，效果却天壤之别，林宵白嫉妒哽咽了："啄哥，你等会儿记得帮我问问执哥他的口罩从哪儿买的。"

但他俩差的实在不只是口罩的款式。

林宵白晚上要跟家人聚餐，忧郁了一会儿就摆摆手和他俩道了别。

许啄等完红灯，从人行道过了马路走到贺执身边时，贺执还是一反常态的沉默不语。

许啄好奇地想对上他的视线，贺执却早有准备地侧过脸，自己先带路往前走了。

许啄沉默着跟了上去。

一路上。

贺执不说话。

贺执一言不发。

贺执刻意扮酷。

许啄跟在他身后，淡淡地叫了一声"贺执"。

贺执步子一顿，回过头来，看见少年两根指头扯着嘴角，面无表情地往两边扯了扯。

许啄做了个鬼脸。

贺执被逗笑了。

"别闹。"

他开了口，发出的声音却很沙哑。

许啄走到贺执面前，眨了眨眼："你感冒了。"

贺执"嗯"了一声偏开头，离许啄远了些："是感冒了，本来不该来见你，但我不想鸽掉我们见面的约定。"

许啄说："一诺千金，你是君子。"

贺执忍不住笑了："离我远点，别传染了。"

许啄把他的话当作耳旁风，抬起眼，仔细观察着对面的少年，大概是因为发烧，他露出来的脸颊透着不正常的红。

许啄眯了眯眼："你发烧了。"

他从来没有用这般语气说过话，硬邦邦的，有点凉，但隐隐又透着带几分焦急的在意。

许啄走到路边，一言不发地开始招手拦车。

贺执看着他，一时间没说出话来。

他生气了……因为自己？

贺执的脸上闪过一丝迷茫神色，半晌又凝眸望向少年的侧影。

贺执心里有些慌，忐忑地走到许啄身旁："你生气了吗？"

许啄终于看向他，却是红了眼睛："没有生气。"

没有生气，只是有点难过。

贺执不过也才十九岁，却早已经习惯了世上没有人爱自己，就这一点点的特别对待，贺执都觉得受宠若惊，于是小心翼翼，那他以前过得该多不开心啊。

5

前两天刚嘲笑完小白体弱多病，今天贺执就感冒了，不仅感冒，他还发烧了，好严重。

许啄把他送回青南路，帮他盖好被子，又在李叔的指导下给他煮了白粥，将贺执照顾得好好的才站在窗边打电话。

"老师，我今天身体不舒服，想在家休息……好的，谢谢老师。"

"姥姥，明天考试，我想今天留在同学家复习，不回去了。嗯，好，我会照顾好自己。"

贺执从被子里露出一双眼睛，新奇地看着他："你怎么撒谎都不结巴？"

真讨厌。

但许啄脾气真好，帮他换了一面湿毛巾，慢声慢气地说："因为我不是结巴了。"

离天黑还早着呢，贺执闭了一会儿眼睛，又睡意全无地睁开了，他还在持续招人烦："我睡不着。"

许啄坐在床边的地毯上，温声问道："要怎么才能睡着？"

躺在床上的少年是燕城有名的小浑蛋，青南路的扛把子，因为他，信中附近的社会闲散人士相当安分。

他总是一身煞神般的打扮，面露懒散戾色，从头到脚都写着"我不是好人"，但此刻，却因为生病而显得有些单纯而稚气。

"给我唱首歌吧，唱首歌就睡着了。"

而许啄竟然颇有定力地摇了摇头："我唱歌不好听。"说完，就往外走了。

贺执憋闷了一会儿，忽然又看见许啄拿着根长笛走了回来。

长笛!

贺执一脸茫然："你这都从哪儿变出来的?"

许啄坐回床边，伸手把被角披到了贺执的下巴窝，十指按上管身，动作熟练地将镀银的长笛举到了唇边。

许啄吹了一曲《摇篮曲》，又吹了一曲《伦敦德里小调》。

一次调也没跑，非常好听。

贺执伸出手鼓了鼓掌："好!"

许啄又把他的手塞回去了。

贺执由着他照顾，只在许啄披好被子要收回手的一刻忽然问他："你是不是有点不开心?"

不是今天，也不是昨天，是从宛城开始，他便时不时陷入怅惘的低落情绪之中。

许啄的手指顿了顿，掩饰性地重新摸上光亮的笛身，诚实道："一点点。"

感冒药让人易乏的副作用漫上来了，贺执笑了一声，疲倦地闭上眼睛："那我想想怎么让你开心……"

其实他也不用出声安慰的，就算没有发烧时，他也总是暖洋洋的，永远都像是刚刚晒过大太阳的棉被，光站在那儿就足够让人暖心了。

少年的呼吸声渐渐平稳下来，许啄看着他，良久，轻声道："林宵白说，你是宛城人。"

贺执迷迷糊糊地"嗯"了一声："我也不知道算不算。"

许啄很认真："为什么?"

贺执含糊道："我妈听人说的，我爸他在宛城待过好几年，好像老家就是那里的。"

具体来说就是在他死之前的那几年，他离开了贺妗，回到宛城，在那里重新娶妻生子，最后带回来一个不过六个月大的小儿子。

但这个人或许意识到自己就是个短命鬼，前脚刚把孩子送进福利院，后脚就死了。

贺执的声音越来越小，似乎马上就要睡着了。

许啄在心中轻轻叹了口气，仿佛在自言自语地问道："如果那个小儿子拿走了一切原该属于你的东西，有天又真的恬不知耻出现在你面前，你还愿意跟他当朋友吗？"

少年的呼吸匀长，已坠入甜蜜梦乡。

许啄闭了闭眼睛，手指几番颤抖，最后还是紧了紧掌心，狠下心拉开了贺执的床头柜。

第一次住在这里，许啄早上被林宵白拍门吵醒，洗漱完毕回来整理床铺的时候裤腿钩到了床头柜的拉手，一走动便不小心往外扯了几寸。

本不该偷看的，但不过是那回眸的一瞥，他便在抽屉里看到了一沓非常眼熟的东西。

和几个月前一样，许啄坐在地上看着抽屉里被细心收好的精致卡片，心境却格外不同。

上一次，他以为自己找到了小时候的那个小哥哥，哪怕忐忑不安，仍然觉得惊喜与心安。

但这一次，他却打心底希望自己空无一字的上锁笔记本里并没有夹着那么一张和这一抽屉的纸片出自同一系列的稀有卡牌。

可生活就是这么狗血。

许啄把抽屉轻轻推了回去。

许啄整个人都缩到了床下，他收回手抱住双膝，心里轻轻地念着：执哥，哥哥。

你的东西，我都会还给你的。

像是下了狠心，许啄从地上站起来，握着手机轻手轻脚地离开了贺执的房间。

青南路的楼梯老旧失修，踩上去便会吱呀作响，但这一次，或许是

190

踩在上面的步伐过于无力，许啄一路走到楼下，连在一楼打盹的圆圆都没有被惊醒。

许啄走到院子里，沉默后拨通了今天的第三通电话。

那边接通得很快，连给他再次反悔的机会都没有。

"喂，园园？"

"……"

"园园？"

许啄深呼出一口气，指甲深深地陷进了掌心。

"院长，"他终于出了声，"您之前是不是说过，我是从宛城来的。"

6

许暨安和梁妍再一次离婚失败了。

听到这句话的时候，许偲笑了一声，转身回屋了。

或许连他自己也分不清，自己心中究竟是期待落空，还是松了一口气。

但他姥姥平静地说出这句话的时候，许啄并不在家里。

许啄正一个人坐在燕城最权威隐秘的亲子鉴定中心里，看着会客室落地窗外的燕城风景，很安静地等着他与贺执的鉴定结果。

真是非常狗血。

连他从贺执那儿偷了几根头发的行为也是。

已经是八月了，贺执早就返工回了行素打卡上班。如今苏泊尔虽然不再压榨他，但碍不住贺大师名声远扬，工作日程表都已经排到明年春天了。

他那懒骨头清闲了半个月，上工之前还发了次高烧，回来之后还是挺虚的，店里的同事看着他都一脸复杂表情："年纪轻轻就这么……可不好啊。"

贺执立刻爬起来生龙活虎地把他揍了一顿。

"园园，你在干吗！"

手机振动，贺执的信息永远这么来势汹汹。

许啄打开摄像机拍了一张窗外的照片，给贺执发了过去。

叶家汇最好的风景不是从地面向上仰望的高耸入云，而是站在云中俯视过去的满城迤逦。

人渺小如蝼蚁，远处中央区的 CBD 高楼大厦也像造物主的玩具，等到入夜，万家灯火亮起，车带如流星划过立交桥，那场景会更加动人。

但现在也足够让贺执震撼了。

"燕城原来这么漂亮的？"

不小心又暴露短浅见识了，贺执撤回上条消息，礼貌地重新打字："真美！"

许啄的嘴角无意识弯了起来，半晌，又缓缓地抿平了。

纵然现代社会已没有王公贵族与三六九等，但整个世界仍然有着无形的阶级。许家无疑属于站在燕城上空的权贵，只要立在许姓的保护伞之下，一生岂止无忧。

纵然许啄总是不知好歹想要做个寻常人家的小孩子，但他必须要承认，许家人的身份给他带来了太多太多的帮助。

平心而论，许暨安对他真的很好，几乎满足了许啄对于父亲的所有期待，而就许啄这样的性子，从小长到大几乎没有受到任何实际意义上的欺凌，不过只是因为他姓许。

许偲的运气没有许啄好，但那个欺负他的秦远，也是与他站在一个台阶上的人。

贺执比许啄还要大两岁，但窗外许啄已经见过很多次的场景，却是贺执第一次见到的风景。

如果当年，被许暨安带回家的是贺执，或者就算不带回许家，仍然留在他妈妈的身边，贺执后来也不会过得那样辛苦。甚至……贺妗会不会不会死呢？

一想到这个，许啄的心中便会被浓重的负罪感压得喘不过气。

许啄想立刻告诉贺执和许暨安真相，但又怕中间出什么差错，只好自己来做一份实际的证据出来。

等到拿着他和贺执确为亲生兄弟的证明去给许暨安看，许暨安应该会相信吧。

　　但这是贺执想要的吗?

　　许啄想不出来,也不敢问。

　　指尖在手机键上停了很久也没有一个字母真的被按下去,许啄恍惚地盯着对话框里备注的"执哥",有些走神。

　　房间外有人轻轻敲了两下门。

　　许啄心跳陡然加速,出声时嗓子却干哑无比。他控制不住地轻咳了两声,吃力道:"请进。"

　　正装打扮的工作人员走了进来,即使面对的是一个还没成年的孩子,态度依然十分恭敬。

　　"许先生,您的鉴定报告我拿过来了。"

　　不愧是花了他三年奖学金的高端机构。

　　许啄从嘴角扯出一个笑,从女人手中接过了密封的牛皮纸袋。

　　这家鉴定中心私密性极高,寻常的人家即使从某处知道也付不起费用,几乎专门为将"家丑不可外扬"奉为家训的权贵服务。

　　机构内所有的工作人员都受过专门的培训,脸上的微笑像是经由一个模板复制粘贴出来的,即使是许啄也无法从面前的女人脸上看出任何关于文件袋内容的信息。

　　他之所以能知道这里,还是因为梁妍有一次说漏嘴了,许啄最初被接回家之前,是在这里做过鉴定的。

　　所以,他是不是也算是老客户了。

　　许啄扯了扯嘴角,解开文件袋的棉绳,从里面取出了薄薄的鉴定报告。

　　谢绝加急办理后他已经做了一周的准备,不用再继续逃避了。许啄越过 DNA 图谱直接跳到了最后的结果,表情僵硬的脸在看清结果后变得越发苍白了几分。

　　他皱起眉,失神地抬头问道:"没搞错吗?"

　　女人似乎经常应对这种问题,嘴角精致的微笑没有丝毫变化。

　　"先生放心,我们机构有专业的技术与口碑,二十年间从未有一桩业务出错。"

心乱得像被缠了一团乱麻，许啄忽然一阵腿软，手足无措地扶着沙发靠背坐了下来。

他弄错了吗？

"我们也许是同父异母，也许……"

"先生，"女人温声打断了他的自言自语，"在鉴定之前，您已经提醒过我们了，我们也将其作为疑难亲缘关系鉴定核实了一周，除非您带来的样本有误，否则结果是不会出错的。"

怎么会有误呢。

头发是贺执的头发，血是他的血。

许啄面无表情地把文件袋放在了桌上。

DNA 鉴定结果：非亲生。

白纸黑字，明明白白。

是他……从头到尾，弄错了吗？

可是青南路里，贺执小时候和贺妗的合照，和自己记忆中的面孔一模一样。

许啄那时候才五岁，记性没有那么好，但是福利院里，他和贺执是有合照的，他后来还带走了。

难道是贺妗搞错了吗，他们根本不是同父异母的亲兄弟。

可是许啄是被他的"爸爸"从宛城抱回来的，贺执的爸爸也是宛城人，有这么巧吗，他们……到底谁才是许家的孩子？

许啄喉结滚得刺痛，盯着桌角，干干地问："十二年前的鉴定报告，你们还能找到吗？"

女人有些惊讶："您的意思是……"

无数个可能性跳到了自己面前，许啄有些喘不上气地闭上了眼睛："十二年前，我的小叔和我也在这里做过一次亲缘鉴定，现在还可以看到结果吗？"

"鉴定结果是私密的……"但其中一个当事人现在就在自己面前，女人短促地皱了下眉，柔声道，"机构的资料库只会保存最近五年的案例，应该很难……"

"我不信。"许啄平静地抬起头,打断了她的说辞。

来这里做亲子鉴定的客户非富即贵,那些家族的恩怨岂止是五年就可以翻过新篇的,如果依照他们的说法完全没有给自己留底,这家机构未必能在燕城矗立这么久。

世上的规则有时候就是这么烂。

女人叹了口气:"许先生,请别为难我……"

许暨安的名声很响,就算许啄寂寂无名,但能走进这里的许姓人实在少得可怜,她或许早就知道他的小叔是不可以招惹的人。

"算了,"许啄垂着眼皮站了起来,"我过几天再来。"

"先生,"女人叫住了他,"如果您想回去带来您小叔的样本和这位贺先生做鉴定的话,我必须提前提醒您,到时必须有他们中的一位在场予以授权。"

真厉害,把他所有的路都堵得死死的。

是就此浑浑噩噩假装毫不知情,还是对一方摊开一切彻底破罐破摔?

许啄从桌上拿起鉴定报告,头也不回地离开了观景角度极佳的会客室。

他要回汇嘉一趟。

7

家里只有梁妍一个人。

28寸的大行李箱就在女人身边,他们两个在玄关处默默对视了许久,许啄终于开口:"你要搬走?"

梁妍"嗯"了一声,目光落到许啄身后时,她听见少年又道:"我一个人回来的,小偲在姥姥家。"

女人似是松了一口气,垂下眼皮,视线在经过许啄手里的文件袋时顿了顿。

她忽然笑了出来:"这东西我这些年翻遍了家里也没找到,你是从哪儿找到的?"

梁妍不认识贺执,更不知道自己去过叶家汇的事,说的多半是十二年前的那一遭。许啄不动声色地把文件袋往后收了收，平静道："你找这个做什么？"

梁妍歪了歪头："好奇啊。你和你爸长得一点儿也不像，性格也是，我当然想知道当年到底是不是抱错了。"

但是许暨安从来不给她看那份证据，一提起来就吵架。她以前还经常为这事赌气，但现在倒也不太在乎了。

许啄很少听梁妍提起自己早死的父亲，但许暨安倒是经常会说。

他说，许文衍是个很开朗的男人，笑起来很迷人，很温柔，但认真起来也会有些吓人，连他这个弟弟也会退让三分。

许文衍是个很好的人，听起来也很像贺执。

在宛城听到贺执的坦白时，许啄几乎一秒就将他们两个对号入座了。

从叶家汇回来的路上，他还在反复犹豫自己究竟是不是在异想天开，但现在看来，和他抱有相同猜想的人早就存在了。

明明夏天还没有过去，梁妍却已经翻出一条披肩披到了身上。

许啄立在门边还没有让路："你从来没提过。"

梁妍裹了裹浅咖色的羊毛披肩，无所谓道："我从前还想好好做许太太。"

但是，现在……

她眼皮低垂，似是自嘲地扯了扯嘴角："从前都是你小叔提离婚，我闹着不愿意。现在终于轮到我提出来要放他自由了，他又不答应了。"

所以，她才要自己搬走。

许啄很安静地看着她："为什么？"

常有人说许太太是为了权财嫁给的许暨安，但许啄看得出来，梁妍是真的很爱许暨安。

爱到歇斯底里，哪怕平日里针锋相对到了硝烟四起满地狼藉的地步，她眼中仍然燃着要拉着对方互相折磨至死方休的固执之火。

但是现在，她眼中的那束火焰突然就熄灭了。

梁妍是个很讲究的女人，哪怕成为全职太太之后，动不动一整天都待在家里，每天起床后也仍然会化好淡妆才走出卧室。

从小到大，许啄似乎从来没有见过她这般素颜恬淡的模样。

梁妍其实真的很漂亮。许偲也更像梁妍。

女人握住了行李箱的拉杆，素净的面孔上笑容如语气一般，温和而诡谲。

"你小叔，他太可怕了。"

8

贺执的午餐吃得很慢，许啄今天不知道在忙什么，给自己发了那张照片之后就再无下文了。

下午有客约，贺执一旦工作起来就顾不上看手机，怕许啄又发来什么自己不能及时回复，他刻意拖慢吃饭进度等了好一会儿。直到苏泊尔扯着嗓子提醒他下午的客人就快到了，贺执才咬着筷子编辑了一条"我去工作了，下班来找你玩"发过去，端着饭盒站了起来。

但这条消息也没有被回复。贺执推开会客室大门的时候都有些心不在焉的，看见里面已经坐好等待的女生也只是淡淡地点了点头。

这一单是昨天临时插过来的，听说客人是从国外回来的，明天下午的飞机回去，略着急。

贺执按了按鼓鼓跳动的太阳穴，打起精神面对对面神色比他还冷淡几分的女孩。

"你要什么样的画？"

女生看起来比贺执大几岁，但也还是很显小，及耳的短发很利落，原本柔和的眉目被耳骨上一颗闪闪发光的钻石耳钉衬得有些别样的张扬。

她直接把亮着屏幕的手机推了过来："我要你复原一幅画。"

贺执只瞥了一眼就挑了挑眉，看着女生的眼睛道："画不了。"

为了避免版权上的麻烦，贺执在修画这方面的订单接得很谨慎，一比一复原的活更是从来不做。

但是没想到对方笑了一下，她似乎早有准备："这是我的画，要不是再找不出当时的心境，我就自己动笔了。"

厉害厉害。

贺执饶有兴致地低下头，在放大看清屏幕上画作的落款图案时，嘴角忽然抽了一下。

"这……秋刀鱼？"

店里只有这里可以抽烟，女生从烟盒里取出一根香烟放到唇边："恭喜你眼睛还算好使。"

贺执没理会女生语气中淡淡的讥诮，抬眼道："我见过这个图案。"

女生还是没提起兴趣理睬他："除了我都是盗版。"

这女的怎么和许啄说的完全不一样啊。

贺执"啧"了一声，正待呛声，会客室的大门突然再一次被人推开了。

"聂子瑜，你怎么每次吵架都来这招！"

这个连埋怨都听起来柔柔软软的声音，实在是有点熟悉。

贺执跟着眼底忽然温和起来的聂子瑜一起向门边看过去，在对上长发女生错愕的眼神时，他不出所料地眯眼笑了起来。

"好久不见啊，秋冉姐姐。"

9

许暨安回到家中的时候，许啄正在厨房里为自己煮方便面。

关关以前曾佩服又感慨地说，以许啄这种不急不慢的性子，就算有天家里着了大火，他也能在睡醒后先去洗漱完毕，一件一件换好衣服再寻找办法逃生。

这说法有些夸张，但许啄确实是天塌下来的大事也耽误不了他一日三餐的人。

可这也是理智思考后做出的反应，他需要保持体力应对接下来发生的一切，同时也给自己找点事做，免得不停地胡思乱想。

哪怕已经有些饿过头了，他还是会逼着自己吃下去。

听见从厨房门外走近的脚步声时，许啄回头看向许暨安，还问他："小叔，您吃吗？"

家里阿姨从来不做这些吃的敷衍人，但许啄有时候没在饭点回来，便会自己下厨煮方便面吃。

许家没人吃这东西，就琉璃台上这两包也是许啄从他自己房间翻出来的。许暨安看着许啄熟练地打着荷包蛋的身影，笑了一下："好啊，给我加两个蛋吧。"

许啄点了点头。

许啄不通厨艺，连米饭都不会蒸，唯一会做的就是方便面，味道还不错。

许啄端着两碗面回到餐厅的时候，他进厨房之前随手放在餐桌一角的文件袋还纹丝不动地躺在原位，丝毫没有挪过位置。

餐桌很长，许暨安坐在主位，许啄如往常一般坐到了他的左手边，用筷子挑起几根面条，面不改色地轻轻呼了口气。

餐厅里很安静，在只有他们两个人的情况之下，今日的沉默显得有些稀奇。

许啄平静地吃着面，但许暨安的筷子被他玩味地捏了一会儿，又没有沾一点油腥地放回了筷托上。

他说："小啄，你都知道了？"

和梁妍一样的反应，但他确实还什么都不知道。

许啄咬了一口荷包蛋的边缘，听见许暨安轻声慢气地开门见山："你虽不是你爸爸亲生，但这么多年，我的确是拿你当亲侄子对待的。"

蛋黄打成溏心蛋了，含在嘴中有些烫，流在红汤中又像个滑稽的哭脸。

许啄沉默了一会儿，把筷子放了下来。

"我到底，是哪儿来的？"

10

"你们这儿怎么和解剖室似的，怪吓人的。"

丝绒窗帘拉得严实，聂子瑜坐在无影灯下，看着戴好口罩的贺执，忽然有些嫌弃。

"没办法，老板念旧，上个月才被劝明白换个地方试试。"

其实这房间里的装修很有格调，但贺执钉好画布、削好铅笔，转着工具指挥着聂子瑜赶紧转过去背对自己时，忽然也感觉自己有点像个杀手。

秋冉就坐在旁边的沙发上，眉头微蹙，一言不发地看着他俩。

聂子瑜歪着脑袋对她笑得眉眼弯弯："干吗呀，都说了我很遗憾那幅画被弄丢，一直想找人再画一幅，只是太忙了才没顾上，真不是和你闹脾气。"

只穿了一件黑色工字背心背对自己的女生有着非常窈窕的身形，一只手臂撑在椅子边缘，半边肩膀自然垂下，在少年面前滑过非常优美的线条。

贺执却只是在对着手机上模糊的画作确认了女生的姿势准确后，煞风景道："小聂姐姐，你要求太高，复原98%还要加急，我无法确保要花多长时间，坐得遭不住了可以和我说一下。"

"啰唆。"聂子瑜垂下了眼皮。

11

"你的爸爸，我的大哥，你知道他是做什么的吗？"

桌上的两碗面还在冒着热气，香气扑鼻，但再也没有一个人动过筷子。

许暨安的语气听不出任何情绪，许啄盯着桌上的木质纹路，也很平静。

"知道，他去上了公安大学。"

许啄见过放在家里的录取通知书。

许暨安"嗯"了一声，补充道："还没毕业就做了卧底线人。"

许文衍接了秘密任务，某次演习出警，直属上司伪造了他的意外死亡，几个月后又给他捏造了个假身份，把他派回了燕城。

许暨安在笑，眼神却很冷："我只有他一个家人，原先等着他毕业回来，我们兄弟俩可以再好好团圆，却没想到几年过去了，我等来的只是一张死亡通知书。"

连尸体都没有。

"他死的时候，我什么都不知道。等知道的时候，他早已经躺到了骨灰罐里，刚刚从一个被污蔑的'杀人犯'平反为烈士。"

许暨安扯了扯嘴角："一听到你的消息，我立刻就去接你回家了。"

许啄是许文衍留在世上最后的痕迹，哪怕亲缘鉴定写得清清楚楚并非亲生，许暨安再也不会让许啄受到任何危险。

许啄很轻地开口："那如果，不只是我呢？"

许暨安抬起眼皮，语气突然变得微妙起来："你说什么？"

许啄指了指桌角的那个文件袋。

"那里面装的不是我与你的鉴定报告，小叔。"

没头没尾的一句话，但在座的都是聪明人，不需要点得那么破。

碗里的面已经有些凉了，许暨安却重新拿起筷子随意地挑起两根，动作不疾不徐，仿佛半点儿没有被小孩子的话惊到。

许啄没忍住皱了皱眉，但刚想开口，许暨安却已经抬头看着他笑了起来。

"那难道是你和贺执的吗？"他说。

许啄缓缓地、难以置信地睁大了眼睛。

"你弄错了。"

许暨安的笑容很温和，像是在宠溺地看着一个不懂事的晚辈。

这个世界上，任何人都可以是许文衍的骨肉，唯独贺执不可以。

许啄看着许暨安，像是从来不认识这个被他叫了十二年"小叔"的男人。

许啄干巴巴地说："我不明白。"

许暨安无奈地摇了摇头："小啄，你还太小了。"

许文衍死的那年，许暨安或许还只是个刚从叔伯手里接过许家的愣头青，但五年之后，他已经迅速成长为一个天生的贵胄。

他有的是能力查出许啄的真实来历，更可以弄清楚过去的这些年许文衍究竟经历了什么。

比如，他遇见了贺妗。

"我本来也是不知道的，但是去接你的那年，你们院长告诉我，就在几个月前，有个女人带着她的孩子专门过来看你，院长还提醒我，你们也许有什么关系。"

许啄陌生地看着许暨安，心中生出无数荒唐："你早就知道贺执是……"

"他不是，"许暨安平静地打断他，"就算有血缘关系，他也绝对不可能是许家人。"

离开青南路的那天，许啄回到姥姥家，把指甲剪得很秃很秃，但即便如此，他此刻仍然觉出了快要抠进掌心的钝痛。

连嗓子都疼得像被刀尖划过，许啄失声道："为什么？"

许暨安可以对一个没有任何关系的孩子那么好，为什么，凭什么，明明知道兄长的亲生骨肉在哪里，正在经历着什么，仍然可以完全对之视若无睹。

"小啄。"

许暨安不容抗拒道："我有我的考虑，贺执应该在他该在的位置上，这对大家都好。"

许暨安从来没有真的在意过那个可能流着许文衍血的孩子，但是在听属下报告最近离许啄很近的男生名字就叫贺执时，他仍是忍不住失神了片刻。

许啄近乎固执地看向他："可是，他原本应该站在我这个位置的。"

许啄从来没有用这样的语气和自己说过话，许暨安的脸色冷淡下来。

汇嘉很大很大，但是许偲走了，梁妍走了，现在许啄也要走了。

"小啄。"许暨安出声叫住了背对自己的少年。

"你想好了吗，你现在离开这个家门，以后就不算是姓许了。"

许啄没有说话，但重新拿起文件袋的动作却无声地表明了他的态度。

许暨安扯起嘴角，突然笑了。

"那你觉得贺执知道了你的身份以后，还能跟你成为朋友吗？"

许啄回过头来，面无表情地看向这个再也不复往昔温和的男人。

"我实话和你说吧，小啄。你第一天出现在叶家汇的时候，我就知道了。"

许暨安兴味盎然地用目光捕捉着许啄颤抖的手指，笑道："我有提醒过他们，无论结果如何，记得也寄给另外那位当事人一份。"

12

"贺执，快递！"

苏泊尔在外面扯着嗓子喊了一句。

聂子瑜的原画简单，贺执虽然吓唬了她一通，但手很稳地二十分钟就勾完线了。

刚做着接下来的铺色，老板就在门外喊魂。

贺执"啧"了一声，把笔放到一边推门走了出去。

苏泊尔在吧台嗑着瓜子向等待签收的邮递员微微扬了扬下巴："人来了。"

"什么快递？"

贺执走过来接过文件袋，看着寄信地址皱了皱眉。

苏泊尔也很好奇："我还以为你网购地址写店里了，但这是从叶家汇寄过来的，那儿可没有卖东西的。你傍上富婆了？"

贺执垂目落笔写完自己的大名，把薄薄的快递袋递还给小哥撕掉单据，回头对苏泊尔假笑："可不是吗，帮您傍的。"

死小子，一句也不吃亏。

苏泊尔翻了个白眼，兴趣全无地继续看他的连续剧去了。

聂子瑜和秋冉还在房间里，贺执一边往回走一边漫不经心地扯开密封线，从里面取出了一张薄薄的纸。

在看到文件抬头的一刻，他突然顿住了步伐。

"那啥，发啥呆呢？"

被他挡住去路的同事不满地啧啧出声，但贺执盯着这张纸的表情实在太过吓人，是许久没有见过的冰冷如锥。

"贺执？"

最后一行字烫得人想攥紧拳头，贺执用力捏住这荒谬的鉴定报告，快步走回去一把推开了工作间的大门。

"贺大师，你能不能不要这么一惊一乍？！"

聂子瑜已经披上衣服了，正喝着水呢，被他吓了一跳。

秋冉和她一起回过头去，对上少年冷冰冰的眼神，心跳忽然慢了一拍。

贺执举起手中被捏得乱七八糟的白纸，嚼穿龈血地开口：

"许啄，秋园。他就是我当年要找的孩子，对不对？"

13

许啄失重地跌坐在了长桌尽头的椅子上。

"你……为什么？"

许暨安抿着笑意又挑起了一根卷曲的面条："或许因为我足够了解你？"

这张桌子很长，他们相对而坐，脸色却是截然不同的苍白与胜券在握。

许暨安似乎有些无奈："你婶婶她目光太短浅，总是听不进我的话。许偲他并不适合我这个位置，但是小啄，你和我很像。"

许家出了一个许文衍已经算是异端了，不必再出现一个和他几乎一个模子刻出来的孩子。

那一年，青南福利院里，许暨安蹲下来和年仅五岁的秋园对视了很久，在抬手摸上他小脑袋的一刻，心里已经认定，无论这是不是许文衍的亲儿子，未来他都会作为许家的孩子出现。

许偲天生有耳疾，后来又被梁妍养废了，许啄可以作为他的左膀右臂陪着他长大。

如果许啄足够出色，未来取而代之也未尝不可。

对于许暨安来说，所谓的血脉传承确实也没有那么重要。

"这才是你没有认回贺执的原因。"许啄抬起头，挂起了一个无比凄惨讥讽的笑容。

"对你来说，他只是一个麻烦。"

筷子夹断了面条，许暨安垂下眼皮，淡淡道："不用说得这么难听，但他家世那样，就算你爸爸活着，我也不会让他进家门。"

"那不是我爸爸！"许啄强撑着站了起来，"你不要再自欺欺人了！"

许暨安捏着筷子目光凌厉地看向他。

许啄盯着这双自己仰望了许多年的眼睛，一字一顿：

"我和你，不一样！

"贺执，和你，更不一样！"

14

"是，他是你弟弟。"

秋冉扶着聂子瑜坐下，平静地点了点头。

贺执用一种要掐死对方的眼神死死盯着她："你们为什么要骗我？"

"是我们骗的，但跟园园没有关系。"

秋冉走到门边把贺执拉了进来，又把门关严实了才回过头看向面色阴沉的少年。

"而且我非常怀疑，那年院长听许先生说了些什么，所以从头到尾，园园都没能从任何地方得知你可能是他的哥哥。"

直到在宛城，贺执本着坦白一切秘密的真心，"嘭"地打碎了许啄心中珍藏了十余年的美好回忆。

贺执眯起了眼睛："那你为什么不说？"

告诉许啄，他有个哥哥，想要找回他，就是他记了很多年的那个小哥哥。

聂子瑜平静地给秋冉温了杯水留着等会儿再喝，顺便又从小茶几上挑了本杂志翻了起来。

秋冉不卑不亢地看着他："因为你那时看起来并不是什么好人。"

虽然许暨安似乎也没有多好，但怎么都比当时一脸戾气好像不是来找人而是过来杀人的贺执看起来靠谱许多。

贺执扯了扯嘴角："……他真的不知道吗？"

明明是五岁才被许暨安领回的许家，许啄却在贺执第一次尝试询问时就告诉他，自己几个月大的时候就被抱走了，轻而易举打消了贺执的疑虑。

"他没有骗你。"

秋冉的眼神忽然复杂起来，水光盈溢，似乎非常不忍。

她深深地吸了一口气，说："园园……他被许家领养过两次。"

梁妍嫁给许暨安的第三年，仍然没能有一个孩子。

她身体不算好，越着急越难以受孕。许家需要一个儿子，梁妍很痛苦，第一次主动提出了离婚。

但那时候许暨安还很爱她，考虑了很久，最后问她，愿不愿意去福利院领养一个孩子。

命运交错如斯，在许文衍转身奔赴死路的时刻，他的弟弟带着妻子来到了兄长刚刚离开不久的地方，选中了那个被许文衍一路护着北上的小孩子。

那时，那孩子甚至也还不叫秋园。许啄的第一个名字，就是许啄。

最初他可能也是被给予过期望与爱的。

但是在许啄还不到一岁的时候，梁妍就怀孕了。

梁妍起初答应许暨安，不过是顺势而为别无选择，但当她真的每天被迫看着这个和自己没有一丝一毫相像的孩子——无论再怎么努力——她的心中根本生不出任何的母爱。

而她现在可以拥有自己的孩子了。

许啄才被抱回来几个月，还没来得及与他们生出任何情感。

血浓于水，秋园很轻易地便成了被退回来的孩子。

福利院里的孩子小到五六岁，大到十几岁，很多都对这件事有记忆。

纵使院长老师们再三强调不要谈论此事，但那些年，秋园因为那双漂亮的眼睛总是被前来收养的夫妻看中，可他性子太冷淡，最终往往都是无疾而终。

本就不是讨喜的性格，又这般遭嫉妒，除了秋冉，并没有人真的喜欢他。

秋园听过很多的碎语，从很小的时候他就知道，自己是出生后被抛弃过两次的孩子。

后来贺执与他失约，秋园其实也没有多失落。

他已经习惯这样的结局了，只不过总是忍不住会想念那个拉着他的手，笑眯眯地带他到处玩的小哥哥。

但再后来，许暨安却又带着他们的血缘鉴定证明回来了。

他曾经作为未能好心到底的收养人退养过秋园，而这一次，他是秋园名副其实的亲人，带回他名正言顺，可除了繁复的手续，许暨安还需要面临更大的困难——让秋园再一次选择他。

秋园知道，这个说是自己小叔要带他走的男人就是从前抛弃过他的大人，就连秋冉也把他拉到角落里，蹲下来，很认真地看着他的眼睛问道："园园，你长大了，可以选的。你要跟他走吗？"

秋园想了很久，最后说："要吧。"

他看起来似乎很需要自己的样子。秋园从来不被需要，但许啄不是。

贺执有些失神。

他手中的鉴定报告都快被捏成一团废纸了，当然，那本来也就只是一张废纸。

秋冉轻轻道："我不知道院长当年是怎么和你说的，但她后来告诉我，那通她打到许家的电话，是许先生接的。"

但许暨安温和地告诉她，他已经问过许啄要不要见见这个哥哥了，但许啄说不要。

尽管院长根本没有听到许啄的回应，且连他到底在不在一旁都不知道，但亲小叔和同父异母的哥哥，外人听起来似乎很好做出抉择。

贺执低下头，可笑地闭上了眼睛。

"可我们不是亲生的。"

他此刻心绪一团乱麻，根本无法认清他与许啄的关系，许啄与许家的关系，乃至自己与许家的关系——他甚至都无法考虑这封快递是谁寄过来的。

就算鉴定报告是许啄去做的，但他不会用这样冷冰冰的一张纸来解释这一切。

还有谁会知道行素的地址？

那位了不起的许先生吗？

贺执把手里的废纸彻底团成团扔进了墙角的纸篓里。

15

一个夏天过去，福利院墙上的壁画仍然艳丽如初。

许啄在墙边围裙妈妈的秋刀鱼旁站了一会儿，只觉一阵腿软无力，疲惫地蹲了下来。

贺执知道了。

自己背着他去做那可笑的亲缘鉴定。

那他可以猜得出原因吗？

贺执很聪明，或许可以从这些环环套套的剧情中猜出他们颠倒的人生。

他会讨厌自己吗？

许啄的食指滑到墙上，擦着一路的灰尘，落到了不起眼的角落。

那里藏着一幅小小的涂鸦。

被他鸠占鹊巢的男孩子曾经蹲在这里，悄悄地给他画了一只绒毛很乱的小鸭子。

许啄是只真正的丑小鸭，贺执笔下的他却那么可爱。

但现在贺执什么都知道了。

许啄闭上眼睛，难以忍受地将脸深深埋进了膝弯。

他现在还拥有什么呢。

有人站到了许啄身边。

在抬起头看清逆光而立的少年时，许啄还以为自己出现了幻觉。

而贺执就这么低头看着他，表情漠然，一言不发，倒还不如是梦境。

许啄扯了几次嘴角仍然没能提起一丝微笑，他沉默了一会儿，下意识地低声道歉："对不起……"

贺执也跟着蹲了下来，眯着眼睛："对不起我什么？"

"我还以为……"

"以为我会因为你抢走了我应有的人生而讨厌你？"贺执抢答。

许啄一瞬间僵住了，抬起头，却对上贺执的一声叹息。

"傻子。"

贺执是个什么人？

有点儿好的坏人。

许啄是个什么人。

有点儿坏的好人。

　　这个世界上有很多他们这样的人，就算少了一个贺执或者许啄，地球也不会发生任何的变化。
　　但他们，却是独一无二的他们。

… 第十章 …
/ 斐波那契数列 /

1

今年秋天已经走到了末途，落叶掉了满地，再也挣扎不出丁点儿的绿意。

许啄今天奥数班考试，贺执刚好干完活闲着没事，便溜溜达达去了楼下商场准备给自己买身新衣服。

行素从酒吧街搬到正兴已经有两个月了，店面升级得非常高档，苏泊尔这个守财奴难得大方一次，大家第一次来新店上班，全都被震撼了。

只有贺执屁事多，站在大厅阔气的落地窗旁还指点江山，责问老板为什么不租再高点的楼层，从这儿看出去根本没有一览众山小的感觉。

苏泊尔只用一个白眼回应了他。

另外或可一提的是他们的新邻居——苏宁。

昭敦巷的 YASO 书店开在本地土财主苏先生家里，作为总店仍然保留，不过考虑到他年纪都一大把，也不能和社会太脱节了，苏宁索性雇了个人看总店，自己把分店搬来行素旁边了。

这下可方便了，他和苏泊尔俩宅男上班时间照旧浑水摸鱼，一下班就约着在电梯口见，两个月的工夫便把正兴广场的餐厅吃垮了三家。

秋日虽渐深，但除了林宵白，大家的春花似乎都开得很盛。

林宵白很忧郁，贺执也很纳闷。

"你不好好学习，努力冲进奥数班去和你偶像做同桌，整天缠着我干什么？"

林宵白举着好几个衣架子跟在贺执屁股后面："执哥，你现实一点吧，我能考个二本都是我老爹用尽一生一世虔诚焚香感动了上苍。"

贺执快烦死他了，正好导购走过来，他抬手指了一件口袋在背后的白色卫衣。

"拿一件。"

林宵白一脸问号："执哥，你在说玩笑话吗？这件衣服什么乱七八糟的设计，要不我把店老板叫出来我们教育一下。"

导购小姐姐的笑都僵住了，贺执深深地吸了口气，拖长音道："g—u—n。"

林宵白抢答："I love you, too！（我也爱你！）"

正兴广场的店面价位普遍偏高，不过贺大师最近努力工作也算攒了些小钱，刷卡的时候眼睛都没眨一下，就林宵白在旁边捂着胸口一惊一乍。

今天周末，许啄只上半天课，贺执换了新衣服在校门口等他，下课铃响七八分钟后就看见了许啄的身影。

他难得一身白，许啄侧头和关关说话也没注意到，但女孩眼尖，刚想指着前面让同桌看表哥，眼皮便一跳，紧接着看见了表哥身边穿着紫色衣服的林宵白。

"秋秋，"关关靠近许啄小声问道，"我是不是眼花了，我好像看到一棵茄子。"

林宵白两手揪着帽绳，少男心萌动地用肩膀蹭了蹭贺执，嘿嘿笑道："她看我了。"

贺执默默离他远了一点。

贺执臂弯里还挂了个纸袋，他装酷，等到许啄走过来时才把手从裤兜里拿出来，把自己刚才在店里买的羊绒围巾递了过去。

贺执语气非常平静："天天戴，不然就勒死你。"

许啄好脾气地点头："好。"

四人路过学校附近的大型书店，关关突然想起自己练习册丢了，转过头冲大家说想进去再买一本。

林宵白挺震撼的，又怕丢人，只能小声试探："练习册也能丢？"

连他这个学渣从小到大都没用丢作业当过借口。

不对，三年级用过一次，但老师送了一本新的作业本，慈祥地说那就从头来过吧。

从一年级开始从头来过。

关关撇了撇嘴："放图书馆，中午去吃了个饭回来就没了，等我抓到是谁偷的，要他好看！"

话音一落，走在前面的贺执和许啄不约而同地回过头来，幽幽地看了林宵白两眼。

林宵白委屈地咬住了嘴唇："我还没那么变态！"

关关好奇地看向情绪剧烈波动的林宵白，但两个罪魁祸首已经事不关己地去了文创区。

许啄的笔记本写完了一本，今天刚刚好可以来补货。

贺执就在他旁边立着，稀奇许啄竟然挑得这样认真。

许啄不以为意地用指尖划过一排排的精致封皮，慢吞吞地回答："当然要选自己喜欢的，那样拿到手里心情好，写字也会更认真。"

这种时候他又不像个小机器人了。

2

那天离开汇嘉之后，许啄就再也没有回去过。

姥姥家倒是回了一次，梁妍和许偲都在，正在收拾离开燕城的行李。

母子俩离开的那一天，许啄去送他们。

出租车旁，许偲很沉默，也很冷淡，到最后也只说了一句："我不会认他做哥哥。"

"他"是指陪着许啄过来，现在却站在二十米外的大树下打哈欠的贺执。

许偲听母亲说了，许啄不是真正的许家人，跟他毫无关系。

但许偲只是在听完那些故事后，有些迷茫地问梁妍："那我们走，许啄会一起吗？"

梁妍当时的眼神复杂哀怨，没有回复他。现在看来，似乎也不必回复了。

许啄说："有没有事情都可以随时联系我，小偲，你永远是我的弟弟。"

但许偲已经长大了，自身难保的时期已过，摘去许家小少爷的光环，许偲不能永远是那个"只选择哥哥"的小孩子。

他还需要保护他脆弱没有人爱的母亲。

梁妍在催着，司机鸣笛了，许偲垂下眼皮，主动伸手抱了一下许啄。

街道尽头只有与他相互陌生的贺执，没有别人，更没有程皎。

少年在许啄耳边无声地念了一句"哥哥再见"，松开手臂，转身离开。

连他自己也不知道他们究竟要去向何方。

那似乎是离开许家之后，许啄最失落的一天。

但如今没人要的小可怜也被人收养三个多月了，贺执每天除开画画，剩下的时间就在照顾这个没有血缘关系的弟弟。

现在还开始帮许啄听写单词。

当然这一项对贺执略有难度，但好在他现在知道英文字母有26个了。

贺执初中肄业，写得一手好字。

许啄学习好，字却幼稚得像小学生。

贺执笑话他，许啄就把今晚的语文默写作业推给了贺执。

"你帮我写。"

"那不行……"

"哥哥。"

"下不为例！"

余虽好修姱以鞿羁兮，謇朝谇而夕替。

既替余以蕙纕兮，又申之以揽茝。

亦余心之所善兮，虽九死其犹未悔。

屈大夫他老人家可真是才华横溢，十个字的句子贺执不认识的能有四个字。

他费力研究着这些生僻字怎么拆开落笔，漂亮的行书也拧巴成了二年级小朋友的扭扭歪歪虫虫字。

贺执心里新奇，越发认真地在自己手闲勾出的田字格里练习"韄韅""唧唧"和"叽叽"。

"嘭！"

小楼隔音一般，楼下忽然传来桌椅翻倒的巨大动静。

楼上的两人同时停下笔，许啄向门边的方向侧了侧耳朵，外面却又安静了下来。

贺执的手机上出现了一条新信息。

李叔："是老冰的人。小执，他让你今晚回一趟别墅。"

回？

贺执眯了眯眼睛。

他倒是不见外。

"执哥？"

贺执抬起头，对上了许啄明亮的黑眸。

少年勾起嘴角，笑了起来："没事，楼下冲进来几条野狗。"

3

小的时候，贺执并不住在青南路。

他和他妈妈一直住在一栋小别墅里，小别墅人来人往，其中就包括林宵白的老爹林成语，再往前，还包括贺执的老爹丰四恺。听说那个男人很英俊，纵然总是不修边幅，一头乱发，但披着旧衣立在一边的身形总是很挺拔。

青南路从前是丰四恺住的，那栋小楼从前根本没有名字，但男人曾经在某个星夜夹着烟站在阳台上，抚摸着她耳后的胎记，温声笑道："既然你偷偷捐助了青南福利院那么多年，那我住的地方以后也叫青南路吧。贺小姐，以后要麻烦你照顾我了。"

后来那个厚着脸皮要她照顾的人不在了，贺妗抱着怀里路都走不稳

214

的小孩子，心想，她要做一个好妈妈。

贺女士高中毕业，一直为自己没能继续接受高等教育深感遗憾，像每个望子成龙的母亲一样，她也对自己的儿子抱有许多不切实际的幻想。

丰四恺从前是学理科的，她自然对理科生更钟情些，可惜自己高中完全是玩着毕业的，什么都不记得了，贺妗只好请来另一位新晋离异奶爸林成语过来辅导四岁的贺执。

从名字就可以知道了，林成语是文科生。贺妗别无选择，勉为其难，但她肯定没想到，自己的儿子最后竟然变成了一个艺术生。

贺妗离开以后，贺执从小住到大的那栋别墅就被易主了，不过贺执并不在意。

平河区虽然是贺妗长大的地方，但贺执从小就偷着往青南路跑——在他心里，那个藏着父母亲合照的地方才更像家。

虽然合照上男人的脸被贺妗抠掉了。

从前贺执以为是他妈妈恨他的爸爸，但现在听许啄讲完那些从前的故事，他才终于明白过来，贺妗其实是在保护她的爱人。

"小少爷，请进吧，冰哥等着你呢。"

院子门口，一个人嘻嘻哈哈地对他招了招手。

贺执懒得理睬这些讥讽，揣着兜，沿着他童年时代走过无数次的石板路，再次走进了再也不属于他的别墅大门。

上上次进来还是翻墙，真是没有想到这次这么隆重。

贺执走进大厅，视满目陌生的富贵装修如无物，平静地看向沙发上不紧不慢沏茶的中年男人，淡淡道："冰叔有何指教？"

小的时候，这个叫他"小执"的叔叔常常会用"小少爷"来逗他，长大以后，他在这个叔叔眼里却是一条丧家之犬。

可惜，再废物的野狗也是有尖牙利齿的。

贺执的眼神很冷漠，也很无所谓。

老冰抬眼看了看他，嘴边笑容很深："怎么这么不高兴，手下人在外面得罪你了？我等会儿就收拾他们。"

若是旁人说这种虚伪的话，贺执多半转身就走了，但面对这个人他却无法掉以轻心。

他垂下眼皮，晃到沙发边坐下，接过老冰递来的一杯热气腾腾的茶水。

香气扑鼻，贺执轻声询问："龙井？"

老冰点了点头，眼尾笑纹愈深："你妈妈留下来的旧茶，还没喝完，刚好招待你。"

贺执放下茶杯，忽然嗤笑出声："你到底想做什么呢？"

老冰摇了摇头，似是惋惜："还是这么沉不住气。"

贺执无聊地趴在沙发扶手上玩起小茶几上的陶泥摆设。

他是真的无所谓。

老冰眯眼看了他一会儿，问道："你就这么过来，不怕是调虎离山？"

贺执是那只刚成年的凶虎，山里藏着他的软肋。

贺执转了转手里奔马的雕塑，感觉也就比自己打火机上的那只独角兽丑上大概十万五千八百倍吧。

他平静地道："怕啊，不过我贱命一条，你敢动他们，我会让你千万分后悔。"

老冰擦了擦自己的紫砂壶，深以为然地点了点头："看来那位说得没错，你们确实关系不错。"

贺执抬起眼皮，冷漠地看向若无其事的男人："那位，是谁？"

老冰耸了耸肩："你还认识几个大人物？"

许暨安。

贺执扯了扯嘴角："我为什么要信你？"

老冰叹了口气，越发无奈："小执，你总是这么天真。"

贺执没有说话，老冰自顾自地继续道："你把人家中意的继承人拐走了，许家现在还没动到你头上，那确实是在做慈善了。小执，不要太自信，在那些人眼里，你轻易就能被碾死。"

贺执是蝼蚁，渺小低贱，从前还很见不得光，若是没有许啄，他也许会一辈子烂在地下。

但是许啄出现了，让他看见了烂人的生命里也是可以得见天光的。

贺执放下玩腻的摆件起身，有些无趣地想要离开。

"小执，"老冰冷下声音叫住了他，"我欠你妈妈的，无论如何会保住你一条命，但你也不要太作死了。"

贺执笑了笑，回头看他："不用了，过去的事都过去吧。以后，行行好，放虎归山以后，再也别见了。"

跟优等生混得久了，贺执都学会承前启后了，老冰说调虎离山，他回一句放虎归山，这词汇量大的，他都可以叫"贺成语"了。

老冰的文化程度与贺执差不多，但是年龄却翻了两番，在这次成语接龙中很快败下阵来。

贺执一脸的"不是我不尊老爱幼"，耸耸肩，往外走了两步忽然又想起什么，转身厚着脸皮又飘了个成语出来："我还有一个不情之请。"

4

午夜时分，贺执走在回青南路的街上，摸着兜里的存折和信封，非常有安全感。

那次翻墙回来，贺执只把保险柜里的卡牌顺走了。这次当着一群人的面，贺执再度打开箱门，从里面取出贺妗留给他的遗物后，还善解人意地在屋里传阅了一圈。

存折是"小执宝贝的大学基金"1500元，信封虽然很厚，但是确实没有人的脸皮厚到认为"贺执未来最亲的人亲启"中的"贺执未来最亲的人"是自己。

贺执被大家仇恨地让出一条路来，走之前，老冰最后一次开口问他："那个密码是什么？"

八位数字，他试了很多年也没有试出来。

贺执挺大方："11235813。"

满屋子的人脑袋上的问号都能具象出来了，贺执扯起嘴角："斐波那契数列啊，没听过吗？"

老冰的脸色骤然阴沉了下来。

"小执啊，以后这个保险箱落到别人手里，打死他们也猜不出来密码的。你到时候开了箱子，可千万别告诉他们密码的来历。"

"为什么？"

"因为……上一次你爸爸这么嘲讽他们的时候，这群文盲脸色就很难看来着。"

抱歉了贺女士，没忍住。

贺执勾着欠打的笑推开家门，刚一走进去，被吵醒的鹦鹉圆圆就准备高声抗议。

但贺执一个眼神过去，鸟就老实了。

他一个被大哥官方认证的猛虎，怎么养了只这么胆小的鸟。

贺执无语地摸着楼梯扶手蹑手蹑脚上楼，好不容易把动静压到了几不可闻，但刚一走上二楼，许啄坐在门边的身影就把他吓得一哆嗦，差点儿没沿原路摔回去。

动静闹得有些大，许啄半梦半醒地睁开眼睛，扯下放着英语听力的耳机。

"你回来了。"

贺执咽了咽口水，紧张地"嗯"了一声。

已经凌晨两点多，贺执很久很久没有这个时间回来过了。

但许啄只是点点头，把椅子搬回角落，困倦中轻轻道了句"晚安"，便准备回去继续睡觉。

他只是等着贺执平安回来而已。

"园园。"贺执忽然出声。

许啄眨了眨睡眼："嗯？"

贺执结结巴巴："你……不问我去干什么了吗？"

这么期待吗？

许啄松开门把手，从善如流地问："你去干什么了？"

起因经过有些复杂，贺执沉默了一会儿，终于还是没忍住笑，把兜里揣了一路的东西给他递了过去。

"取一封信。"他说。

5

亲爱的……我的天啊，真的有人能打开这封信啊。

不是被贺执绑架来的吧?

"别看了。"

贺执把信纸抽了回来。

这什么妈呀,无语。

凌晨两点多的夜里正是无数人安眠的时刻,贺执曾经无数次踩着这个点翻街串巷。

那时的贺执一定想不到,自己有一天竟然会和某个人肩并肩坐在自己屋里的小沙发上,对着天窗洒下来的月光读一封他妈妈留下的不算遗书的绝笔信。

而且开头第一句就这么气人。

贺妗的信写得很长。

从小到大,从生到死,这也许是她写过最长的一篇作文。

通篇都是大白话,半句华丽辞藻都没有,但怎么看都让人觉得她是个很可爱的女人。

小的时候,许啄见过一次贺执的妈妈,那时候只记得她长得很漂亮,也很冷清,看着他的眼神是他不懂的复杂。

那时候他以为贺妗讨厌自己,于是后来认出贺执的那段日子,他也总是说不出口自己其实就是当年的小男孩。

写信的女人与贺执口中的妈妈一样的可爱,但与许啄曾经的记忆却似乎无法重合。

他读着觉得奇妙,偶尔被逗笑,有时眼神很温柔,到最后却有些茫然。

许啄是个真真正正的孤儿,被人扔在从宛城到燕城的长途火车上,让许文衍捡了回去。

许文衍把他送到福利院也许只是匆忙之下的权宜之计,其实根本没有想过要领养他的,更没想到,自己无意间的一个善举竟然会让贺妗后来误会到死。

贺执忽然叫了他一声:"园园!"

"嗯。"

"你觉得……"

贺执眨了眨眼，问："你小叔他是个好人吗？"

这么久了，许暨安不认他，他也做不到当许暨安是自家亲戚。

但许啄想了想，还是诚实道："他对我挺好的。"

贺执撇了撇嘴，小声嘟囔："我觉得他坏得很。"

许啄有点犯困，眯着眼睛小声回答："很多人都这么觉得。"

"你知道我妈妈怎么死的吗？"

许啄闻言，睁开了眼睛。

贺执的声音挺平淡的，没有哀戚，更没有愤怒，好像就只是一句简单的脑筋急转弯，等着他来猜。

许啄想了想，问他："那阿姨是怎么进去的？"

他需要一些线索才能进行推理。

贺执懒洋洋道："给人送钱被骗了吧好像，记不清了。"

最后半句加得很没道理，一下就把他的云淡风轻戳破了。

他怎么可能记不清。

贺妗最后是自杀的。

"没有阴谋。"

这个世界虽然狗血，但它从来不会狗血到底。

贺执跟踪过，调查过，一无所获，最终只剩下唯一的一个可能。

是贺妗自己不想活了。

对她来说，出狱前一天也不是什么特别的日子，只是那天刚好下定决心不想活了而已。

第二天出狱也是刚刚好，儿子还可以过来给她收个尸。

想通这个答案，贺执从此之后便再也没有提过这件事。

许啄小声问："不问原因吗？"

"不问了。"

想死是她的事，活着是他的事。

谁也不要为了对方挣扎，到最后互相折磨。

"执哥。"

贺执阖目养神，懒懒地"嗯"了一声。

许啄沉默了一会儿，捂着嘴自言自语般地小声说："如果我们一起长大就好了。"

如果许文衍没有死，贺执就会在爸爸妈妈的爱护下平平安安地长大。

偶尔，他们也许还会带着儿子来福利院献献爱心。

许啄性格不讨喜，但只要他愿意，就可以表现得很乖很乖，让人忍不住想要怜惜照顾。

当年他就是那么骗着小贺执带他玩的，重来一次，他还是可以做到。

七八岁的贺执带着五六岁的园园玩过家家，十三四岁的时候又带着他去路边蹲着看老爷爷下象棋。

十五六岁是好时候，你喜欢和我一起喝汽水，我也爱坐在你的单车后面揪过路的柳叶。

那时候的贺执大概还是爱调皮捣蛋，爸爸妈妈也许会采取棍棒教育，但混账贺执从小就有种，腿被打断了也能梗着脖子往外跳，但一跳出大门必然会装虚弱无助，就等着胡同口的小结巴看见自己，焦急地跑过来为他包扎。

再到十七八岁，他们仍然肩并肩，约好了一起……

"不了吧。"

贺执打断许啄的想象，低声解释："现在已经很好了。"

"我快生日了。"许啄忽然说。

贺执眨了眨眼："啊？"

许啄有条有理："六月一日是我被送到福利院的日子，医生说，我那时候差不多五个月大。"

那么他的真正生日应该在一月份，现在是十月中旬，还有两个半月。

贺执若有所思："那我要快点开始想你的生日礼物了。"

许啄闷闷笑了两声，闭上眼睛，迷迷糊糊地小声说："我的意思是，我也很快可以长大照顾你了。"

贺执喃喃开口："园园，你是不是记错了，你没准是十月份生的呢。"

许啄："……"

贺执不依不饶："你小时候瘦弱显小，院长医生没准都看走眼了。"

许啄："……"

贺执："园园。"

园园真的睡着了。

贺执回过头，看着许啄一派安然的恬淡睡颜，勾起嘴角。

眼前的小少年是贺执流落在外的"弟弟"，从前弄丢了一次，如今又被他找了回来，以后无论发生什么，他都会好好照顾许啄。

⋯ 第十一章 ⋯
/ 明日歌 /

1

信雅中学的晚自习与夜自习之间有一个半小时的空当，自打住进了青南路，许啄下午放学后都会回家吃饭。

以前在学校里，关关总是和他形影不离，但最近他们已经有好长一段时间没有共进过晚餐了。

倒是那个林宵白，每次都能在食堂与他偶遇。

先前关关还只拿表哥的小跟班当网友，但吃饭闲聊时却渐渐发现，除了游戏，他俩还有许多共同话题。

关关不爱交朋友，但也不是不会交朋友，他们两个现在就已经十分熟络了。

还有一周就是市级中学活动日，学校照例毫无新意地办起了合唱比赛，优胜班级会获得意外大礼。

没人知道那大礼是什么，但大家基本都不感兴趣，除了李木森。

不知道是不是信中近年师资力量普通，分科后李木森竟然还是高二一班的班主任。

每次理科教学组开会，就他一个教英语的坐在一群理科中年人之间，独树一帜的……没人搭理。

不过文科组开会也会把李木森拉过去。

李木森在这边倒是混得如鱼得水，每次离开办公室都红光满面，弄得来抱作业的英语课代表关关看他的眼神总是很复杂："您还记得大明湖畔的方老师吗？"

李木森笑不出来了："小孩子家家的，回教室玩笔去。"

今日，阳光明媚，又是没有追求到医务室方馨老师的一天呢。

情场失意，职场也不算太得意，李木森数着日历终于盼来了十二月。

他想得挺美的，让同学们参加合唱比赛陶冶情操不说，自己到时上台指挥，定能一举俘获方馨芳心。

瞧瞧方馨这名字取的，不就是等着让他俘获嘛！

这回轮到文娱委员眼神复杂了："老师，可您根本不会指挥。"

这个班的同学都好烦人。

李木森捧着自己的保温杯忧郁地回办公室喝阿华田了。

纵然孩子们伤他千百遍，但李木森自认是祖国辛勤的园丁，缓了一节课就再次恢复了生机与活力，踩着上课铃走进教室大门，喜气洋洋道："同学们，让我们来讨论一下合唱比赛的曲目吧！"

后排有人直接站起来走了出去。

李木森目送着这学期脾气似乎格外暴躁的男同学离开，心平气和地笑道："既然秦峥同学摔门的动静这么大，想必挥手时也会力道十足，就由他来做指挥吧。"

文娱委员无语地翻了个白眼。

半节课下来，讨论由李木森一人主导渐渐变得全员热火朝天起来，甚至有人站起来和老师辩论"在纪念活动上演唱儿童曲目的合理性"，引得嘘声一片。

啊，对了，支持合理的正方选手是李木森。

总之，二十分钟过去了，秦峥都上完厕所回来了，大家还是没有讨论出什么结果。

被拒绝提案的李木森冷喝一声，单方面结束了讨论："把书本都收起来，下面我们突击听写一下单词。"

同学们："儿童曲目！就选儿童曲目！"

李木森置若罔闻："动词，'蜿蜒缓慢流动'，搞快点。"

关关一边小声嘀咕一边从笔袋里翻水笔，许啄配合地给她递过去两张从笔记本上刚撕下来的纸。

前桌的同学翻了半天也没找到落笔的地方，同桌两人走投无路，转过头来巴巴地看向许啄。

许啄又撕了两页："给。"

男生女生立刻眉开眼笑。

讲台上李木森正在报菜名一样念着中文，同学们连叫苦不迭都不敢，笔下字写得自己都不认得。

满场狼狈，也就那么一两个人还算游刃有余。

李木森抬眼扫了一圈满头冒汗的兔崽子们，撇开嘴，飞快地笑了一下。

他的听写不算是心血来潮，这次月考一班的英语成绩下滑幅度略有些明显，除了许啄照例逼近满分，剩下的这些兔崽子真是让他恨得牙痒痒。

一口气听写完四个单元，下课铃响得也很及时，同学们刚刚松了一口气，便听见李木森说："不收了，就你们那破字，我都懒得看。回去自己订正，听到中文没有立刻反应过来英文的全是没有背会，你们自己反思吧。"

李木森和许啄从前的那些老师很不一样，很少单独夸奖某个同学，就算这次他眼睁睁看着许啄一刻不停地顺畅落笔，他也只字未提地一杆子打翻了一条船。

笑点诡异的李老师其实情商非常高。

许啄挺喜欢他的。

"啊……老季太狠了……被他这么一说，我觉得我就是一坨屎。"

前排的男同学捧着脸忧郁地趴在了桌子上，女同桌温声安慰他："没关系啊，就算是屎屎，你也是人的屎屎呢。"

这有什么好骄傲的吗？

关关没忍住笑了出来。

月考后，他们又重新排了座位，女生和同桌扯皮惯了，听到笑声才想起来后桌换人了，骤然不好意思起来。

她回过头，目光直接落在了许啄桌上还没来得及收好的听写纸上。

同样是横格笔记本上撕下来的白纸，自己的涂涂抹抹乱七八糟一大团，许啄却工整漂亮地写满了整整两面。

女同学佩服地"哇"了一声："许啄，你好厉害。"

许啄怔了一下，看着她，没说出话来。

坐他前面的男生从桌上爬起来，回过头时也惊了："这是人干的事？"

女生踹了一脚男生的凳子，男生立刻扶着桌角诚恳道歉："我错了，许哥，我是说，你太强了吧！"

许啄不知所措地眨了眨眼。

他从来没有应付过这种场面。

关关悄悄看了许啄一眼，抿着嘴忍住笑意，主动替人解围："我同桌就是厉害啊，付玥玥，让你同桌好好学学。"

被点到名的短发女生深以为然地点点头，再次踹了不思进取的同桌凳子一脚。

男生立刻配合地惨叫："啊！我错了！"

最近，同学们对许啄的态度似乎开始有些变化。

以前除了关关，很少有人主动找他说话。

虽然许啄什么都没有做过，但大家似乎都有些怕他的样子。日子久了，不孤僻的人也会被那些眼神逼得日益沉默。

许啄原本以为，他会孤独一辈子，但这些天，竟然开始有人抱着练习册走到自己面前，不好意思地挠着头问："许啄，你能给我讲一道题吗？好吧，其实是两道！"

有些神奇。

早上在楼下边吃早饭边逗圆圆玩时，许啄和贺执分享了这些变化。

尚未破晓的清晨，少年正在院子里举着手电筒修车。

听出许啄语气中潜藏的小小雀跃，贺执嘴角勾起一丝笑意："因为你本来就很好。"

　　贺执说完就低下头继续研究李叔的小电瓶了，没瞧见许啄在听到这句话后眼皮低垂若有所思的模样。

　　他很好。

　　这句话，关关说过，院长说过，贺执说过，但许啄其实根本不知道自己好在哪里。

　　在许啄的认知里，从小到大他都不是一个讨人喜欢的小孩，除了学习好，似乎一无是处。

　　但现在，那些曾经连靠近他都不敢的同学却一个个走了过来，在许啄耐心讲完大题步骤后，眼睛发着光地说："你好棒啊，许老师！"

　　就像在补习班时一样，许啄的步骤总是极简的那种最优解，说是耐心，其实没两句就讲完了。连他自己在讲解结束后都有些犹豫刚才是不是有些敷衍，但没想到换回的却是这样的反应。

　　许啄感觉很新奇，也很奇妙。

　　大课间后在借来的音乐教室里练歌的空当，关关终于忍不住笑着捏了捏许啄的脸："看来你是没有发现自己的改变。"

　　从前的许啄就像个自带冷冻效果的冰雕，走到哪儿都冰封一片，自然没人愿意靠近。

　　但和贺执在一起相处久了，冰封的那身结界渐渐褪去，大家才忽然惊奇地发现，冰下原来藏了个笑起来很好看的小可爱。

　　许啄长得显小，虽然生日到底哪天谁也说不上来，但大家总是默认年级第一肯定是个和他弟弟一样提前上学的小朋友。

　　爱幼之情人人有之，如今大家突然发现高岭之花也并非那么触不可及，谁都想抱着善意的好奇凑过去逗着玩一下。

　　本来嘛，他们只是十几岁的孩子，哪有大人们那么复杂的爱恨呢。

　　秦峥在教室最后面冷眼看了一会儿被班上女生搭讪后静静听着的许啄，扯了扯嘴角，厌倦地闭上了眼睛。

　　"大家都到了吧！"

　　李木森夹着教案走进来，把手里的一摞曲谱交给文娱委员分发下去。

"没有人请假逃避现实吧?秦峥,说的就是你啊,别想往外跑!"

教室里瞬间响起不加掩饰的笑声。

法不责众,就算平时他们都不愿意招惹这小霸王,但现在每个人都笑了,秦峥还能挨个揍他们不成?

同时想明白这点的秦峥侧脸"啧"了一声,揣着兜走到了教室前面。

李木森"孺子可教"地欣赏了一会儿这小子相当不错的外形条件,开始作为一个半业余选手手把手教导纯业余选手怎么跟着节拍指挥。

文娱委员已经心累得不想发问号弹幕了。

女孩子转过头和旁边的关关小声说:"虽然他那张脸还是很吓人,但最近两天排练,我忽然觉得……秦峥其实还是挺帅的。"

关关立刻冷哼一声扭过了头。

文娱委员没忍住笑了出来,拉着关关的手臂好声好气地讨饶。

但其实不只是她,有很多人都开始这么觉得。

秦峥长得很好,性格虽然烂得出奇,但除了脾气暴躁、使唤跟班和欺负许啄,他好像也没做过什么不可饶恕的错事。

每个人都能轻易地忘却他那些阴骘无赖的眼神,就像他们这么快地就接受了许啄是个招人疼的小可爱。

因为不够了解,所以只会看到自己想看的一面,今日避之不及,明日便是真香警告——原来不只是网络世界,连现实中也是如此。

窃窃私语的嬉笑声中,许啄与秦峥自始至终也没有对视一眼。

2

在班主任的带领下,高二一班全员对合唱比赛投入了极大的期待,每天见缝插针地练习,听说最近连宿舍楼里每晚都有人在吼"大刀向鬼魅们的头上砍去"。

不过为了保密,连这句歌词也是做戏的。

真是一群戏精。

晚上,许啄坐在书桌旁写作业,耳机里放着他们班真正的绝密曲目。

贺执端着牛奶走过来,放下杯子默默驻足了好久,硬是站到了许啄发现异样抬头看他,他也没能如愿听到许啄哼歌的动静。

他真的好好奇许啄唱歌是什么样的。

会结巴吗？忘词会啦啦啦吗？

他好奇得要命，但许啄就是不唱给他听。

不过没关系，贺执有的是办法。

许啄放下牛奶杯，没察觉嘴边还留着一圈奶胡子，贺执拿手机拍了张照，威胁他不唱歌就打印出来挂在门上。

懒得搭理他的许啄抹掉嘴边的奶渍，掀开了装模作样的练习册——那天在文具店刚买的笔记本在桌上躺得很安宁。

像做数学最后一道压轴大题似的，他认认真真地写下了新日记的第一行字。

12 月 8 日 星期四 多云转晴
离 18 岁还有 15 天。

3

作为相当热衷于让学生德智体美劳全面发展的综合中学，信中一年到头的文体活动数目在全市都名列前茅。

不过赶上市级中学统一活动日，各个学校都在铆着劲力求办出新意，可惜铆了一年，结局又是全市大合唱分校赛区单独比拼。

今天只上半天课，冬天冷，在外面张大嘴巴容易喝冷风打嗝，下午全校师生在学校大礼堂比赛。

高二一班抽的次序靠后，周围班级的同学们一个个全都换好了演出服装，衬得他们这圈穿校服的有点土，还有人趴在桌子上写作业。

"陈乾，你是不是有毛病啊？"

付玥玥又踹了一脚自己的同桌。

陈同学立刻护住自己的化学作业，警惕地"嘘"了一声："你懂什么？我这是在掩耳盗铃转移竞争对手的注意。"

这成语应用能力也太菜了。

关关在他俩后面低头看手机，闻言也没忍住弯了一下嘴角。

翻山越岭千里迢迢蹭过来的林宵白坐在关关旁边像耳朵上也长了眼睛，察觉到女孩走神，立刻不满地出声提醒："关关，下路下路。"

这会儿还没开场，林宵白他们班第三个上，轻崖区第十七李白这会儿一身汉服白衣飘飘，如果忽略掉他鼻梁上挂的远视眼镜，林宵白还真有点儿太白我欲成仙的意味。

这局我方三个挂机，失败已成定局，关关玩得心不在焉，余光瞥到林宵白不平整的衣襟，总觉得有几分碍眼。

"所以你们班到底唱的什么？"

都现在了也没必要各方保密了，林宵白刚刚惊险地力挽狂澜，可惜想秀的对象压根儿没注意到他的一大波操作。

林宵白撇着嘴道："经典曲目，《黄河大合唱》。"

付玥玥纳闷地转过头来："《黄河大合唱》你打扮成这样干吗？"

陈乾把自己的练习册抢过来接话："这都不懂，前面肯定是个诗朗诵呗，君不见黄河之水天上来。"

自己班的套路被竞争对手一语道破，林宵白倒是一点儿危机感也没有，还回过头对关关笑。

"第一束光就打在我头上，关关，记得看我。"

游戏结束，我方失败，林宵白MVP（最有价值成员）输出比对方还强。

关关随手截了个图，终于有机会伸出手，帮林宵白理了一下乱七八糟的领口。

付玥玥和陈乾亲眼看着林宵白的小白脸渐渐转红，无声地对视一眼，默默笑着转回去抄作业了。

"关关……"

不知道是不是听贺执叫"小结巴"叫多了，林宵白忽然感觉自己也有点儿说话不利索了。

关关"嗯"了一声，把手机揣回兜里侧头看他，大眼睛黑白分明，明眸善睐，亮晶晶的。

许啄和他的同桌可真是不得了，一个赛一个的眼睛大，看得人心里直发颤。

林宵白悄悄吞了口唾沫，小声道："我有句话想和你说……"

前排两人瞬间竖起了耳朵。

"林宵白！"

七班的同学来抓他了。

"都快开场了你还不回班，老班说要收拾你呢！"

啧。

林宵白看了一眼七班遥远的方向，又回头看看关关，只觉得心里冒酸水，委屈得不得了。

察觉出林宵白的吞吞吐吐，关关善解人意地对他笑了一下："不是特别着急的事，那就比完赛再说吧，我等着。"

林宵白点点头，迈出去两步又回过头来期期艾艾地重复："你一定等我。"

这么认真，是要让她代打？

关关温和地回了声"好"。

林宵白紧张地离开了，丝毫不知关关目送他离开的时候心里还在为他加油鼓劲：勇敢点，小菜鸡！代打只要997！

4

小菜鸡的老大——大菜鸡在校门口被拦住了。

"你是哪个班的？"

保安盯着这个面孔陌生的男同学，眼神很警惕。

贺执举起手转了一圈以示无辜："高二七班，林宵白。"

这名字有点熟，迟到小本本上老出现。

保安是新来的，刚上岗两天，还没来得及抓一次迟到惯犯，这会儿也只能狐疑地从上到下打量他好几圈。

"你等等，签个字再走。"

贺执点了点头，揣着校裤兜，等着保安进门房找名册。

林宵白的字比狗爬还难看，让他模仿实在有点侮辱人，但为了大大方方混进来，贺执临出家门之前还是练习了两三遍的。

这两天工作清闲，贺执也没告诉许啄，跑回家翻腾出了自己上学期穿过几次又收起来的信中校服。

这也得亏是他初三个子就蹿得跟现在差不离，保安眼神也不济，没发现贺执身上的校服领口跟他口中的"高二"并不完全匹配。

这还真挺好蒙的。

贺执靠在墙边看着这所熟悉又陌生的校园，忽然就有一点想笑。

许啄根本就是为了打破他年少中二发过的誓言出现的。

初三那年贺执声名远扬，普通坏学生和他都不是一个量级，吓得同班的家长们一个个全都跑去找老师。

事情传到教导主任那里，彭建华倒是有心好好教化这个孩子，可惜贺执当时正忙着披麻戴孝和收拾觊觎他家房产的野狗，根本不愿意听，没过多久就再也没来上过学了。

那年离开的时候，贺执只从桌斗里抽出了自己上课画画的速写本。

彼时全班鸦雀无声，全都在偷偷看他，眼神既害怕又期待。

贺执厌倦得很，心里想着，自己再也不会踏足这个鬼地方了。

但后来，为了追上许啄的步伐，他却已经不知道翻了多少次南墙。

他心里好笑，也懒得想保安怎么这半天还没出来，就是觉得今天真的够冷，还好出门挑了件高领毛衣，也不知道园园冷不冷……

"贺执！"

一声熟悉的高亢呼喊从远方传来，贺执一惊，抬起眼皮，优越视力立刻远远捕捉到了怒气冲冲跑过来的彭建华。

贺执掉头就想跑。

但刚从门卫室打完小报告的保安立刻走出来扭住了他。

凭贺执的身手，想甩开是很容易的，但现在好歹是在自己曾经的母校，不至于闹这么凶。

他无奈地叹了口气，屈服了。

彭建华跑得快，一溜烟地冲了过来，看样子还很想把贺执暴揍一顿。

但想想这小子当年的战绩，彭建华还是轻咳一声，抬手拍了拍他的肩膀："干吗，回来复读？"

贺执亲切地笑了起来，说："您想哪儿去了，我都十九岁了，还回来复读初三吗？"

彭建华冷哼一声，让贺执抢了白："主任，我怎么暴露的啊？"

刚那保安不是被他糊弄过去了吗，怎么还把教导主任给招来了？

彭建华瞪了他一眼："像你们这种臭小子，我把照片全打印下来交给保安人员熟练记忆了。"

刚才保安确实被他糊弄住了，但进了门房才想起来自己看见他时那股奇怪的熟悉感来自何处，立刻翻出照片比对完毕给主任打了小报告。

贺执："厉害厉害。"

保安在主任的示意下回去歇着了，彭建华扭头走了两步发现贺执没跟过来，立刻转过身，幽幽地眯起眼睛。

贺执赶紧抬腿迈了过去："您别这么深情地看着我，我受不住。"

彭建华："边儿去。"

身为老师，很不应该对学生这么粗鲁，但就贺执这种臭小子，不骂他自己就得被气死。

贺执见好就收，主动帮主任捏了两下肩，笑道："咱这往哪儿去啊？"

彭建华觑他一眼，不冷不热："办公室。"

贺执顿了一下，有些犹豫："能先不去吗？"

彭建华皱了皱眉："你回来不是来找我的？"

贺执挺有礼貌地客套："这么久不见是挺想您的，但我是来看我弟弟妹妹表演节目的。"

彭建华挑眉："你弟弟妹妹是谁？"

是许啄，但真相说出来好像有点离谱。说林宵白……比较丢脸。

贺执飞快地盘算了一下，脸不红心不跳地答道："高二的关关，我是她表哥。"

彭主任有些意外："真的？"

贺执点头："远房的。"

关关家里就她一个人留在燕城，这事彭建华也知道，但看贺执的表情真诚平静，似乎也不像假话。

彭建华思索了一下，点头让步："也行，我等会儿带你去看，但还是得先和我回趟办公室。"

贺执再次叹了口气。

从校门口到办公室的这一路上，贺执拣能说的断断续续给主任汇报了自己这几年的工作生活，听得彭建华很是满意，到了办公室还想给他沏壶茶继续讲。

这还得了，贺执立刻把故事会结束在自己上月接了个大单的片段，喊道："主任！我想去看节目！"

彭建华白了他一眼："再等一会儿！"

还等啊，贺执松了肩膀，没骨头似的立在门边，只盼望主任看他心烦立刻把自己赶走。

"喏，"彭建华从抽屉里翻出个东西给他递了过去，"你的毕业证，过来拿。"

贺执支起身子，有点蒙。

彭建华看着贺执的傻样，有些想笑，又忍住了。

"虽然是初中毕业证，但好歹拿上，也算国家没亏待你的义务教育。"

贺执踩棉花一样走了过来，接过烫金又烫手的小红本，还是一脸的不真实："主任。"

他个儿太高了，彭建华这次放弃拍肩膀，拍了拍他的后背。

"行了，别装了，去看你表妹演出吧，也该开始了。"

这么些年，他始终帮贺执保存着这本小小的毕业证，就是怕他有一天后悔。

但好在现在贺执凭自己的能力过得也很好，他这当老师的负罪感大约也能稍许减轻一些了。

彭建华想了想又问道："你说实话，你真的是关关的表哥吗？"

贺执一脸无语："是的……您饶了我吧。"

彭建华不客气地笑起来，这次也没掩饰，只是走出去将门带上时，他忽然听见少年在旁边很轻地说了一句"谢谢您"。

中年人手下的动作一顿，转过身走在前面带路时，也在心里慢吞吞骂了一句"臭小子"。

5

大礼堂，台下领导落座完毕，主持人登台报幕。

高二一班玩的花样不多，只是伴奏略有些特别，刚才后台又叫人来确认，许啄也被拉了过去，刚刚才回来。

"怎么样？没问题吧？"

许啄"嗯"了一声，坐到了关关给他留的座位上："没有，例行核对而已。"

关关松了口气，忽然觉出新奇，凑过去和同桌咬耳朵："你觉不觉得咱俩最近都开始关心班集体了？"

这等毫无班级荣誉感的发言，被同学们听到就得立刻拖出去受冻二十分钟。

但许啄想了想，也深以为然地点了点头。

人类可能就是这个样子，你看到的世界，与真实的世界似乎总是大相径庭。

因为你是闭着眼睛的。

从前他游离在人群之外，所有大家觉得感人、觉得在意的东西，许啄都无法共情。

但现在，就像关关说的，他竟然在文娱委员邀请自己去后台一起核对的时候，就真的站起来跟了过去。

他原来也是这样可以自然融入集体的人吗？

许啄有些出神，忽然想起了如今远在他乡的许偲。

许暨安说过许啄和他像，但其实许偲也很像。

他们这些姓许的，似乎总是自觉出生起就和别人不同，区别不过是许暨安打心眼里看不起所有人，而许啄和许偲则非常真实地厌恶自己。

现在有贺执在身边一点一点纠正自己对待事物的看法，许啄好像忽然就看见了一个很敞亮的世界。

他很希望，许偲也可以。

"一九七九年那是一个春天，有一位老人在中国的南海边画了一个圈……"

台上刚刚播放起第一个表演的班级的配乐，但四下的同学却忽然小小骚动起来，指着窗外窃窃私语。

关关的目光从演出节目收回来，好奇地跟着大家看过去，愣不过一秒便笑了出来。

"秋秋。"

"嗯？"

"看窗外。"

许啄的睫毛微颤，似乎感应到什么一般，他回过头，与礼堂巨大玻璃窗外的少年对视上。

贺执就站在冰天雪地里，披着单薄校服，穿着米色毛衣，高挺鼻梁上还架了副装模作样的眼镜，笑起来很像个斯文人。

浑身上下都是凛冽的少年感。

可惜是个满嘴胡话的小混混。

而明明隔着那么多人和一扇窗，许啄一个字也听不见，但他就是觉得贺执仿佛正站在他的面前，轻轻启唇，懒洋洋地叫他。

6

刚一走出大门口，许啄就被人用围巾裹了个严实。

"怎么跑出来了？"

许啄抬起头，平静地眨了眨眼睛："我以为你在叫我。"

贺执装模作样："是吗！我自己都不知道！"

许啄没说话，贺执又勾起唇："你们班什么时候比赛？"

许啄："关关会提前打电话，没关系。"

贺执听完，兴致盎然像是要去春游："那我带你去个地方。"

虽然有好几年没在白天逛过校园了，但贺执的所有智商都用在了地图开拓与记忆之上，第一次翻墙的那个夜晚带许啄抄近路逃到了体育器材室，这次又七扭八拐，领着许啄走到了一棵毫无特点的行列树下。

"就是这儿。"

贺执对着光秃秃的树干拍了拍手，从兜里掏出一个塑料玩具小铲子。

许啄困惑地歪了下头。

校园里这会儿空荡荡的，贺执就这么蹲在树边，戴着副从苏泊尔那儿搞来的平光眼镜，特别认真地挖着土。

背影相当执着，比三岁还小半个月。

许啄看了贺执一会儿，也缓步挪了过去，蹲在贺执身边，刚刚好看见这人真的从土里挖出个包了纸的存钱罐。

贺执欣慰地捧着小猪端详了许久，直到腿都蹲得有点麻了，他才把手上尘封的财产递到许啄面前："我的全部身家。"

非常沉甸甸的一只小金猪。

许啄郑重其事地接过来，对着长方形的入币口打量黑乎乎的内部——什么也没看到。

他又晃了晃手腕，也没有动静。

"是纪念版游戏币，装满了。我上学的时候学校附近还有家游戏厅，只要在一台机子上拿到了最高分，就可以去前台换一枚。"

贺执那时候翘课，除了去学画画，剩下的爱好就是路过游戏厅进去转一圈然后弹着游戏币走出来。

林宵白后来总是一派胡言地哭诉：都是这个王八蛋把游戏厅玩垮的呜呜呜。

"很漂亮的，每一个上面都印了不同的人物头像。"

贺执好像怕他不喜欢，忙不迭地解释："老板那时候说等我集齐一百个，他就以我的脸为原型印一个，结果我才收集了七十六个，他就卷铺盖跑人了。"

他不高兴地眯起了眼睛："我找他好几年了。"

这人时常会很幼稚，在别人以为屁大点事上大动干戈。

有时连林宵白都不懂贺执的点，但许啄却似乎天生就和贺执这个偏远山区频道同频。

手里的小金猪好像突然间更沉了些，许啄有些紧张地捧着，声音都放轻了："太贵重了吧。"

价值连城的和田玉在他眼里一钱不值，可以随手当作礼物送给他刚认识不久的人，而这几十枚刚刚装满了小猪肚子的游戏币却沉得快要握不住了。

好像抱了一盏阿拉丁神灯，许啄感觉自己马上就能许愿变成全世界最富有的人了。

贺执温声道："那时候我妈刚进去不久，临走前告诉我要保护好自己最重要的东西，我想了想，就把小金猪埋过来了。"

从入口广场的雕塑开始，右边第十三棵白桦树下，虽然不确定那些浑蛋会不会来抢他的小猪，但为了彻底杜绝可能性，贺执连夜翻墙跑到学校里埋下了他逝去的青春。

老冰听了都要吐血。

在两个人捧着小金猪感慨这么多游戏币一定很值钱的时候，旁边忽然响起一道颇为嫌弃的"啧"声。

两人应声回头，看到了一个有些熟悉的面孔。

蚊香圈的眼镜，比贺执还稍微高挑一点点的男孩子。

程皎。

没得意思。

贺执正准备教训一下这个不尊重他财产的高中生，许啄却主动与程皎搭话："怎么站在这里？"

程皎对许啄点了点头，答道："来办休学。"

许啄的声音放得很轻："今天下午合唱比赛，老师们都不在办公室。"

程皎似是没有想到，发了片刻呆，干巴巴地说："那我在这里等一会儿吧。"

是什么样的家庭，可以让孩子独自一人来办理休学。

许啄看着程皎没说话，但程皎的目光却落到了贺执兜里冒出头的小玩意儿上。

"能借给我用用吗？"程皎问。

贺执抬起眼皮，顺着程皎的视线把自己的玩具铲取出来晃了晃："这个？"

程皎点了点头。

贺执又揣了回去："祖传的洛阳铲，不借。"

许啄掐了他一把。

正是冬天，贺执这个自恃年轻气盛的仍然狂妄地穿得很少，这一把许啄掐得贺执一个大步走到程皎面前，态度骤然变得积极起来："你要挖哪儿？我来，我有技术。"

学挖掘，到青南路，找贺执。

但程皎看样子也是个小挖掘机达人，摇了摇头："我自己来。"

贺执和许啄肩并肩，观望着高个的少年蹲在他俩刚刚残害过的树下，掏出一团废纸埋到坑里，开始就地掩埋。

贺执看向许啄："虽然我懂的少，但是他就这样埋在这里，纸不会烂掉吗？"

他问得小声，程皎却是个顺风耳，背对着他俩轻声回答："不会，因为这是我的青春。"

贺执胃部不适地转头向旁边做出难言的表情。

程皎还在面对他的"青春坟墓"发呆，许啄问道："你之后准备去哪里？"

程皎回过神来，不以为意道："疯人院吧。"

他站起来，伸出手指点了点自己脑袋，笑了一下："我这里有问题。"

这话连贺执都接不下去了，也就许啄还能心平气和地回复他："那祝你早日康复。"

程皎点点头，把玩具铲丢了过来，贺执一把接在手里，听见程皎说："谢了。"

外面好冷，程皎不准备等在这里了。

许啄兜里的手机铃声响了起来，多半是关关在叫他回去了。

而一旁的程皎对他俩摆了摆手，离开得和来时一样莫名其妙。

7

还有一个节目就轮到高二一班了，许啄回到后台的时候，文娱委员正急得抓着关关的肩膀狂晃。

可怜的关关，都快被晃出脑震荡了。

他们班统一穿的都是白衣服，起初还说让男生穿白衬衫，但许啄没有那种衣服，只好拜托贺执翻衣柜，再次请出贺妗买来给儿子结婚用的那件高档衬衫。

很高档，剪裁得体——贺执穿得合身。

许啄穿上去，就跟一个偷穿大人衣服的孩子一样，袖子长，衣摆也长。

好在班委会似乎冥冥之中也发现了许啄的为难，最后和老师商量过后，上网给全班订了一套白色卫衣做班服。

就像贺执有很多黑 T 恤一样，许啄也有很多白卫衣，这件却很特别——上面用大大小小的漂亮字体印下了许多一班各科老师们的名言名句——就是搁在以前，许啄打死也不会穿出去的那种文化衫。

现在也不会穿出去的，但是，他会一直在衣柜里给这件衣服留一个位置。

"秦峥呢？他又干吗去了？"

文娱委员头都要炸了，走到秦峥的跟班冀晨面前，但又不太敢晃这个高自己一头的男生，只能皱眉问道："他去哪儿了？"

冀晨也找他呢，没好气道："我哪儿知道。"

什么态度，文娱委员撇了撇嘴，听见许啄在后面回答她："我刚才回来的时候在走廊看见他了，应该很快就来。"

秦峥在打电话，语气很糟糕的样子，许啄经过的时候他俩还对视了一眼，但秦峥皱着眉头看了他两秒便转移了目光。

他好像还听见了"出国"之类的字眼。

"秋秋。"

关关摆摆手，在前面叫了许啄一声。

男生应声走了过去，把余光里冀晨看着他的复杂目光直接抛到了脑后。

从后台到前台的角落，可以在帷幕后面偷偷观望观众席的景象。属于高二一班的空荡荡的席位上，贺执托着下巴，食指百无聊赖地点着耳侧，五官立体如画，惹眼得不得了。

这么个角度，后台的人看得清贺执，贺执却看不见他们。

许啄打量这个大剌剌坐在空荡席位上的少年，心里有些意外——就这五分钟的工夫，他怎么觉得这人好像看起来聪明了几分。

怎么回事，是因为贺执眼镜上结的那团雾还没散去吗？

上一个班级的演出刚刚结束，大幕落下，主持人在前台报幕。

　　秦峥揣着裤兜回来的时候，就瞧见许啄这么个仿佛在大街上看见国家稀有保护动物似的模样。顺着他的视线看过去，秦峥很轻易地就瞧见了某个只恨不够惹眼、双眼使劲睁到最大的傻子。

　　秦峥"啧"了一声，前面的男孩子猛地一回头，险些撞到他身上。

　　但许啄的反应就跟他刷题时一样快，立刻就后退了半步。

　　秦峥也没理他，绕开许啄就先走到了台上。

8

　　高二一班的参赛曲目是李木森和全班同学一起定下来的，《超越梦想》和《明日歌》。

　　小李老师本职英语，没想到音乐天赋也有些过剩，把这两支耳熟能详的曲子重新编曲搭了个串烧，有一点点让人刮目相看。

　　射灯投下来的时候，许啄听着音响里的乐声，思绪忽然飘得很远。

　　台上的秦峥已经抬起手，有模有样地装起了指挥，台下的贺执则两手捧着脸颊，一副祖国花朵含苞欲放一般的模样。

　　许啄有些想笑，于是也就真的抿了抿嘴角，歌声里掺进了浅浅的笑意。

　　明日复明日

　　明日何其多

　　朝看水东流

　　暮看日西坠

　　百年明日能几何

　　许啄的个子不算很高，人又纤瘦，站在了男生第一排中间的位置。

　　这么傻的合唱节目，但他站在人堆里却跟幅画似的，头发软软的被灯晃得似是染了栗色，眼睛又黑又圆，唱歌时嘴巴张开的幅度也恰到好处自然得很。

　　曲声落幕，在台下李木森与贺执的带头叫好下，全场掌声稀里哗啦地响了起来。

　　忙活了半个多月，其实也就是这几分钟的工夫就结束了，大家撤下台的时候心里还在激动打鼓，互相感动吹嘘。

"你觉得咱们班能得奖吗！我看悬！"

"我看你的眼光非常毒辣！"

后面的节目花样比他们多，后台到处都是穿民国装扎麻花辫的小姑娘，看得人眼花缭乱，仿佛真的回到了多年前的民国时光似的。

一班其实也有伴舞，关关个子高挑，文娱委员也来问过她要不要参加。

但跳舞和合唱哪个更容易划水显而易见，关关拒绝得毫无悬念。

"关关。"

要离开的时候，关关听见有人在身后叫了她一声。

回过头，发现是刚刚脱下李白造型的林宵白。

男孩子微微歪头看着她，远视眼镜摘了下来，一双眼睛亮晶晶的。

非常意外地，关关从他脸上读出了一丝名为羞赧的情绪。

"我有事要和你说。"

上台之前就有预告了，关关正找他呢。

女孩笑着问："什么呀？"

林宵白抿了抿唇，好像非常非常紧张，好半天才鼓足了勇气，在帘幕后面结结巴巴地开口："我叫林宵白，夜宵的宵，白日的白。"

关关一愣。

好耳熟的自我介绍。

关关若有所思还没来得及出声，林宵白眼中的明亮光芒便让她稀里糊涂地闭上了嘴。

"我知道你的名字来自'关关雎鸠'，但我不知道'雎鸠'怎么写。

"我只会写关关。"

林宵白说："我只会写你。"

9

许啄在离开后台之前再次看见了秦峥。

通往门边的必经之路上，倚着墙的男生在听到动静后懒洋洋地抬起眼皮，似乎等了他很久的样子。

"我有事要和你说。"

周围很吵很乱。

许啄看了他一眼，点了点头。

说起来，许啄现在其实不应该再叫许啄了，他并不是真正的许家人，但骤然改名，似乎也没有太大的必要。

他在僻静处出神，秦峥在看出神的他，看了一会儿便毫无预兆地开口："你知不知道，你小叔他前天被警察带走了。"

许啄猛地抬起头，危险地眯起了眼睛："你说什么？"

看样子是不知道。

秦峥看着他，不知道想起什么，合上眼皮歪了歪头，忽然笑了一声。

一个显而易见的事实——许暨安能坐到如今的位置，过程中不可避免地得罪了很多人。

从前他高高在上，那些人尚且不敢做些什么，但如今，甚至在更早的一些时候，许暨安便开始暴露出自己的颓势了。

他是一块被别人盯了很久的生肉，很难咬，但是夜色之下，注视着他的猎食动物之多远远超出众人的想象。

他快完蛋了。

许啄的脸色一瞬苍白。

他什么都不知道。

秦峥扯了扯嘴角，后脑靠在墙上，淡淡地又唤了一声"许啄"。

"等这个周末结束，我就不会再来上学了。你说得没错，我爸确实要把我也送出国。"

他很急啊，急到都等不及秦峥高考结束了。

秦峥看着窗外，轻声道："冀晨他们以后不会再找你的麻烦了。"

许暨安的败势已成定局且永无反转余地，秦家的大人忙着和易主后的当家人缠斗，没有心思再来拿捏这个甚至都不知道到底应不应该姓许的小孩子。

"以后也许不会再见了。"秦峥最后回看了许啄一眼，眸中最后的一丝寂寥也淡到似乎再也看不见了。

"你保重吧。"

再见了，小狼崽。

10

燕城的冬天很冷，北风呼啸，许啄手脚冰凉走出有暖气的建筑时，只觉得每一口呼吸都像在吞针，整个人都被冻成了一块带刺的冰锥。

他也许从来没有真的恨过许暨安。

虽然大人的温柔中永远掺着他看不懂的复杂，但许啄知道，许暨安在对待家人时，已经拿出了自己所能给予的所有真诚。

从很小的时候，许啄就看得出来，许暨安是个天生冷血的人。

喜怒无常是他的常态，不行于色是他的本事，最可怕的是他同时深谙令人最痛苦的冷漠技巧。

梁妍会从昔日一个眼中带笑的小姑娘变成如今神神道道的"疯女人"，纵然有她自己潜藏的偏激因素作祟，但她的枕边人同样于此"功不可没"。

人总是那样的矛盾。

许暨安厌恶她的偏激，不耐烦她的愚蠢可笑，但这也并不影响他发自真心地怜惜她——甚至最可怕的是他还爱她。

许啄见过许暨安在和梁妍吵架分居的夜晚走出书房。

躺在客厅沙发上的是同他赌气的妻子，如果许暨安愿意，他可以轻轻地抱起她回房。

只消一个动作，装睡的妻子就会再一次原谅他。

但许暨安只是在漫长到真正令人入睡的沉默后，俯身摸着她的额角轻声叹息。

他似乎有一点懂她，只是他从来不会爱人。

在许暨安看来，爱人与利用人从不矛盾。他可以眼睛都不眨地将身边人推下深坑，也愿意把那颗冰冷的心偶尔掏出来毫无保留地任人拿捏。

许啄很小就看明白了这个人近乎扭曲的爱憎，但或许因为他们骨子里是同一类疯子，纵然无法理解，许啄也愿意配合。

配合才不会受伤，梁妍还是有些天真。

许家的教育方式世代相传，两个孩子很小就和他们的父亲一样被送去了寄宿学校。

许啄幸运些，许偲却没那么幸运，在学校过得并不顺畅。

在许偲第二次被送进医院抢救的那个夜晚，许啄得知消息匆匆忙忙从学校赶过来，刚巧看见许暨安在走廊上两眼失神的模样。

那双许偲未能遗传的瑞凤眼从未充斥满那样多的血丝，而许暨安却不自觉地、无措地小声问孩子："小啄，我是不是真的很浑蛋啊？"

许暨安又冷血，又脆弱。

许啄无法理解他对贺执的态度，却也做不到将这十几年的恩养一笔勾销。

梁妍偶尔会自嘲她或许有什么斯德哥尔摩症，明明爱上的人是个王八蛋，但只要许暨安有意无意露出一点点被他严密包裹住的柔软内里，她便会不由自主地开始为他寻找借口。

许啄惯会装可怜，或许还是从他小叔那里学来的。

许暨安是坏人吗？许啄无法评价。

他只是觉得如果这样简单便可盖棺论定，那他自己或许也算不得什么好人。

他做不到不在意许暨安。

"园园。"

声音忽然传来，许啄的心跳猛地一颤，明明心虚地想要后退，却不由自主地向前走。

他就是这么卑劣的一个人，一边贪恋着触手可及的温暖，一边却又牵挂着过往的岁月不愿松手。

可他从来都不单单只是秋园。

"怎么了？"贺执问道。

许啄掐着掌心，纵然已经用尽了浑身上下仅剩的力气，仍然没能掩住嗓音中不自觉露出的细弱颤抖。

"秦峥说，小叔……被警察带走了。"

贺执眯了眯眼睛。

不知道在别人眼中如何，但许暨安在他这里简直就是个无恶不作的大坏蛋，许暨安嘲笑他，讥讽他，算计他。

这位传闻中的亲叔叔进去了，贺执真应该去买几挂鞭炮挨家挨户庆祝。但许啄颤颤巍巍的话音一落，贺执却也只是叹了口气，轻声问道："他现在在哪儿？"

许啄唇无血色地报了个地址。

贺执想了想，冷静地开口："天太冷了，我今天没骑车，我们现在打车过去来得及吗？"

许啄茫然地抬头看他，一时间竟然说不出话来。

贺执认真地问道："你想见他吗？"

你想吗？

许啄诚实地点了点头。

想的。

上次太匆忙了，许啄还有很多事想问许暨安。

想问他，你到底一天天在想什么？

想问他，你怎么总是让人伤心？

想问他，你怎么会变成这样？你不是很厉害吗？

还想问问他，你还好吗？

以后会好吗？

"那就去吧。

"我们一起笑话他去。"

11

贺执不是第一次出现在看守所门口了。

依照世人的刻板印象，他与这种地方的羁绊应该足以纠缠半生，但遗憾的是，贺执确确实实从来没穿过这里的制服。

想想贺妁那样的大美人都没办法把橘色马甲穿出气质，穿出精神，今天这趟可能还真的是过来看许暨安笑话的。

想到这点，贺执不客气地笑了出来。

246

　　大约是没见过打车来看守所门口看起来还挺开心的人，司机师傅古怪地瞥了贺执一眼，待两人下车，立刻脚踩油门绝尘而去，让两人吃了一车屁股的尾气。

　　贺执"啧"了一声，目光漫不经心地迎上方圆十里内唯一的那第三个活人。

　　站在看守所大铁门前还西装革履的，大约就是许啄来时在电话里沟通的那位杨律师。

　　不知道是不是物以类聚，人以群分，许暨安自己生了副温和到傲慢的皮囊，连带着他的律师看起来也像个衣冠禽兽。

　　贺执疲惫地捏了捏自己的山根，试图把自己对许暨安的不耐烦挤掉一些。

　　效果还不错，再睁眼时，气质清雅的杨律师从衣冠禽兽变成了斯文败类。

　　"小啄。"

　　待到两人走近，杨又庭温和地唤了许啄一声。

　　大约是许暨安的烦人滤镜太厚，直到走到跟前了，贺执才注意到杨律师其实是位样貌相当不错的中年男子，举手投足都是成熟魅力。

　　刚才在电话里说不详细，杨又庭简洁地补充解释了几句现在的情势，又安慰了许啄两句，目光才不紧不慢地转向倚在墙边犯困的贺执。

　　"这位……"

　　"是我哥哥。"许啄抢答。

　　现在倒是说得很顺口了啊。

　　贺执微微勾起唇，转过身正对与他身高相仿的成年人，给面子地点了点头："您好，我叫贺执。"

　　杨又庭为许暨安做了十几年的律师，情谊已远非普通的雇佣关系，不可能不了解许家的那些乌糟事。

　　但在听到来人姓"贺"时，他也没露出什么特别的表情，反而非常自然地向贺执点了点头，气定神闲。

　　"嗯，暨安想先见见你。"

　　贺执一愣。

12

掰着指头算一算，贺执与许暨安统共也只见过两次面，但就那两面便能把他们在对方心中升级成为顶天立地的讨厌鬼，实在是很了不起。

许啄目不转睛地盯着贺执的背影消失在走廊尽头，又默默低下头，将目光落在了自己摊开的掌心上。

他还是不确定今天和贺执一起过来，到底算不算是一个正确的决定。

但归根结底，他才是唯一的那个外人，贺执要陪他来，许啄没有立场婉拒，也不愿意拒绝。

等待室里暖气很足，窗外有一棵光秃秃的槐树。

贺执刚才在路上和许啄说，以前他来看望贺姈的时候，如果是春天，就会先在外面踹一脚树干，惊天动地晃下半树槐花，然后抓一把藏在盒子里，等会儿托狱警送给那位爱花的美人。

"那如果是秋天呢？"许啄问他。

或者冬天，像现在这个季节。

"秋天啊。"

贺执在窗边眯了眯凤眼，像是想起什么很好的往事，眼底忽而溢出非常珍贵的柔和。

"我从春天起就揪了很多花压在书页里，落叶的季节，我就送给她一本书。"

文盲赠文盲，礼轻情意重。

"喝点水？"

杨又庭端了两杯冒着热气的白开水回来，一杯递到许啄面前。

"谢谢叔叔。"

"不客气。"杨又庭弯了弯眼睛，笑起来时眼底难得的有一丝可以名为天真的情绪。

许暨安以前曾温和地讥讽他，说杨律师在法庭上无往不利，可能就是靠着这与周围一切格格不入的眼神才哄得对方辩友哑口无言。

"你小叔……"

回避了一路正题的杨又庭清了清嗓子，看着窗外那棵光秃秃的槐树，轻声道："他，做了一些事情。"

许啄指尖微动，没有说话。

不知道是不是猜到许啄在想什么，杨又庭笑着摇了摇头："他的底线比很多人都高。"

杨又庭在暗示许啄，许暨安的确做错了事，但那并非他本意，只是他身在其位，为了保护一些东西，势必要出卖一些别的东西。

可这暗示不该由他说出口。

杨又庭是本市的金牌律师，从业年间以法为仗，站在庭上的时候，应当只有法律才是审判他的唯一依据。

他现在却在为一个有罪之人求情。

也不知道许暨安到底是有什么迷魂汤，灌得他周围的人一个一个陆续失常。

"那……"

许啄轻呼出一口气，小心地问："结果会是什么？"

杨又庭沉默了一会儿，温声回答："我会尽量把刑期压在七年以内。"

七年，七年以后，他二十四岁，快要二十五岁。

许啄点点头："我明白了，谢谢您。"

13

推开门看到那面熟悉又陌生的玻璃窗时，贺执一瞬间有些恍惚，仿佛忽然闻到了春日里的槐花香。

但在看见窗后端坐的男人时，花香一瞬间消散殆尽，取而代之的是裹着风沙的冰雪寒霜。

"你有二十分钟。"狱警出声提醒。

贺执随意道："五分钟就够了。"

他跟这人没什么好说的，倒不如留给园园，也让小朋友少些时间胡思乱想。

许暨安有些瘦了，一向修剪得体的下巴也冒出了青色的胡楂。但他生得很好，贺执来时想错了，这件橘色的马甲也不过只是给许先生添了

　　两分落拓。

　　但他仍然是从容的，仿佛任何事情都没有办法打败他。

　　但他已经被打败了。

　　贺执坐下来拿起了话筒。

　　隔着一道玻璃与微颤的电波，许暨安的目光落在了他将将看得到光影的窗边，没头没尾说了两句：

　　"他快长大了。

　　"等到十八岁，小啄可以很自然地离开许家的户口本，又庭会帮他。"

　　贺执垂眸嗤笑："你也是这样把你的妻子和亲生儿子赶走的？"

　　许暨安眼中如古井无波。

　　贺执看向窗外，也没再说话。

　　许暨安是个从来不觉得自己有错的无赖，但他也明白许家并不是一个值得留念的地方。

　　许啄想走，他不会拦，正如他同样不会拦梁妍和许偲。

　　或许还有许文衍。

　　"许先生。"贺执忽然出声。

　　许暨安回过神，恍惚发现，贺执进来这么久，他们却很少对视。

　　"许家的家事对我来说不过只是局外事，但就连我都能看出你的虚张声势，你觉得园园会看不出来吗？"

　　说到底，许暨安威胁贺执，威胁许啄，但是从头到尾，从来没有做过任何事伤害他们。

　　一个失败的坏人。

　　贺执看着他，平静道："请你好好同他说话。"

　　说完这句，他就想把话筒撂下，但许暨安却忽然叫住了他。

　　"你和你爸爸很像。"

　　论长相，贺执是更像妈妈一些，但是他漫不经心的同时又在认真说话的模样，总让人想起许文衍，许暨安唯一的哥哥，十几年相依为命的亲人。

　　贺执的手指一顿，笑了一下，利落地把话筒扣了回去。

隔音窗的效果很好，少年的嘴唇在动，却分不清究竟有没有出声。

不过应该是没有出声的吧，不然旁边的狱警也不会毫无反应。

许暨安目送他揣兜离开，回忆着方才那句一字一顿的"你、个、王、八、蛋"，他眼皮半垂，笑着心想，连说这句话的样子都像。

明明都没来得及抱几次，性子却一个模子刻出来的一般，血缘真是神奇。

或许是因为贺执带给他的难得放松，许暨安出了好一会儿神，才在某一刻忽然余光瞥见对面新落座的少年。

或者许啄坐了也有一段时间了

许啄和许暨安安静地对视了十几秒，最终还是败下阵来，伸手把贺执刚才不屑丢下的话筒重新捡起来放到了耳边。

两个人听着彼此的呼吸，气氛比想象中来得更加沉默。

许暨安想了一会儿，说："对不起。"

具体对不起什么，似乎多年来有很多例子可以举证，但一时半刻他也想不出来更多的话了。

抱歉，或许从一开始带你回家就是……

"小叔。"许啄沙哑地打断了他想说却说不出口的话。

明明他离家还没有多久，却好像暌违了一个世纪。

许暨安恍惚得甚至没注意到自己在说什么。

"你感冒了？"

又来了。

这个讨厌的人。

许啄当着许暨安的面把藏了一路的眼泪毫无保留地淌了下来。

这个世上除了刚出生的许啄自己，没有人见过他的生身父母，而他究竟是更像爸爸还是妈妈，几乎可以和贺执的中考成绩一起被列入世界未解之谜。

和许家的任何一个人都不一样，许啄有一双很大很亮的黑眼睛，那里面载得下深海，也盛得了星光。

他比所有人想象得都要坚强。

握着话筒的手在微微发颤，许暨安却毫无所觉。

他只是认真地望着许啄亮晶晶的笑眼，保险柜般密闭的心也似被光撬开一道细缝，想要将这一幕牢牢地印在眼底，以便日后长夜漫漫，不至于过分孤独。

许啄说："小叔，我、小偲、婶婶，我们会一直等着你。"

等你重新走到阳光下面，等到那一天，他们也许可以像一对最寻常的父辈与小辈，真真正正地平和相处。

14

燕城的冬日风很急，明明今日蹦树的少年嫌冷都没有靠近，但等候室窗外的槐树还是在瑟瑟风中摇曳不休。

冬天才刚刚降临，春天还在暂时看不见的远方。

但她总会到来。

凛冽的风中，许啄披着贺执硬塞给他的外套，当走出看守所的大门时，他仿佛刚刚参加完万里长征。

看到在马路边等他的少年，许啄松了一口气，心中是自离家后所有过得最令人意外的宁静。

"冷吗？"

"不冷了。"

"那我们回家？"

"好。"

我们回家。

··· 第十二章 ···
/ 秋园日记 /

1

今年的圣诞节是个周一，恰赶上月考结束，是个发卷子的"好"日子。

对大多数在读同学来说，这大约算是桩惊天噩耗，但贺执就没有这种烦恼了。

不仅如此，他还觉得这的的确确、确确实实、实实在在算是一件老天开眼的不得了的大好事。

无他，只是因为他和许啄约好的许啄十八岁生日就是牛气冲天把圣诞节挤出周末的 12 月 23 日。

起初说自己的真实生日应该比儿童节早，只不过是许啄没忍住骗贺执的说辞。

但没想到贺执当了真，天天对着日历观测星象，甚至还神神道道地去请教苏泊尔，问他上次说算命算得准得不得了的那个水晶球小王子，可不可以也给许啄推算一个良辰吉时。

当然了，他只换来两只大大的白眼，以及一通打到信中希望许啄好好管教一下家里智商欠缺的哥哥的电话。

教室里同学们在课堂测试，托词胃疼提前交卷的许啄坐在医务室的床上，晃着两条腿认真地点头应了下来。

虽然自己一向没少干，但许啄一直认为学生逃课算是非常出格的事，直到在医务室休息够了准备离开的时候，他在一帘相隔的隔壁床位看见了躺着看报纸的李木森。

方馨老师扔给这个大冬天说自己中暑的男人一瓶藿香正气水，便溜达着回自己工位上看电视剧去了，压根儿没有搭理他的意思。

许啄与固执旷工的班主任对视了一会儿，假装什么也没看见地离开了。

冬天容易让人变傻，为了让贺执不要更傻，许啄当晚便和他谈了谈。

英语单词听写完毕，两个人坐在桌边一起翻日历。

一月份太晚，元旦有别的安排，十二月事情也不少。

贺执装模作样挑挑拣拣一番，很快就在自己早就选定的"23"上面画了个圈，一本正经地解释："生日连着节日，节日还连着有两天，相当于圣诞节延长等于可以过三天生日，是不是可遇不可求？"

他可真是个数学鬼才。

数学天才被他轻松说服点头，随随便便就敲定了自己的生日。

月考在生日前两天，周末老师们阅卷改分，周六也不补课了。贺执为这一天期待了太久，已经大半个月让人睡不了好觉了。

——这个"人"具体指林宵白。

"贺呵呵，你还有没有点人性了？"

信中男生宿舍的三楼阳台上，林宵白接通电话，咬牙切齿地骂了一句。

冬日里的天色最是吝啬，晚自习前月亮便高高挂在了天上，得意扬扬地把所有星子都挤到了城郊。

上上周林宵白他爸林成语忽然毫无预兆地给儿子办了学校宿舍的入住手续，小白放学还没来得及回家吃口热乎饭，就在校门口迎来了他爹和他爹带来的行李箱。

"反正你在哪儿都不学习，不如离我远点，眼不见心不烦。"

　　林成语的语气语重心长，但林宵白怎么都想不明白为什么他爹直到现在才觉得自己儿子招人烦，但他入住学校成为许啄室友的第一天，贺执就给林宵白打电话让他老实点，顺便帮自己个忙，从这件事可以看得出来，林宵白纯粹是被贺执卖进来的。

　　"是我。"贺执答得很爽快。

　　林宵白一个大白眼还没翻完，贺执又开始哄骗了："但你不觉得这样你会离园园同桌更近吗？"

　　林宵白无语地想了一会儿，发现他说得好像很有道理啊！

　　合唱比赛那天，林宵白傻乎乎说了一堆话，不出所料地被疏远了。

　　他回家低落了两天没去上学，第三天就被他爸赶去住校。

　　当晚，他被贺执忽悠说可以有更多的机会见到关关，撂了电话才忽然反应过来，女生宿舍和男生宿舍隔了八百米，他一晚上跑几个生死折返跑才能有机会见到人？贺执就是个骗子！

　　生亦何欢，死亦何苦，青春真令人伤痛不已。

　　一口气伤痛了半个月，林宵白一心顾着委屈，终于在完成贺执交给他的工作后，怒气冲冲地打了电话过去。

　　贺执在那边不知道忙些什么，"嗯嗯啊啊"全是敷衍。

　　宿舍是独立卫浴，他骂得来劲，都没注意到水声什么时候停了下来。

　　许啄擦着头发走出来，刚刚好听见蹲在门口的林宵白破口大骂："你快闭嘴吧！"

　　许啄还没反应过来，电话那头贺执却好像生了顺风耳，立刻开口："是园园洗完澡出来了吗，把电话给他。"

　　反正在学校，贺执打不着他，林宵白"呸"了一声，把手机不情不愿地递给许啄，起身回屋了。

　　那天看完许暨安回来，许啄就搬回了学校。

　　倒也没什么别的原因，只是他的学习资料大多扔在宿舍，他想整理一些寄给前不久刚刚给他来信的许偲。

　　许暨安的事，梁妍多半是知道的，而自己自作主张在许暨安面前说他们会等他的事，梁妍多半是不知道的。

许啄想了想，最终也只想到用学习资料和许偲保持联系。

虽然他的弟弟是个天才神童，但许啄只擅长用参考书来表明自己的情意。

东西很多，他挑挑拣拣得也很用心，等到好不容易挑出满意的全科笔记寄出去，贺执却又打来电话问他可不可以先在学校再留几天，他在给他准备生日惊喜。

弟弟像哥哥，哥哥也学弟弟，明明是惊喜却要提前予以盛大预告。

电话里，家长例行关怀："明天就是月考了，准备得怎么样？"

许啄诚实作答："挺好的。"

月考而已，许啄很放松，他的室友比他还放松，一晚上的工夫全都用来骂贺执了。

"后天考完试我就来接你？"

许啄想了想，拒绝了："还是周六早上吧。"

贺执不大高兴："为什么？"

半个多月没出校门，头发都有些长了，许啄乱七八糟地吹着刘海，风声呼呼地藏住了他浅浅的笑意："多给你点时间，惊喜准备得更好一些。"

2

电话挂断回房，林宵白已经飞速冲澡结束，现下正盯着桌上摊开的空白练习册发呆。

时针指向十点，往常这个时候许啄应该上床睡觉了，但或许是林宵白的背影看起来太过可怜，许啄想了想，还是把指尖从床梯上移开，轻声问道："题不会做吗？"

林宵白迟缓地抬起头来，露出了被他没吹干的头发打湿的书页，画面惨不忍睹。

许啄扫了一眼，似是无意道："关关的这一页也被水打湿了，但她之前写满了字，她很生气。"

提到这个名字，林宵白无神的瞳孔似是亮了一瞬，但很快又灭了下去，跟劣质电灯泡似的。

就这么个状态，明早考语文他估计能现场写一本青春伤痛文学出来。

好歹做了半个多月的室友，为了自己的生日，贺执也不知道折磨了人家些什么。

许啄想了想，走到宿舍中间的那张公共桌前坐了下来。

"聊聊吗？"

林宵白有气无力地把转椅滑了过去："聊什么？"

这可真是难题，许啄长到这么大，只主动和许偲、贺执开启过话题。

他的目光落在玻璃板下压的那只夏日的蝴蝶结上，思索半晌，轻声问道："执哥的妈妈，是什么样的人？"

兜兜转转，又是贺执。

林宵白有些受不了地翻了个白眼，但还是撑着半边脸渐渐陷入回忆。

"很漂亮，很可爱，很温柔，很狂躁……"

他一口气神色不定地说了十几个毫无干系还可能彼此矛盾的并列词语，最后叹了一口气，总结陈词："很好，很狠心。"

3

以林宵白十七年有限的眼光来看，贺妗绝对是他见过最美好的女人。

长得有多美就不赘述了，贺妗的性格也真的很迷人。

"小的时候，我其实很羡慕执哥有贺姨。我那时候年纪小，不明白为什么我只有爸爸，执哥只有妈妈，还以为是老天分配的，直到看到幼儿园的小孩有爸爸又有妈妈。"

林宵白和他爹是被抛弃的，生他的女人是贺妗中学的好友，林成语结婚的那天，是贺妗做的伴娘。

但他们还是被抛弃了。

林宵白那时候不过丁点儿大，林成语一点照顾孩子的经验也没有，整日忙得焦头烂额，还是贺妗把小白接回家，两个小朋友一边一个一起哄，说他俩是一条裤子穿到大的丝毫也不为过。

小白本来很爱贺姨，直到后来听到了闲言碎语，说他的妈妈是因为贺妗才抛弃了他和他的爸爸。

林成语喜欢过贺妗，是事实。

但林宵白那时候太小了，分不清"喜欢过"与"喜欢"的区别，立刻就把他爹与一手把自己带大的贺姨置于对立方。

或者说，全世界都是他的对立方，就他一个人岁月静好。

林宵白自黑起来丝毫不留余地，许啄客气地笑了一下："你的叛逆期来得很早。"

确实很早，七岁就来了。

上小学的前一天，他还在为林成语不愿意解释他和他妈妈究竟怎么回事气得睡不着觉，打定主意明天上学也不和贺执说一句话。

但是第二节课间，姓贺的从楼上下来，一个手势便让林宵白屁颠屁颠地跟了上去。

贺执那天带他去了青南路，给他看了一张照片。

照片中是贺姨和一个男人，但男人的脑袋被抠掉了。

贺执说，那是他的爸爸。

林宵白很震撼。

他们家不过只是没有他妈的照片而已，贺执他爸的脑袋竟然都被抠掉了，这得多恨啊。

林宵白小小年纪却很擅长天马行空，立刻觉得贺姨柔弱可怜，所有人都欺负她，因而觉得自己也不是个好东西。

脑子乱七八糟转了一大圈，他幡然悔悟，怪自己之前为什么不愿意林成语和贺妗在一起。

他俩既然青梅竹马，难道不天生一对吗？

想通这一点，林宵白立刻决定不计前嫌与贺执和好如初。

但此意一表，当年的小贺执却茫然地从游戏机上抬起头："你前段时间和我生气了？"

林宵白愤恨地玩了他家游戏机一下午，放学后两人被家长逮回去各自暴揍了一顿。

林宵白挨打是常事，每次都号得仿佛世界毁灭，那次尤其来劲，边挨打边满屋子乱喊："你暗恋贺姨为什么不表白！你真没有用！"

然后就被他爹胖揍一顿。

这事实在算是黑历史，也没注意怎么就全秃噜出来了。

林宵白挠挠鼻子，不好意思地又大声重复了一遍："我那时候年纪小！"

但后来年纪不小了，他还是喜欢拿贺妗与林成语说事。

他很希望两个大人可以在一起，但也看得出来，两人都没有这个意思。

林宵白不甘心，但贺妗却突然入了狱。后来，又突然走了。

林宵白从此再也没在他爸爸面前提过贺妗。

没人知道贺妗为什么会选在出狱前一天自杀，像是故意伤害她最亲近的人似的，但林宵白知道，贺妗从来都不是那样的人。

她是个很好很好的人，最后却那样狠心。

贺执说没有原因，但他说的时候，眼神很空。

其实是有原因的，最后那段时间，贺妗与之搏斗了许多年的抑郁症已经很重很重了。

她根本分不清自己到底还能不能走出这道高墙，而她撑了那么久，终于撑不下去了。

如果活得下去的话，没有人会想轻生，但她希望贺执可以好好活下去。

好在贺执也确实一路坚强地爬了过来。

"不是爬，"许啄打断林宵白，"他走得很好。"

林宵白拱了拱手，夸张捧场："对对对！啄哥说得都对！"

他忽然有点好奇，转而问许啄："执哥的爸爸是什么样的人呀？你知道吗？"

虽然许啄不是许家亲生的，但好歹顶着"许文衍儿子"的名号长大，总该对他名义上的老爸有点了解吧。

林宵白摸摸下巴："他长什么样？执哥的眼睛和嘴巴长得像贺姨，我爸说他的鼻子像丰叔叔多一些，走路和说话的模样也很像——都是那种漫不经心的跩，让喜欢他的人很喜欢，讨厌他的人又很讨厌的那种调调。"

他一个提问的人，自问自答的篇幅也太长了些。

许啄听得发蒙，在林宵白嘚啵完一大段话后投来的期待目光中搜肠刮肚大半天，无奈地发现自己对许文衍的了解甚至还没有隔壁小林多。

"我没有见过他的照片。"

家里一张也没有，许啄不曾见过"爸爸"，更不知道"妈妈"是什么人。

许暨安总是和他说，许文衍是个很好的人。但具体怎么好，好在哪里，许暨安却很少提及。

林宵白遗憾地"哦"了一声，舔了舔嘴唇，眼睛又亮了起来："那我再给你讲讲？小时候贺姨给我们讲过一点丰叔叔的事，我当时听了真的对我爸好失望！"

许啄双臂搭在桌上，做出了认真倾听的模样。

丰四恺是在贺执周岁之后突然消失的。

换而言之，在贺执周岁之前，这一家三口非常幸福。

男人和女孩初遇，是在一个下雨的夜晚。

雨起初很小，贺妗在回家的路上瞧见一个蹲在小别墅后门街上的陌生人。

那人穿着一身丧服般的黑衣，打了一把黑伞，正在逗猫。

这地方野猫不少，贺妗稀奇地看着那只被揉得不停撒娇的小黑猫，忍不住又多站了一会儿。

她认出这是附近脾气最凶悍的那只孟买猫，之前宣冰想逗它，被挠得去医院打了三针疫苗。

伞面很大，她瞧不清这人的长相，只觉得逗猫的那只手很漂亮，非常漂亮。

她语文不好，不过从前班上那些女生看的小说里，所有用来形容男主角手好看的描述大约都可以直接套用在此刻。

不知道是不是下雨天的加持，贺妗总觉得那指尖似乎应该还是年轻好闻的青草香。

她羡慕地看了半天疯猫撒娇，正试图偷学一下逗弄手法，但雨势越来越大，她又忘了带伞，正准备将书包举在头顶一鼓作气冲回家，雨声却突然变得大了。

是被拦在空中的那种声音。

贺妗抬起头，发现那位黑衣小哥不知何时竟然走过来为她撑起了伞。

微长的头发，挺得和西伯利亚人一般的欧式鼻梁，还有看起来没什么精神的睡凤眼。

或许是因为他长得太好看，比她见过的所有人都好看，所以那只猫才这样没出息。

他抬眼随意轻笑，当目光扫过贺妗微微怔忪的神情时，男人的眼皮漫不经心地又敛了下去，嗓音低柔温暾。

"我叫丰四恺。"

贺妗很难不爱上他。

贺执抓周的那天，贺妗特别特别紧张。

她觉得丰四恺厉害得要命，而自己除了长得好看之外真是一无是处。

虽然长得好看也很了不起，但贺妗还是真心希望儿子可以更像爸爸一些。

算盘、钢笔、飞行器、如意、铜秤、数学书……

她搜刮了一整床的稀奇物件，只盼着小贺执随手摸上一样，她的儿子便能瞬间长成人中龙凤2.0。

但没想到，小贺执最终什么也没摸，而是径自爬到大床边沿，张开小手，头也不回地扑到了早已笑眯眯等待好的丰四恺怀中。

长大后，他确实也很像爸爸。

林家有一道龛位，里面供着两个牌位，一个是"贺妗"，一个是"丰四恺"。

那是林成语的老大、林成语的哥们儿、林成语最好的朋友。

林宵白后来常会后悔从前嘴碎，在他爸爸面前说了那么多胡话。但谁还没点儿过往呢，只要走出来，同样都是英雄好汉……

"等等，"许啄又把他的话打断了，"你现在不难过啦？"

那他明天得和关关说一声，林宵白没事了，不用再纠结要不要来看林宵白了。

林宵白眉头立刻高高挑了起来："怎么可能？中场休息一下还不允许了！"

他太吵了。许啄比了个"OK"的手势。

话题都被打断了，林宵白抱起双臂打量了许啄一会儿，忽然问道："12月23号是什么日子？"

许啄："我的生日。"

林宵白歪了歪头："你不是儿童节出……"

话还没说完他就"闭麦"了。

许啄是福利院的孩子，谁知道他是哪天出生的。

一时失言，林宵白四下无措地转移目光："难怪执哥那么神经，去找老板请假的时候前前后后强调了四遍'12月23日当天'。"

但苏泊尔蔫儿坏，就是不顺着贺执的意问他那天是什么日子，气得大外甥走之前顺走他一大袋草莓。

4

12月23日，晴，天空是近日中难得的万里无云。

今天就要搬回青南路去住了，许啄走之前拿的东西不多，只在书包里塞了几本书。

出门前，林宵白令人意外地来了出《十八相送》，一口气将人送到宿舍楼下，眼神中的复杂都可以以哲学深度来量化。

许啄目送他上楼离开，终是没忍住抿唇笑了出来。

贺执说得没错，逗小白是真的好玩。

之前最早说到生日的时候，是许啄希望能让贺执开心一点，再后来则是因为两人在楼下烧烤店边吃早饭边看电视时，看见了本市新开张的网红打卡景点——游乐场里的一家全场景密室逃脱，圣诞节前夕开业。

许啄对这种项目兴趣一般，但贺执却很有仪式感，非要在他们约定的许啄生日当天过去。

这两天从林宵白那里也撬不出答案，林宵白只承认了贺执让他帮忙抢票，之后就是围绕"票有多难抢每天挤牙膏一样一点一点放票他抢了半个月才终于抢到"展开的八千字论述。

许啄被他绕得神思恍惚，但也由此明白过来，那家密室逃脱必定还是有什么其他特别之处。

从网上搜一下应该就可以查出来，但许啄还是没有动手。

没什么特别原因，只是因为他也是喜欢惊喜的。

"秋秋。"

有人在身后叫他。

许啄回过头，不出所料地瞧见了大大方方走过来的关关。

"林宵白在楼上。"许啄说道。

女孩子的脸色一瞬间变得粉粉白白，像水蜜桃，好看得紧。

说起水蜜桃，他又想起圆圆了，自己这么久不在家，也不知道家里的鸟和人相处得怎么样，还是天天吵架吗？

"你要出去玩吗？"关关问他。

许啄点点头，回头看了一眼宿舍："需要我把他叫下来吗？"

关关摇了摇头，眼睛一眨便笑了出来："不用啦，我自己叫。"

她从小就是个女侠，行事作风都来得轰轰烈烈。

许啄眼睁睁看着她掏出手机给林宵白致电，客气又不容拒绝道："我在你宿舍楼下，三分钟过期不候。"

不用亲临现场都想象得出宿舍此刻的兵荒马乱，许啄向挑眉对他笑的关关竖了大拇指，背着书包离开了。

5

今天休假，这会儿还留在信中的多半是家不在燕城的学生。

许啄走到人烟稀少的校园门口，一眼就看见了站在门房外面和保安叔叔聊天的贺执。

这个人性子随心所欲，招人烦起来一个顶仨，但耐心下来想讨人疼的时候，连苏泊尔都拉不下脸面说重话。

这会儿看样子是又厚着脸皮收获了一位中老年好友。

许啄一走近便听见贺执问道："叔叔，您知道今天是什么日子吗？"

许啄眼皮一跳，还没来得及制止，被贺执问住的叔叔已经茫然开口："什么日子？"

贺执来劲了："今天可是 12 月 23 号啊！"

许啄飞快地走过去把他拉走了。

贺执尚在恋恋不舍，回头一看到来人立刻喜笑颜开地和保安叔叔道别。

他转身接过书包便开始汇报今日行程："我们先回青南路放东西，然后就出去玩。"

出去玩。

许啄眨了眨眼。

单独出门的时候很多，但他长这么大，这好像是第一次，为了出去玩，而出去玩。

他已经开始喜欢这个生日了。

6

半个月没见，青南路仍然还是那个青南路，连圆圆在门口笼子里乱撞的身影都和梦中如出一辙。

贺执凑过去检查了一下它的水食，没忍住又要和鸟吵架："我看出来了，你不是人来疯。你就是个疯子。你妈怀你的时候是不是在看《还珠格格》？'有一个姑娘，她有一些任性，她还有一些疯狂'。"

这歌传唱度太高，是看到词会自动转换成音符的效果，偏贺执执意放慢语调仿佛诗朗诵，折磨得圆圆彻底放弃治疗尖声骂起鸟语。

如果今天要许一个生日愿望，那许啄希望他们家里可以拥有一台鸟人语言翻译机，让这一大一小可以无障碍沟通。

不过好像他们现在看起来也没多大障碍。

叽叽喳叽叽喳，贺执不要脸。

我即刻炖了你。

"早上好。"

许啄放下书包，走到笼子前面，轻声和圆圆打了声招呼。

见鬼了一样，闹腾不休的小鸟瞬间安静下来。

它往前跳了几步，浅色的鸟喙伸到许啄探到近处的指尖上，亲近地碰了碰。

圆圆见园园，两眼泪汪汪。

圆圆见执执，见面捅两刀。

贺执见怪不怪地上楼取了个东西，走下来时，许啄已经安抚好圆圆在楼梯边等着他了。

贺执嘴角含着笑："走吧，我们去 have a good day（美好的一天）。"

许啄轻笑出声。

贺执挑了挑眉："我没念错吧？"

因为不确定，刚才他还在楼上查了一下手机呢。

许啄的嗓音很轻："很标准。"

7

游乐场里人很多，大家都在以今日的狂欢弥补周一的惨淡。

贺执拉着许啄直奔主题，在密室里玩出了东野圭吾小说的氛围。许啄连半点发挥的余地都没有，就由着他拉着自己往东或往西，拿钥匙或是解密码。

最后一题是单人题目，他们两个被工作人员拆开塞到小世界的两个角落，需要互相寻找线索找到对方。

但许啄取下脸上蒙着的眼罩后，找了个地方随意坐下，百无聊赖地对着灯光在墙上玩起了光影游戏。

密室很大，耳机联通的是控制室的工作人员，如果有人实在过不了关卡，可以通过这个求助寻找线索。

大约是许啄的自暴自弃引起了监视器的注意，这次竟是工作人员主动询问是否需要帮助。

许啄摇了摇头："不用，我等人来接我。"

大约是没见过把不努力说得这么理直气壮的客人，耳机那端的呼吸微微一滞，闭麦了。

工作人员觉得自己有点被小瞧了。

他们的关卡设计难度可是上过热搜的，这两个人的题目是另一位客人专门选的，难度不算顶级，一个人就可以解决，不像有的房间必须两人同步完成解密才可以通关。

但就算这样这里的难度也并不容小觑，这两位客人实在是……

监控屏幕里，门被打开了。

不努力的客人从椅子上跳下来，走到了他等待的人面前。

两个人似是说了什么话，后来的客人将目光精准地落在摄像头上，咧开嘴，恶劣地笑了起来。

工作人员觉得自己被嘲讽了。

贺执选的这个密室热度不算最高，难度中等偏上，剧情中等偏上，整体中等偏上。

但直到走到尽头，在结局的地方摸到一把钥匙，许啄才忽然明白了这么多天以来林宵白保密究竟是为了哪般。

周围是无尽的黑暗，耳边是熟悉的语调。

"送你的生日礼物。

"虽然现在还没有门锁与它相配，但等你戴到二十一岁，我就给你换一个。"

许啄还在恍惚，没有反应过来："二十一岁怎么了？"

"二十一岁后，在全世界的法律里，你都是真真正正的大人了。

"在此之前，你仍然可以是永远长不大的小孩，是我弟弟，得听我管教。"

许啄小时候去过很多次游乐场，世界各地的迪士尼都被他逛了个遍。

和看上去的不一样，他喜好十环过山车的刺激，贺执却独独钟爱旋转木马。两人合计半刻，最后敲定了让贺执站在地面上看着许啄坐海盗船。

怪无语的，但在风中的感觉却出奇地好。

许啄闭着眼睛感受下落，下一秒便听见一句："园园，飞吧！"

他忍不住睁开眼，看见了人群里那个小小但挺拔的身影。

贺执是个生活在阴沟里的人，但他喜欢冬日站在阳光底下晒太阳。

身在谷底，仍向往光明。

而现在，许啄带着他，找到了光明。

8

游乐场的中心位置，双层旋转木马的旁边，有一家很漂亮的玩具店。

大大的橱窗里摆满了仿佛自童话世界邮寄而来的胡桃夹子洋娃娃，琳琅满目，目不暇接。

许啄有很长时间没有来过游乐场了。

他的童年似乎在七岁上小学之后便戛然而止，后来和关关做了朋友，两个懒性子的人就算约着一起出门玩，多半也只是买杯奶茶在喷泉广场上发一下午呆。

因为姓许，这种橱窗玩具对他来说实在不算是触不可及的东西，但是从小到大，许啄好像真的没能拥有过一件。

他大约还记得小时候许偲过生日，梁妍和许暨安带他们来燕城游乐场玩。

那段时间似乎是家里最和睦的时候，两个小孩子也玩得很开心。

中间许暨安带许偲去排冰激凌的长队，梁妍穿着高跟鞋走了一下午路走不动，便带着许啄一起在玩具店前的长椅上等着他们。

对于小孩子来说——不管这个小孩子有多早熟——玩具总是最能吸引人的宝物。

哪怕是钢铁心肠小许啄，也非常轻易地被橱窗后摆放的一架巴掌大小的精致钢琴吸引住目光。

原来钢琴还可以这么小的吗？

他们家里也有一架钢琴的，梁妍会弹，许偲会弹一点。

他的弟弟人小鬼大，坐在钢琴椅上小短腿悬空晃来晃去，倒也能敲出一首颇为流畅的 do、re、mi、fa。

许偲以前有问过许啄想不想学钢琴。

听起来很有趣的样子。

但许啄看着那对他们两个来说都太高的琴椅，想着每次大人们把许偲抱上去坐好时眼底的温柔，也只不过是遗憾地摇了摇头："不用啦。"

他从很小的时候就知道不要强求不属于自己的东西。

但是那次在游乐场，或许是这一天的其乐融融冲昏了他的头脑，许啄竟然双手扒在橱窗上，回头对梁妍认真地说："婶婶，这个真漂亮。"

不过六岁的小小年纪，却是他第一次试着想要些什么。

短短七个字鼓足了他全部的勇气，但梁妍不过是"嗯"了一声，看也不看他，心不在焉地玩着手机。

勇气自此消失得干干净净。

冬日里的游乐场仍然经营着冰饮的生意，贺执如愿坐完两圈旋转木马，忍着呕吐的感觉要去买冰棍。

许啄本想跟着他，却被人按着肩膀坐下。

"这里暖和，等我，很快。"

玩具店的旁边有个避风的蘑菇小屋子，不知道是哪位小矮人的家，许啄暂歇此处，等着兄长打猎归来。

等待的时间不算久，十分钟后木门就再次被推开，少年载着风雪入室，捎带上了两支小奶糕与一个漂亮的装饰盒。

许啄盯着贺执手中那似是有些眼熟的物件，几近茫然地睁大了眼睛。

"打开看看吗？"贺执蹲在他面前。

许啄小心地探出手指，在雕花小木盒上放了许久，终于动了一下，无比郑重地打开了它并没有上锁的黄铜搭扣。

他小时候求而不得的那架小钢琴，在长大后，只是因为他在路过时多看了一眼，贺执便转身进店给他买了回来。

许啄离开椅子蹲到了贺执的面前，盯着贺执掌中的宝物，忽然觉得鼻子有点酸。

他以前的软肋不过只有许偲一个，而为了保护弟弟，他进化出了浑身上下坚硬无比的盔甲。

但现在却因为认识了贺执，发生了翻天覆地的变化。

他那一身的刺，一身的甲，都逐渐被融解。

"哭什么。"贺执笑话他。

许啄摇摇头，轻声问他："这也是生日礼物吗？"

他脖子上挂着钥匙，手中捧着钢琴，而贺执一边撕着小奶糕的包装，一边不以为意地摇头："对啊，喜欢吗？"

许啄点点头。

"那我们去下一站吧。"

我们回家。

天色已经很暗了，街上的彩灯五颜六色，星星雪花什么形状都有。

贺执和许啄在路边搭乘一辆公交车，又不辨方向地随意下车，原因只是这处站台的广告站牌是苏泊尔的偶像代言。

但他暂停不过三秒，又带着身旁人上了另一辆听都没听过的"661"号公交车。

这一路上走走停停，为了不知多少荒诞理由延长路径，直到星子铺满夜幕，他们的裤兜里再也没有一枚钢镚，贺执才停下脚步，蒙着许啄的眼睛回到了青南路的门口。

"准备好了吗？"

你的生日礼物。

明明上午才回来过的，但许啄却忽然紧张起来，郑重地点了点头。

许啄从归返的微光中睁开眼睛，看见了一墙斑斓瑰艳至极的壁画。

全世界的色彩都被贺执喷绘在了他们家的墙上，四季的花于此间同时绽放，月亮警察与小熊翩翩起舞，法老的金杖同时穿过了魔女与公主的胸口……

他画了几十上百个童话故事。

许啄情不自禁地后退一步，又不由自主地走到近处，伸出手，小心翼翼地触上了落叶编织的金鱼。

夜幕下才能看到的颜料，独属于他一个人的绚烂童话世界。

许啄转过身看向贺执，忽然明白了贫民窟的亿万富翁夜间辗转反侧时的所思与所想。

这好像不该属于我。

但这的的确确只属于我。

"贺执。"许啄轻声唤道。

"谢谢你。"

院里的树杈上堆好了第一团雪，他们坐在窗前，贺执轻轻地抬起手，说："其实还有一个礼物。"

这一场姗姗来迟的初雪气势盛大，稍不留意，整个世界便成了冰雪的天堂。

贺执带许啄下楼"领养"了一团雪球，回家养在了冰箱的冷冻层里。

许啄问："它是男孩还是女孩？"

贺执答："女孩，叫安琪拉。"

真不愧是拿过轻崖区第三安琪拉的王者。

冰箱门关到拳头宽的缝隙便灭了灯，许啄想了想，又问："那她会不会怕黑？"

贺执撑着下巴胡说八道："不会，她喜欢安静，傍晚的时候我们可以带她去阳台上看落日，晚上还能吹吹风。但是不要太久了，她会想家。"

许啄忍不住弯唇："一个人……一个球，好像还是很孤单。"

贺执大惊小怪："这么短的时间我可'生'不出来第二胎了！"

其实是冰箱里没有多余的位置了。

贺执抓了抓头发："好吧，等夏天吧。她还小呢，夏天我们买好多雪糕回家，她可以挑着谈恋爱。"

热热闹闹的青南路前厅，烧烤店里满是出来过节的年轻人嬉笑怒骂。

背面的小院子亮起了许多的彩灯，白日里贺执仗着个高，从大门口一口气缠到了光秃秃的树杈上。

这是他和许啄度过的第一个平安夜，他们相逢于春末，如今已是深冬，而未来，他们还会一起度过许多许多个春夏秋冬。

··· 第十三章 ···
/ 夏日终曲 /

1

五年后。

五月末是夏季，阳光炽烈，空气里都浸着橘子汽水的味道。

当然，这个空气仅限于医院诊室消毒水包围圈以外的区域。

"哇啊！"

一声石破天惊的奶娃娃号哭横空出世，吓得手还没来得及握上钻头的见习生一个哆嗦，恍惚中开始怀疑自己这几年学的其实是妇产科。

"人还没开钻你就哭！有点儿出息行不行！"

恨铁不成钢的是站在无影灯旁全程陪伴的孩子妈妈，刚刚挤了两滴眼泪下来的小朋友正躺在治疗椅上紧紧瘪着嘴，一副泣不成声伤心欲绝的委屈模样。

看得人心都要化了。

见习生和当妈的都有点儿于心不忍，一个不知所措，一个还在强撑，正三方尴尬，从隔壁忽然转出来另一个白大褂。

蓝色医用口罩遮了他大半张脸，留出碎发下一双漆黑水润的深色眼眸，传出一句平和冷静的救人妙方："方择，老师叫你，这里交给我吧。"

见习生不动声色地舒了一口气，感激地看了来人一眼便快活似神仙般地起身离开了。

方小哥是独生子，二十多年来交往最深的小孩儿就是他本人，长到现如今这么大个，仍不知晓该怎么和这些披着天使面孔的小魔鬼打交道，好在每次都有同学赶到及时救场。

同学姓许，单名一个啄，特别又好记，学习好，长相好，最为难得的是脾气也好。

眼见着许啄再一次三言两语便哄得嘴巴像上了保险的小朋友乖乖张口，于轻描淡写中薅掉了人家三颗蛀牙孩子都愣是忍住没哭，方见习忽然羡慕得有些牙酸。

"哥哥，这是和我一起长大的乳牙吗？"

妈妈去缴费了，小男孩跟在许啄身边，摸着透明密封袋里的三颗小牙齿，忽然有些伤感上头，又想哭了。

许啄蹲在他的面前，眼睛微微弯了弯，嗓音很温和："嗯。它们长得没有你快，所以换了一种方式陪伴你。"

小男孩吸吸鼻子，把乳牙往怀里揣了揣，郑重道："那我一定会保护好它们！"

许啄点点头，神情认真，瞧不出丁点儿敷衍："好，加油。"

中午人少，小朋友和妈妈离开后诊室便空了下来，许啄扯下手套去消毒，方择倚在门口等着他一起吃饭，看着同学扒下口罩后清秀好看的五官，越发感慨。

"哎，啄，你是怎么做到每次都把那些小孩哄得晕头转向的？"

不许说长相！都戴着口罩，难道光看一双眼睛两个人就能差出那么大距离吗！

但确实是啊。

许见习想了想，合理避开正确答案："我不是独生子。"

方见习松口气，唠起嗑来："噢！这倒也常见，那你在家是哥哥还是弟弟啊？"

看他哄骗小朋友时游刃有余的模样，似乎应该是哥哥。

但是……方择忽然想起来，他以前好像听同学说过，隔壁班的班草许啄有个哥哥，兄弟俩感情很好，他哥哥一放假就来学校接他。

"都是。"

方择没反应过来："嗯？"

许啄看着手中的泡沫，忽然很轻地笑了一下。

他说："我有弟弟，也有哥哥。"

2

弟弟不知道此刻正在干什么，但哥哥现下正在玩泥巴。

客人是位爱好汉文化的外国友人，归国在即，非常想定制一个美好的异域纪念品，于是他在"附近好店"精挑好选了三个小时，最后非常眼瞎地走进了正兴大厦的艺术黑作坊。

老板苏泊尔今日是年度第十七次无故旷工，代理店长贺执正卧在休息室昏昏欲睡，新来的小学徒便敲了敲门，说是有人要定制一尊岳飞像。

听到这话时，贺执差点以为自己还在梦中。

贺大师如今是位忙人，业务拓展得也广，除了画画以外早几年便开始动手钻研其他的艺术形式。虽然没正经接受过这方面的专业系统教育，但在天赋和坚持的双重加成下，贺执倒也取得了不俗的成绩，如果把他这几年的作品全部摆出来，也可以有模有样地和隔壁燕大美院的毕设展比一比才华和灵气。

贺执很忙，但家里头那位还在上学的比他还忙，好不容易放了暑假，立刻被他哥打包带去北欧滑雪避暑，昨天才回来。

这几年行素的员工来来往往，除了贺执和苏泊尔始终留在原处，旧人离开，新人到来，还有的人离开后又再次归来，真切地在老板的工资账本上书写了何谓"江湖"与"匆匆"。

苏泊尔前年转了性子，和他的朋友出去玩了个大的，回来时两人无名指上都戴着婚戒。

自此以后，这口锅便是口不老实的锅了，成日旷工出去游山玩水，一旷就是十天半个月。

守财奴不再守着他的灶台，留下的备用锅性子也愈懒。店里不再似往日定期举办展览活动门庭若市，但莫名其妙地好像更受欢迎了几分，贺执暗中琢磨着也许真是此处风水绝佳。

如今驻店的艺术家除了贺执以外只有两名正式员工，剩下七八位身份自由，除了借着行素的名头挂售作品，大多还是为了来这里同大师学学手艺。

大师有两位，一位今年二十五岁，名头在燕城响当当，还有一位是上一位前两年在街上偶遇后请回来的，据说是他失散多年的师哥，也不知是真是假。

而贺执不才，正是那朵芳龄二十五的名花。

"倪书呢？"

贺执睡意尚迷蒙，胳膊搭在眼皮上，嗓音有几分哑。

小学徒有点怵他，扒在门口小声道："倪哥说他下班了。"

贺执嘲弄地扯了扯嘴角："我师哥说他下班几天呢？"

小学徒头都快埋进墙里了："半……半个月。"

师弟既然招呼都不打一声就跑出去玩，师哥便以牙还牙，以眼还眼。

小肚鸡肠。

贺执轻啧一声，坐了起来。

"你刚才说的什么，没听清，什么客人，要定制什么东西？"

小学徒领着贺执下楼，边走边鹦鹉学舌："男的，老外，文质彬彬的，说要定制一尊岳飞像带回家。"

贺执脚步顿住，转头重复了一遍："岳飞？"

小学徒在楼梯上站直了："大将军，岳飞！"

但不是普通的岳飞，是背后刻着"精忠报国"的客人打扮成岳飞模样的泥塑。

贺执坐在沙发上看着金发哥们儿绿眼睛里碧油油的真诚，沉默良久后吐出了两个英文单词："You，sure？（你确定？）"

哥们儿认真地点了点头，又拍了拍胸脯用八分正宗的燕城方言铿锵回答："确定一定以及肯定！"

行吧。

贺执没忍住挑起眉毛，在客人去做准备的空当拿起手机编辑了一条短信，煞有介事地给许啄发了过去。

3

"岁月如梭，沧海桑田，我已经不是当年的那个贺执了。"

没头没尾地发了张"精忠报国"的大字，好在熟悉他的人一眼就能看出来贺执又在无病呻吟些什么。

许啄正和方择一起在医院门口吃煲仔饭，消息弹出来的时候小方无意中瞥到备注的"执哥"，没忍住慨叹道："你和你哥感情可真好啊。"

许啄正编辑着给贺执的回复，"嗯"了一声，发送成功后才放下手机答道："是很好。"

昔日寡言的少年能够出落成如今漂亮大方的模样，所有这些经年积累的细微变化，全都来自贺执对他的关爱与温柔。

方择羡慕了一会儿，想起许家人丁兴旺，还有个弟弟，又有些好奇地问："那你弟弟呢？好像没听你提过他。"

弟弟。

许啄筷子一顿，一时没说出话来。

离开燕城的头两年，许偲偶尔还会给他写信。

梁妍带他去了南方沿海的大城市，通过了重点高中的入学测试。

这次没有跳级，许偲这些年升学休学转学，兜兜转转最终却是回到了与自己年龄适配的高一从头来过。

他不再缺课，同学也难得地好相处。

新同桌是个文静的女生，不似某人聒噪，一下课就凑过来叽叽喳喳分享他上节数学课看得津津有味的青春伤痛巨著。

断断续续联系了两年，许偲在某天忽然断了来信。

许啄去的信如石沉大海，而许偲在更换号码后从来没有给过他新的联络方式。

5G时代，许啄却在信件失联的情况下完全失去了找到他弟弟的途径。

他精神不济了几天，就在贺执病急乱投医准备带他去报警之际，久未联系过的梁妍给他发来一条信息。

"小偲很好，我们很好，以后不要打扰他的生活。"

来信的是许偲，关他妈什么事。贺执不高兴，许啄却拉住了他，轻轻地摇了摇头。

许偲已经长大了，梁妍也不再似往日那般病态地管控着许偲，今天这句话，十有八九是许偲自己的想法。

燕城是许啄和贺执的家，纵然连泥带雨，仍然是不可割舍的过去与未来。

但对许偲来说，过去从来都不算美好。

他有新的生活了，而作为曾经过往的一部分，许啄可以也应该被割舍掉。

想起最后一封信的末尾，许偲在一贯的流水账记事后久违的那句"再见，哥哥"——许啄当时读到只觉得心中莫名酸胀，但其实那时候他就已经预感到许偲是在同自己告别了吧。

再见，小偲。

"许啄？"

一只手在自己眼前幅度夸张地晃了晃，许啄回过神来的时候唇边已经自然地带起笑意："他在南方读书，成绩很好。"

不过寥寥两句，瞧出他兴致不高，方同学立刻挤眉弄眼换了个话题："对了，今晚院里聚会，你去不去？"

上个月市人民医院老院长退休卸职，继任的是他曾经的学生，这学生在院里声望一直颇高，也算是实至名归。

可惜院长事务繁忙，交接了一个来月才腾出工夫，邀请全院人今晚在新月酒店一起聚个餐，联络联络感情。

他们两个本科的小见习生可有可无，去不去都行，但看方择那期待的模样，大约已经眼馋新月的豪华自助餐许久了。

想想贺执那"精忠报国"的繁重工作，许啄本想拒绝，但没想到今天他业务这么繁忙，"叮"的一声又来一则短信。

林宵白："啄哥，我今晚想约执哥一起吃饭，他不依。"

贺执不依的原因很简单，一是许啄，二是烦他。

但小白数十年如一日的只抓自己想要的重点，遭拒后立刻便求到了许啄这里来。

关关快过生日了，男朋友在给她神神秘秘准备惊喜。

林宵白既要求贺执帮忙，又害怕关关最好的朋友同她泄密，只好每年都来这么一招，但这也已经快成他们四个秘而不宣的事了。

这边答应了林宵白，许啄抬起头又再次对上方择真诚至极的目光，一时哑然，莫名觉得自己养了两个不大省心的儿子。

4

新月是燕城的老牌酒店，大一的时候许啄还来这里当过服务生勤工俭学。

时薪颇高，待遇也不错。可惜没两天就被闻风而至的贺姓客人点名道姓，纨绔子弟般捉弄着小员工点了一大桌菜，然后便耍无赖地连菜带汤加许啄一起打包带回家中。

点得太多，两个人一起吃了三天剩菜。

想起许啄返校前那日，对天面无表情地发誓"打工是不可能的这辈子再也不会想不开出去打工"的情景，贺执撑着脸很怀念地笑了起来。

林宵白正滔滔不绝讲着自己的完美计划呢，一见贺执这心不在焉的模样立刻不满道："干吗呢？你弟弟今天可弃你而去了啊，麻烦分点余光给别人好不好！"

贺执一刀插在盘中的牛排上，分出的余光冷如大刀向小白的头上砍去。

林宵白缩了缩脖子，假装无事般地继续念叨起他给女朋友二十二岁生日准备的厚礼。

从场地布置细节到每一处时间节点，林宵白全权负责，绝不假手他人。

如过往的很多年一样，已经做到事无巨细均亲力亲为的小白这一次也只是想获得老大的一声肯定，一句赞赏。

贺执却懒得搭理他，"嗯嗯啊啊"敷衍了一晚上，耷拉着眼皮频频看表。

时钟一指向九点，贺执立刻抬手招来服务员："你好，结账。"

林宵白汤还没喝完对面已然站了起来，他坐也不是站也不是，起身追到楼下，贺执十分钟前叫的车已经停在路边，林宵白一露面就被拽着领子扔到了黑色大众的后座。

"晚安。再见。"

林宵白震惊地乘车离开，刚刚好是九点二十。

贺执揣着兜倒退几步，仰头望着三楼落地窗里的灯光，冷酷眼神渐渐软了下来。

"我结束了。"

许啄今晚不小心喝了点酒，头有些晕，自我预估还有十分钟失去意识，站在电梯间连忙抓紧最后时间给贺执编辑了一条信息发送成功。

电梯停在一层，眼前越发模糊，许啄在同学的搀扶下脚踩棉花一样走出亮堂的大厅，迷迷糊糊地，却一眼便看见了等待他的那道笔直身影。

5

医院包的场在新月三楼宴会厅，牙科这边算人丁兴旺，连护士一起便能凑满整桌。

新来的两个小师弟专业课和实习成绩都很好，算是主任的得意门生。老面孔看得厌倦，小朋友自然大受欢迎，入眼的全是前辈，入耳的全是劝词，到最后连"滴酒不沾"的许啄都被稀里糊涂灌了一杯黑啤。

这几年贺执常带许啄和朋友们一起出去玩，行素的新人老人全都熟悉许啄。有时大学同学招呼着轰趴聚会，许啄也会在贺执装模作样的耍赖之后，背好臭哥哥特意为他收拾好的行囊作别出门。

和渐渐开朗起来的性格一起有所长进的大约是许啄的酒量，从原来一口 5 毫升就倒，到现在一杯 500 毫升才倒，至少进步了一百倍。

只是喝醉后的模样却是全无变化。

夜里灯红酒绿，满大街都是奔跑的出租车载着都市人返梦归乡。

贺执抬手招来一辆空车，把许啄装进后座，关门后还不忘回头对小同学礼貌挥手。

"二位，去哪儿？"

　　司机师傅是本地人，口音嘎嘣脆，贺执出声的时候丝毫不逊地头蛇"风范"，可惜声线天生低沉，竟让清润的那个抢先一步。

　　许啄睁着黑白分明的大眼睛，一点醉态都没显露地说着胡话："十年前。"

　　甭说师傅了，贺执先一步失笑。

　　第二日上午，闹钟果然没能如时响起，许啄睁眼醒来许久后才倦懒起身。

　　床头柜上只有一只傻傻的小金猪，他一时哑然，发现自己竟连手机都被人偷了。

　　偷东西的贼正在楼下煮粥，皮蛋瘦肉，三两葱花，香得昨夜瞎叫唤的猫钻入后厨，蹭着人家的裤腿喵喵撒娇。

　　可惜铁血男子贺执全程充耳未闻，最后还是刚到的李叔被这一声声娇呼杀灭意志，抱着猫去掏库存的火腿肠。

　　许啄酒量极差，睡得不省人事，但照顾他一宿的精神小伙儿倒是精神百倍，删除闹钟后握住两个人的手机走猫步出屋，压着笑意给昨晚特意要来联系方式的小方见习发去亲切问候。

　　许啄喝醉了呀……

　　许啄不舒服呀……

　　许啄今天上不了班了呀……

　　通话结束，方见习满心愧疚，发誓下一次再也不赖着许啄陪自己参加应酬。

　　另一边贺执却还在感慨园园新单位真够意思，希望今年可以再来几场破冰聚会，空手套假期。

　　洗漱完毕已是午后，许啄昨天才上班，今天就请假，人家都是越长大脸皮越厚，他却相反，坐在床边竟觉出了几分难为情。

　　下楼时两腿仍因宿醉酸软，许啄敛着眉眼在心里嘀咕那偷走了他手机后便不见踪影的王八蛋，下一秒就看到有人端着早餐在餐桌边冲他笑。

　　"渴吗？饿吗？还喝酒吗？"

桌上摆着诱人的粥饭，贺执坐在他的对面，语气中带着点严厉。

许啄一一回答："渴了，饿了，你接我的话就还喝。"

贺执垂目莞尔，出声又邀请他饭后前往正兴视察哥哥工作。

小鸟叫喳喳，在骂他真不要脸。

6

大老板出走未归，二老板又旷工半天，贺执带着许啄迈进行素大门，吧台的小姑娘眼前瞬间一亮："啄哥，你终于来啦！"

小姑娘，忒烦人。

突然，贺执眼睛一瞄，瞧见某个应该消失的身影闪现在面前。

许啄见状，先轻轻道了声："师哥好。"

贺执在心里嘶了一声，盯着倪书那张笑眯眯的娃娃脸，拒绝与他师兄弟相称，阴阳怪气："哟，您老怎么屈尊来上班了呀？"

不是昨天还扬言自己要旷工半个月吗？

贺执上学的时候在校外拓展课余爱好，老师是位故事很多的单身男子，只一个小儿子陪伴左右，可怜巴巴。

后来贺家出事，贺执自己一身烂账算不明白，怕给老师父子俩惹麻烦，许久再未联系，后来再找，也只听说他们早就搬离燕城。

再后来，当年的那个小儿子也不知费尽了多少辛苦，方才重归故里，拿着贺执少年时画的手稿，在街上叫住了长他三岁的大师弟。

老师傅去世了，贺执承过他的恩，自然会顾看着倪书，但要让他对着这娃娃脸喊"师哥"，贺执绝不。

"师哥。"许啄又叫了一嘴。

贺执无语。

倪书"哎"了一声，乐呵呵地拉住许啄的手臂，缠着他讲起北欧的见闻。

倪书比许啄还小一岁，但师承其父，细数起来比贺执受过的专业熏陶更多。

行素如今不再搞英文花写那一套，Tom、Gary、Nathaniel 全部成为过往，最后只剩下两大招牌摇摇荡荡。

姓贺的风格张扬瑰艳独一无二，姓倪的擅长细致打磨简繁均宜。各有各的路数，各有各的脾性，年纪尚小但风格都极为突出。

真师傅面前或许要伏低认小，可在年轻一辈里却也可以被半真半假地称声"大师"。

这两年也有人笑问苏泊尔把这么多年的招牌完全交托给两个孩子是否放心，但只换来那漂亮男人的一声短短嗤笑。

放不放心的，反正小崽子们钱是没给他少挣。

倪书年纪小，性子也活泼，青春期时尤其喜欢和师弟对着干。

贺执一贯采取与对待林宵白一样的方式——不搭理他。

当然，偶尔兴致上来也会反击一二。

比如昨天那个"精忠报国"，贺执便收的是自己的钱，落的是倪书的名。

对付这种作妖能力远比不上自己的青春期小浑蛋，老浑蛋一向有很多招数。

落地窗沙发那儿，俩小孩还在交头接耳。

贺执瞧了一会儿，撇着其实想要上扬的两片唇，上楼走到昨天休息的房间，开始守株待兔。

7

这几年许啄性子越发温和、外向些，不再似从前封闭自我，朋友也多了许多。

倪书天真（贺执：呸），还爱缠人（贺执：呕），许啄竟也对他毫无办法，每次都由着人拉住自己谈天说小话，甚至也愿意替贺执哄着他叫他声"师哥"。

倪书聪明，也曾小声问过："小许哥，你是不是把我当弟弟疼啦？"

他晓得许偲的存在，也真心喜欢许啄，愿意替那个远方的小孩哄他哥哥开心。

许啄通透，彼时看着这个十几岁便孤零零孑然一身，辗转许久才找到依靠的小朋友，认真回答："是弟弟。是我和贺执最小的弟弟。"

他不是任何人的替身，就只是个招人疼的小孩。

话落，倪书神情怔怔松片刻，重返燕城后第一次笑得这般轻松愉悦，像是一朵傻乎乎的向日葵。

贺执上楼许久了，也不知道在做什么。

倪书久未见许啄，缠也缠够本了，松开手臂时还依依不舍，使劲对他招手。

贺执的休息室在二楼尽头，屋里遮光窗帘质量特好。

贺执没开灯，许啄摸黑走进去，手机屏幕却感应般亮了起来。

夜盲症中断寻找宝藏的步伐，home 键解锁，许啄开始认真欣赏起秋冉姐姐在巴黎发来的画展照片。

眼见着许啄就站在离自己两步远的地方驻足不动，贺执深吸一口气，屈起食指敲亮了屋里的灯光。

许啄还没有反应过来，就看到面前垂着一把新的钥匙。

十八岁的游乐场里，贺执告诉他的，戴到二十一岁就给他换一个的钥匙。

六一儿童节，儿童们最快乐的日子，对大人们来说是寻常得不能再寻常的一天。

在一年里的第二个生日，许啄握着掌心里定做的礼物，听见贺执轻声开口，似是漫不经心，但又郑重无比。

"生日快乐，园园。"

许啄摸着钥匙内侧刻的花纹，忽然笑了出来："总感觉我会比别人老得更快。"

哪里还有人和他一样，夏天和冬天各庆生一次。

贺执不以为意地拍了拍许啄的脑袋，推着他的肩膀往窗边的方向走。

也不知这人今天为什么总是装深沉，许啄把礼物收好，乖乖地跟着哥哥亦步亦趋，连目的地都没想着问一下——还和当年的那只印随效应的小鸭子一模一样。

"看到那里了吗？"贺执在落地窗前指着某个不明的方向。

许啄顺着望过去，点了点头。

"那是我们未来的新家。"贺执说。

许啄不明所以地眨了眨眼，贺执却没有解释的意思，又把手指换了个方向："看到那里了吗？"

许啄"嗯"了一声。

贺执的语调变得阴险起来："那是苏泊尔未来住的养老院。"

许啄失笑出声。

小朋友们都喜欢抬头看着天空给云彩赋予不同的形状、角色，但贺执却从小就和贺妗一起趴在阳台上，只对着他们看得见的燕城土地肆意指点江山。

现在，他把这份想象力也分享给了自己最亲近的人。

好学生许啄学习能力很强，很快便举一反三地用食指敲了敲某个望得见江面的方向："你看到那里了吗？"

贺执勾起嘴角，揣着兜站到他身边："嗯，那里是哪里？"

许啄回过头，眼中笑意浅淡："是你明天送我上班的地方。"

燕城市第一人民医院。

贺执抬了抬手，甘拜下风。

雅马哈下午就送了回来，被保养得锃光瓦亮，跟提了辆新车似的。

贺执第二天出门送许啄去上班，就像许多年前送他去上学。

可惜来得太早，周六只打卡半天，他竟然还提前了快一个小时到达。

许啄在电梯里琢磨了一会儿，最终走出来，向住院部走去。

许啄去的地方很安静，是片独立的小花园，这个时间本该鲜有人至，但在许啄到达之前却已经有人造访。

六月到了，春日里的花已经被仲夏的浓绿挤掉了大半斑斓，背对着他的人坐在长椅上摆弄着手里的什么物件，许啄走近了才看出来，是只纸叠的蝴蝶。

真是神奇，他认识的学渣似乎手都格外巧。

贺执会折纸玫瑰，这人会折纸蝴蝶，而听贺执提起，林宵白预备好下周送给关关的生日礼物，是他得某大师真传后亲自用啤酒瓶底做的一枚"宝石"戒指。

非常精美，还有专业部门开的材料认证证书。

是不是应该邀请林宵白常来他们单位坐坐。

许啄有点走神，又想起几年前的那个夏天，海边，还有许偲藏在身后的小蝴蝶。

折蝴蝶的人不知道有没有发现来人，依旧专注地继续着手上的动作。

许啄安静地看着程皎就那么不紧不慢折了满腿的花蝴蝶，发了一会儿呆，突然又很嫌弃一样站起来把折纸全都拂到地上。

但不过一个瞬息，他便从躁戾中回过神来，怔忪片刻，蹲下来一只一只地重新拾了起来。

小心翼翼，就像那个短暂的夏天，他给男孩捉一只真正的蝴蝶。

许啄蹲在他身边，一言不发地帮他捡折纸。

蝴蝶太多，也不知道他从几点就出门开始做手工。

这里的小花园外人一般进不来，许啄的工卡大清早没有打到牙科，打到了和他八竿子搭不上的精神科。

"我又发病了。"程皎捡着蝴蝶，很平静的样子。

许啄"嗯"了一声："护士说这次轻了许多。"

程皎很久没有戴过眼镜了，从前被蚊香圈遮住的那对深眼窝嵌着双轮廓极为精致的黑色瞳仁，笑起来时嘴角有两个甜甜的小涡，看起来就像个任何时候都无忧无虑的少年人。

超龄的少年人超爱撒娇："那他们还要关我多久呀，哥哥？"

许啄耐心地同他讲道理："是你让他们关着你的。"

程皎双手托住下巴装祖国花朵，刚刚捡起的蝴蝶又掉了一地。

"是我让关的，所以要关多久呢？"

许啄把捡起的蝴蝶捧起，放到程皎摊开的手中："你想离开了吗？"

很寻常的问话，但程皎好像突然被他难住了，出神半天才眨了眨眼，小声嘟哝："我不知道。"

他不介意被关起来，毕竟犯病的时候连他自己都不知道自己会做什么，很危险。

但他不喜欢被这样关起来。

程皎想起原因了："和我住在一起的是个叔叔，他不喜欢说话，整天对着墙发呆……啊！好无聊！我想换室友！"

程皎今年二十多岁了，心智却好像停滞在四五岁的光景。

但这人惯会伪装，其实这种时候，才是他最清醒的时刻。

他有点疯，似乎疯了许多年，但也没有疯得很彻底，大多时候意识十分清晰，只是隔几年就会突然犯一场大病，好在每次他都提前有感应一般，主动搬进可以被控制行动的地方。

那年，许啄和贺执在校园里碰见来办休学的程皎时，他已经说不清自己住院过多少次了。

唯一可以记清的，大约是这一次和上一次的间隔实在是有点短。

"哥哥。"

程皎又卖萌了。

许啄被这位身高和年龄都可以反过来叫自己弟弟的病人先生扶起来，听见他笑眯眯地问："你二十二岁了？"

许啄点了点头："你怎么知道？"

程皎指了一下他挂在脖子上的吊饰，脸上一副意料之中的模样。

"我听说在亚热带的某个小国家有一个习俗，二十二岁的成年男性会从家里人那里获得一枚银钥匙，不同的形状上会有不同的寓意。"

许啄看了一下自己的钥匙："嗯，那我这是什么？"

程皎："不知道。"

许啄："嗯？"

程皎还是笑模样："我刚才一直在乱讲，你问的答案我没有编好。"

许啄垂目笑了一下："好吧，那下一次希望你提前想好。"

程皎："下一次会有惊喜派对吗？"

许啄："也许会。"

程皎对着天边的朝阳眯了眯眼睛，天然上翘的嘴角弧度更弯了几分："啊，那我努力好得快一点吧。"

许啄"嗯"了一声，空气忽然静了下来。

程皎是医院的常客，他的病情不算太严重，甚至可以拥有室友。

休学后，许啄很久没有见过他，上学期来医院实习，才意外地遇见了弟弟当年的同桌。

从前那些过往他不了解，但这一次，程皎已经住院很久了。

这个人发病的情景和别人很不一样，不疯不闹，看起来比平时还要正常三分。

就只是很安静地焦虑，然后很平静地寻死。

来花园之前，许啄去找了照看程皎的护士。听她说，就在前几天，程皎还试图把头埋进洗手池里，淹了一半清醒过来，湿答答地走出病房，向护士姐姐埋怨她也不好好看着他。

程皎骨子里很惜命，但心里藏着的那一面却与表面的他截然不同。

他仿佛一颗绕着行星公转的小卫星，有时晴朗占上，有时又被寒夜席卷。越长大，公转轨道越分崩离析，也不知道何时就会彻底崩坏成碎片，让他永坠看不清月光的黑暗世纪。

他发病时的症状的确轻了许多，但他发病也越来越频繁了。

"程先生。"许啄叫他。

这回轮到程皎"嗯"一声回他。

许啄看着他手中的蝴蝶，认真咬字："好好活着。"

程皎又笑了起来："好哦。"

但他还是想换室友。

8

快到上班的时间了，程皎往日只送许啄到小花园门口，今天却不知怎么来了兴致，想陪这位先生多走几步。

今天下午会有志愿者过来陪伴患者，爱玩爱闹的程皎对这些倒是兴致不高，每次大教室里大家在学唱歌，他就在后面织毛衣。

可能也不是毛衣，不知道他拿着那两根木针在编织些什么玩意儿。

打从入院就开始织，好不容易快完成了，却因为他愈加作死的行为被没收了潜在作案工具。

程皎说到这儿有点委屈，偷偷问许啄，可不可以下次给他送两根针来。

许啄不动声色地转移话题："我可以帮你挑挑毛线，你喜欢什么颜色？"

程皎很认真地思索了起来。

红色太艳，绿色好丑，白色容易脏，黑色也不干净。

程皎拿捏不定，本想去问问护士站的姐姐，但站在长长的走廊上，他却一眼就看到了另一个人。

单薄而立的身躯，长长的浅色碎发，玻璃弹珠般晶莹剔透的瞳孔。

五年，将近两千个日夜，他从不曾间断过在心里期待他们的重逢。

但这人为什么此刻穿着和自己一样的病号服。

程皎的脸色彻彻底底地冷了下来。

被他注视的人正站在护士台前，垂着眼皮安静地听人说话。

落后几步的许啄从程皎身后走出来，望着那张熟悉到陌生的侧脸，呼吸瞬间一窒。

他颤着嘴唇惶然地睁大眼睛，视野只需零点零一秒便被模糊占领。

失语的那几秒，许偲淡漠着脸回过头来，在看清来人后，那冰封般的秀丽五官也仿佛出现一道裂痕，无意中溢出两分藏都藏不住的惊愕与无措。

掉头就跑的冲动之前，是记忆中的那人大步向他走来，不容抗拒地握住他的手腕，低头看着他曾经于绝望中留下的那两道浅浅的粉色疤痕，哑着嗓子，仿佛叹息般轻声对许多年前和现在的许偲说："怎么这么不小心啊。"

一如初见。

这一层的走廊比不得别的科室总是静悄悄的，某一间房门后有人似乎在哭，另一间又好像有人在笑。

"为什么哭？"程皎却问他。

许偲茫然地抬起手触上脸颊，指尖冰凉，他竟然真的哭了。

许偲在医院。

许偲为什么在医院？

许偲在医院多久了？

他又一次没能拉住他弟弟的手。

程皎的身后，许啄颤抖地扶上墙面的无障碍扶手，只觉得那两根被没收的毛衣针结结实实穿过了他的双膝，以至于此刻连打弯都艰难。

灰姑娘的姐姐每走一步都会疼到钻心，白雪公主的后妈踩着烫红的铁鞋旋转到呼吸停歇。

事实证明，他也不过是个自私的哥哥。

但许啄还是一步步走了过去。

至少这一次，他再也不会放开许偲了。

周边好像突然变得很静很静。

他听见许偲轻轻地说："哥哥，我愿意被关起来。"

… 第十四章 …
/ 盼来春来 /

1

燕城的盛夏到了。

下课铃响了不知多久后，程皎终于从被他趴了一上午的桌子上睡眼惺忪地爬了起来。

正回味刚才梦里蛋糕上没吃完的草莓呢，眼角的余光便突然捕捉到了一丝不寻常。

他看见了一个不认识的男生。

大概是喜欢晒太阳而且晒不黑的体质，男孩子大大方方地把半张白皙到近乎有些苍白的脸露在正午的阳光下。

从程皎的角度，可以清楚地看见这位初次相遇的同桌挺直的鼻梁，还有长得过分的眼睫毛。

同学突然大声地催促程皎去食堂，他一失神，一脚踢到了同桌的桌脚上。

以他过往的生活经验来看，这一脚与地震效果差不多了。

程皎的脸上瞬时换上了苦涩又拧巴的表情，只等着新同桌坐起来骂他。

可是等了半天，也没见到人家的眼皮动弹一下。

睡眠质量好好啊，羡慕。

"对不起啊，回来给你带蛋糕。"

程皎小声嘟哝了一句，说罢，也不管这喧闹中他蚊子嗡嗡一样的话能不能飞进同桌的梦乡，便匆匆拐着弯跑到了等他半天的同学身边。

男生满心记挂着草莓蛋糕上那颗完整的草莓，没能注意到就在他前脚离开后，刚刚被夸完睡眠质量好的人懒洋洋地睁开眼睛，眨了眨，又闭上了。

午休后，程皎回到班里的时候，新同桌不见了，桌子干净得像是从来没有人坐过一样。

难道之前是在做梦。

"0332床？0332？程皎！"

护士姐姐对着他的耳朵大喊了一声。

程皎吓得一哆嗦，从梦境中睁开眼睛，越过护士，一眼瞧到窗台旁冷着脸不看他的许偲。

窗外的盛夏与梦中的光景一模一样，可惜他们两个却是现实中的两个精神患者。

程皎从地上爬起来，个子那么高，这会儿却只能低着头老老实实听着一米六的护士姐姐数落他。

"你是什么绝世跟屁虫呀？人家小许来和医生聊天你也要跟着，跟着就算了，竟然还坐在走廊地上睡着了？"

"因为这里没有椅子。"程皎插嘴为自己辩解。

护士姐姐又瞪了他一眼："那还不赶紧回去！"

2

梁妍今天还没有来，许偲和程皎的病不一样，来去相对自由，偶尔也会在这间大大的医院里闲逛。

许偲不是爱动的性格，到处乱走也许是想碰见什么人，却总是碰不上。

也不知道怎么就避着护士的眼目走到了牙科的诊室前，许偲出神地望着背对自己的那道身影，七上八下的心渐渐安宁了下来。

许啄刚刚帮小朋友拔完牙。

今天来的小朋友胆子尤其小，吓得不得了，哭得好委屈。

家长皱着眉头数落他："你怎么这么不勇敢呀，太脆弱了。"

——你怎么这么不坚强。

许偲的齿根紧了紧，他转过头，忽然想要离开。

"他很勇敢了。"许啄在他身后说。

穿着白大褂的小牙医蹲下来摸了摸小朋友的头，很温柔："拔牙很痛的，你也在努力坚强了，对不对？"

小朋友点点头，含着眼泪像看英雄一样看着他。

"哎呀，你是来看病的？挂号了吗？"

门外护士不知道在问谁，许啄回过头，看见了在门边微微局促的许偲。

虽然自己一看过去，他就吓了一跳直起身来，但眼底的柔软却还没来得及藏好。

本来要走的，又觉得太刻意，所以才没动。

许偲在心里为自己辩解。

许啄走了过来。

比他高一点点的哥哥抬手摸了摸许偲软软的发丝，笑得那样好看，让他为刚刚对那个小孩生出的浅浅嫉妒感到些许赧意。

"小偲。"

"嗯。"

许偲点了点头，小心地掩掉嗓音中的细微哽咽。

他很想他。

许偲病了很久了，又或许他其实从来没有好过。

那年离开燕城，他也曾以为生活会重启。但当周边的一切真的全部与往昔不同后，他却渐渐陷入了更深的焦虑。

许偲一直以来都很害怕上学。

小时候害怕是因为学校里有人欺负他，后来害怕是因为学校里人人都在笑话他。

那现在呢，他为什么还在害怕。

老师很好，同学很好，每个人都笑眯眯地对待他，记忆中，幼儿园之后他便再也没有经历过这样的人生。

很好，但他还是不由自主地想要逃避。

他是不是还是有病？

许偲把对自己的满腔质疑写进给许啄的信里，但沉默之后，他还是把纸撕下来扔进垃圾桶，拿起笔重新记录这一日的流水三千字。

他或许真的不该去上学的，可是他没有理由。

当听到同学背地里交谈"他有抑郁症，我们要好好对他"的时候，许偲的心里竟然生出了一丝难言的轻松。

果然如此。

他这样的人能被好好对待，不过是因为同情。

他不用再每日小心翼翼地讨好同学，像从前那样冷漠也可以，因为其实他做什么都无所谓，没有人拿他当正常人。

放学回家，梁妍仍在竭力温柔笑对自己。许偲忽然也对着她笑了一下，随后便在女人惊喜的眼神中轻声宣布："我从明天开始不上学了。"

沉默后，迎接他的是梁妍彻底崩溃的哭声。

哭什么呢。许偲想。

他很好，只是再也不想上学了。

许偲回屋握住笔，拿出还没来得及封上的信件，在信的末尾，珍之又重地加了一句："再见，哥哥。"

不要再为他难过了，好好生活，哥哥。

断联的时候，让梁妍发短信的时候，许偲是那么决绝。

但他后悔过吗？

应该是后悔的吧。

不然也不会在梁妍主动建议要不要回燕城接受治疗的时候，第一反应是期待。

他原来也还是会有别的情绪的。

3

许啄给梁妍打过电话了，许偲这会儿正坐在牙科诊室外面的长椅上，乖乖地等待他的哥哥下班。

许偲心里惴惴不安，但又揣着羞怯的期待。

他害怕许啄厌恶他的无病呻吟与反复无常，但他的哥哥那么好，从小时候就一直爱护着他。

——你怎么这么不坚强。

小的时候，妈妈看着他，紧紧地皱起眉头。

许偲茫然地睁大眼睛，是许啄站在他的面前，仰起头，小结巴一字一顿地向大人辩解："婶婶，他想坚强。

"你没有得这个病，不知道，许偲想要坚强。"

或许就是这一句话，撑着他在无数个身不由己自我质疑的时刻，再也没有尝试放弃。

他要做个真正坚强的人。

可他是个倒霉的人。

年初的时候，梁妍诊断出了癌症。

是早期，治愈的可能性很大，但病情反复的许偲却再一次陷入了自我窒息的绝望。

他觉得自己烂透了。

他的爸爸爱他，他一次也没有去狱中看爸爸。

他的哥哥爱他，他一意孤行斩断了他们的联系。

他的妈妈爱他，但除了伤心与一身病症，什么也没能获得。

他是不是其实该死呀。

许偲垂着头回到燕城，遇见了那个他招呼都不打一声就离开的同桌。

最不想见到的就是他。

"夹心甜饼。"

有人站在许偲面前，没头没尾开口。

许偲错愕抬头，看见了潜逃成功的 0332。

"你想不想吃夹心甜饼？我好饿。"

沉默后，许偲终于踹出了暌违五年的第一脚。

但这一次程皎却没有像过往的无数次那样任由他欺负自己，反倒手疾眼快地避开了，仰起头，笑起来像个吐泡泡的大傻瓜。

候诊室的人不知何时已渐渐走光了，许啄换好衣服走出来，正编辑着给贺执的短信，余光便瞥到这一幕。

阳光很好，透过窗户洒进室内时，让人忘记消毒水的味道，转而想起午休前后的教室。

教室里，两个男孩子安静地蹲在角落，像是亚热带小国家里被放逐的小王子终于寻回了他幼年时最珍贵的玩伴。

4

程皎为什么会主动靠近他呢？

许偲一直没有想明白。

可能因为他俩都有病。

今天护士姐姐开了大恩，放 0332 和 0318 一起去医院的大花园里玩。

当然前提是得有人陪着他俩。

贺执整个人瘫在树下的长椅上打哈欠，帅哥包袱重到不可思议地还戴了副墨镜遮黑眼圈。

0318 坐在他旁边，面无表情。

0332 蹦蹦跳跳，正在和小朋友一起放风筝。

听说今天要来精神科陪床，贺执昨晚精神压力大得一夜没睡着，这会儿困得要死，正两眼发直地盯着花园里那个快乐的天线宝宝。

"你怎么和花园宝宝做了朋友的？"贺执好好奇。

许偲想了想，没立刻回答。

可能因为他孤僻，而程皎阳光。

半天没获得回话，好在贺执本来也没打算聊天，没人搭理正好。

他掏出手机又开始装扮虚拟空间。

"开心小屋"游戏这几年已经不行了，新意不复，制作方也把精力投在了别的项目上，一年到头也更新不了一次。

商店里所有的商品都被贺执买过一遍，只剩下通过抽奖才能获得的稀有物品，但也马上就要被他集齐了。

这个世上，现在可能只有贺执还在坚持装扮小屋，但不久之后，当他获得那最后一样奖品，他也许也将彻底告别非主流往昔。

"你在玩什么？"

许偲看着他的手机，平静地问道。

贺执和这小孩打交道的经验不足，看不出他心里到底是好奇还是嘲笑。

但想想来时许啄信任的目光，贺执还是轻咳一声，拿出了两分当人堂哥的耐心。

"你玩过迪士尼公主装扮城堡的游戏吗，就那玩意儿，这个特别点，可以和另一个人一起玩。"

迪士尼公主自己好像已经够特别的了。

许偲沉默不语，看了看那和小孩吵嘴的大傻子一眼，似乎在思索什么。

贺执抽奖的动作一顿，抬起头注视许偲的侧脸，忽然好像明白了些什么。他惊奇地摘下墨镜，小声试探了一句："要我帮你在手机上安装一个吗？"

开心小屋在江湖上传承下去了！

中午，许啄来花园里找他们一起吃饭，小朋友正头挨头靠在一起研究手机，贺执则双臂环抱站在一旁，神情尤为复杂地看着他们。

"我以后再也不想玩开心小屋了。"贺执语气很沉重。

许啄好奇地问道："为什么？"

贺执转过头来看他，一张帅脸写满了委屈与控诉："他俩第一次抽奖就抽中了我六年都没中的真皮沙发！"

他不想活啦！

5

在燕城，每年的夏季过得最快，转眼，许啄就快开学了。

梁妍做了几次治疗，新的化验结果很理想。

许偲也好了很多。

初来的时候，他还总是容易胡思乱想，药吃下去，胡思乱想少了，便开始陷入漫长的发呆。

每到这种时候，程皎总是陪在许偲的身边，陪他看向窗外。

无论外面是星夜长空还是暴雨晴风。

比起自己，程皎要更像一个正常人。

许偲清醒的时候变得越来越长，当他的喜怒哀乐重新恢复正常，许啄陪他去看了一次许暨安。

大人的眼角多了皱纹，孩子的五官渐渐长开。

从前所有人都说他长得像妈妈，但是现在看来，他其实也很像爸爸。

许暨安也开始非主流："你恨我吗？"

许偲摇了摇头，又变得像他哥哥了。

"我等你。"他说。

自己快好起来了。

这次不一样，他是真的感觉自己快痊愈了。

许偲很高兴，还有点忐忑。

二十余年走过，他记忆中的大半人生都充斥着崩溃与冷漠，许多来自别人，更多来自自己。

医生说他一直在自我惩罚，但许偲可以感觉得到，他现在在渐渐原谅曾经那个怯懦又孤僻的自己。

晚上，程皎偷偷跑到他的病房，许偲躺在床上，盯着天花板，和程皎说："我在变得正常。"

"你一直很正常。"

许偲不理他，程皎继续在他的身边装哲学家。

"正常是主观的，没有标准答案。

"世上有 70 亿人，就有 70 亿种正常。"

我们是两个各自正常的人，但正常的气场是如此相合，以至于不得不跳下高塔与你一起和世界握手言和。

窄小的病房里，他们坐在一起，许偲悄悄在心里说：谢谢。

谢谢你，程皎。我盼望你好。

6

出院的前一夜，许偲从病房消失了。

程皎在天台找到他的时候，男孩子正在角落里吹风。

他走过去，坐在了许偲的身边。

"七月的风懒懒的，连云都变热热的。"

程皎唱起歌来，五音不全，又变成了那个大傻子。

已经快九月了，夏天早就结束了。

许偲脸埋在膝间不理他。

歌声戛然，程皎背靠女儿墙，两条长腿懒洋洋地瘫在地上。

"我叫程皎，也叫程咬。

"我的爸爸是个赌鬼，我的妈妈是个疯子。"

他看着月亮，漫不经心得仿佛在讲别人的故事。

赌鬼爱打人，疯子本来不是疯子，但被他打成了疯子。

后来赌鬼跑了，疯子开始打小孩子，小孩子慢慢也被她折磨成了小疯子。

程皎是个不知忧虑的男孩子，是被折磨成了什么样，才会在他脑中留下那么深的疮疤，每隔一段时间就自厌自弃地想要替她永远解决掉自己。

许偲闭上眼睛，滚烫的泪水滑过脸颊，透过薄薄的病号服浸湿他的膝盖，又变得很凉。

"疯子很漂亮，小疯子每天放学都要跑得很快，以免有别的男人跟着疯子回家。"

他挨疯子的打，也挨那些流氓的踹，但他宁愿关上门，让他妈妈一个人打他骂他。

但后来，他连妈妈也没有了。

程皎被有钱的人家领养，但家里陪着他的只有一个不算亲切的保姆。

小疯子变成了一个摆给世人看的慈善吉祥物。

不过没关系，每个人生下来都是孤独的。

"你要走了？"

许偲抱着膝盖回头，眼睛很红，有点迷糊。

程皎嘴角弧度向下，但又有点想笑。

"许啄说，你要去别的地方治病。"

许偲自我惩罚了十几年，程皎比他更甚。

他总是住院，但从来不接受真正有效的治疗。

程皎从来都觉得自己活该，但这是第一次，他想试着为自己的未来做出些让步。但就算真的换了个地方治疗，成功的概率又有多大呢？

"忘了我……"

"我们会等你。"

许偲打断他。

"我们都会等着你，一直一直等着你。"

所以好好活着，程皎。

夏天过去了，秋冬将至，等到来年，盼你与春风一同归来。

7

行素最近很热闹。

燕城下了今年冬天的初雪，飘的是小小的雪花。

贺执在上班，穿着毛衣就下了楼。

他在正兴楼下折腾了半个多小时，终于捧着半个巴掌大的小雪球走回来，郑重其事地塞进了店里的冰箱。

倪书在旁边扒着看了半天，很困惑："师弟，你这么童心未泯啊？"

雪球一回到冰天雪地，贺执立刻撒手不管了。

"你懂什么，这是我们家安琪拉的小宠物。"

倪书更费解了。

但苏泊尔没有给他继续追问的自由，立刻喊魂一样招呼着他，客人来了，赶紧上工。

　　总算有人来和他一起分担这份盛宠了。

　　贺执拿纸巾擦着手指，正难得地为自己拥有一个小师哥感到暗爽，苏泊尔的喊魂大法便又轮到了自己来领受。

　　平安夜快到了，除了年轻人没人过洋节，但林宵白新入职的单位老板是个老外，圣诞放假。

　　林宵白爽得要命，还是关关在旁边好心提醒他："那是不是你除夕上班没加班费呀？"

　　小白颓了。

　　想起这个笑话的时候，关关正和许啄坐在奶茶店里喝着芝芝桃桃聊高中同学的八卦。

　　现在这个年头，大学生都不值钱，若非对学习深恶痛绝，大多数人还是会选择本科毕业后继续学业。

　　关关就转了个专业读研，而她那不成器的男朋友，正是对学习深恶痛绝的一员。

　　能坚持到大学毕业，小白也是不容易。

　　"陈乾和付玥玥要结婚了，你收到他们的请柬了吗？"

　　高中的后半程，那对同桌与他俩关系很好。

　　许啄点了点头，反问道："你又准备什么时候给我发请柬？"

　　关关红着脸瞪他一眼，想了想又凑过去小声问道："我听说你最近去临城了？"

　　许啄"嗯"了一声："刚回来。"

　　程皎在临城的医院待了小半年了，在那期间许啄只去看过他三次。

　　第一次是秋天，听那里的医生说，程皎的病情有些恶化。

　　许啄不敢告诉许偲，贺执便陪着他一起去了那座比燕城更北的城市。

　　程皎那阵子不太认得人了。

　　许啄到的时候，他正蹲在凋败的花园里面研究什么，专心致志地。

　　许啄蹲到了他的旁边。

　　"程先生，你在看什么？"

程皎对他比了个"嘘"。

"我要偷一只猫给许偲。"

许啄失语，声音都有点哑。

"这里没有猫。"

程皎眨了眨眼，好像突然清醒了些："这样吗？"

他站了起来，看着花园里空荡荡的那只长椅，空旷了许久的内心忽然被缠成了他可怜的毛线织品。

程皎摸着脸颊，发现自己竟然莫名其妙地滑落一滴眼泪。

第二次是两个月后，许啄随老师出差，路过临城。

他没提前告诉任何人，走到门口时，也没有准备进去的意思。

程皎正在健身室做锻炼。

他个子高，体力好，因为年少时放学狂奔的经验，尤其擅长长跑。

全身心投入的治疗让程皎瘦了很多，本就不明显的婴儿肥褪去，他在坚持运动中变得有些棱角分明。

许啄从窗外看着他，一时都无法将屋子里的人和当年那个在信中校园里埋葬自己青春的少年对号入座。

程皎很努力。

回家以后，许啄这么告诉许偲。

他还提到了白桦树下埋的那张纸。

许偲本在出神，听到这非主流的往事，先是愣了一下，很快又弯着眼睛笑了出来。

十六岁，许偲离开燕城的那一年，程皎给他写过一封诀别书，纸上只有一行幼稚的字："我不和你玩了。"

许偲走了，程皎却后悔了。多年后再次相遇，他们从头开始靠近彼此，然后他真的试了一下不再搭理许偲的滋味。

这滋味真是苦涩，比苦瓜还苦。

不过无所谓，就和小朋友闹绝交一样，等你转身回来，我们依然是好朋友。

是永远的玩伴。

第三次是前天。

许啄握着一封许偲的信去了临城。

虽然没能赶上家里的初雪，但他把笔交给那个似乎终于长大的男孩子，让他在回信中写下了自己归来的日子。

说好了下一次就会有惊喜派对的，许啄说到做到。

回来的时候，贺执开车接他，车里还有梁妍和许偲。

司机的脸色永远那么臭，后座的母子也完全没把他放在眼里。

等到了目的地更不得了，梁妍在沉默中爆发，哭着扑进了许暨安清瘦的怀中。

而许偲歪着头，许啄背着手，贺执靠在车门上打开游戏又抽了一次奖。

有人没心少肺，有人性情古怪，在这尘世间滚过一遭，仍然都学不会这位女士的大悲大喜。

倒是两个姓许的小朋友对视一眼，静静地笑了。

又玩了一局消消乐，贺执终于耐不住冻，深吸一口气拉开了车门："阿姨！歇歇吧！琼瑶都已经退休了！"

乱七八糟的一家人。

但还能怎么样，凑合过吧。

8

平安夜的前一天，许啄度过了他二十四岁的生日。

冰箱的冷冻层有一整格被闲置，里面装满了安琪拉和她的"后宫们"。

这些雪球大小相似，色泽类同，在许啄眼里全都长得一个样。也不知道贺执的父爱到底是有多深沉，竟然能将它们一个一个全部叫出名字。

许啄终于忍不住好奇，主动请教他该如何辨认。

贺执还挺得意："我全乱喊的。"

青南路要拆迁了。

贺执从十四岁开始便立志要当钉子户，但十几年过去，等改革的春风再一次吹到自己的家中，他却出奇地平静。

听说平河区的那栋小别墅被卖出去了。

小别墅不再姓贺，青南路也快被推了，贺执收拾好行李，带着人和鸟一起搬到了苏泊尔家楼上。

离开之前的晚上，两个人在家门口的街上流连了很久。

六年前贺执在家里的围墙上画了上百个童话故事，但其实不只是这面墙，往前走，再往前走，网吧楼下，信中后街，到处都留着一个少年作画的背影。

七岁时第一次握水彩笔，他不老实，不在白纸上画，往墙上画，果不其然换来母亲一顿暴打。

十岁那年学会了素描，数学课翘课去天台，踩着砖头趴在女儿墙上，男孩握着炭笔一笔一画地对着电线上的小燕子写生。

十四岁和妈妈走散，他搬进他爸爸曾经寄身的青南路，握着毛笔在外街的墙上奔跑着画下一条长长的红线。

尽头有人在等他，贺执以为要挨打，浑身戒备，但没想到却被邻居弯腰摸了摸头，轻声告诉他："你以后可以叫我李叔。"

十五岁时他已经学会很多，那年他最喜欢看动画片，偶尔拥有一个平静的夜晚，贺执就拿着颜料盒，盘腿坐在肮脏的井盖前画海绵宝宝。

十八岁是好时候，他有着那个年纪的少年所有的臭毛病——脾气不好，耐性不够，好不容易转了性子见义勇为，没想到却遇到了许啄。

信中与青南路之间的第三条街上，画着十六岁时贺执笔下的妈妈。

他没有画完，但许啄却一直很喜欢。后来贺执带他去墓园看望贺妗，她的骨灰盒被收在一个玻璃格子里，里面放着鲜花、信和女人永远被定格的笑脸。

某次看望过许暨安回来，许啄按大人的嘱咐去了次银行，在保险柜里，他取出了一只装满照片的信封。

那是他第一次见到许文衍的模样，果然和贺执很像。

后来再去的时候，贺妗的小格子里便多了几张照片。

男人的，小孩的，一家三口的。甚至还有当年福利院里，小贺执拉着小许啄的那一张。

9

他们也常去青南福利院。

贺执就是个乌鸦嘴，那面墙上的壁画果然总是容易皲裂成惨样。

就算后来搬回燕城的秋冉与聂子瑜常来帮忙，也不够他们来回折腾。

再劣质的颜料也不至于一周就毁吧。

资深墙绘艺术家贺大师敲着墙面上不自然的裂痕，余光瞥到小朋友们局促不安的傻样，侧过脸，藏住了嘴边的弧度。

懂的都懂。

他开始教小朋友们画画。

有时候那两个女孩子也来。

贺执和聂子瑜不对付，每次见面两个人都阴阳怪气。

许啄和秋冉见怪不怪完全不搭理他俩，就坐在旁边商量晚上吃些什么。

"园园！"

"小冉！"

两个人一回头，就被那两个家伙抹上一脸的五颜六色。

笑着，闹着，青南的墙上再一次画满了四季的童话。

这一次不只是专业人士动笔，小朋友们至少帮了一大半忙。

连许啄也盘腿坐在墙边，给那只早已褪色的小鸭子补了一遍色，然后又在旁边画了一只栩栩如生的黄鼠狼。

太厉害了，他也应该去学画画。

10

他们高中毕业的那一年，李老师终于娶到了记挂许多年的心上人。

那天是高三同学的成人礼，彭主任在台上进行一年一度的煽情，孩子们还没来得及怎么样，高三一班的班主任已经哭得快要断气了。

大家都知道李木森是只坏心眼的大尾巴狼，但大家还是第一次知道，他原来爱这群小鬼爱得这么深沉。

李老师没有晕倒，医务室的方老师却主动出现在他面前，一边说着他没出息，一边抱住他，将方馨的芳心赠予了他。

一年又一年，长在破败残垣中的仙人掌终于开出了小花。

11

春天的时候，关关和林宵白终于在大家的期待中发出请柬，在小区公园的小教堂里办了一场小型的婚礼。

能来的宾客都是最亲的亲友，除了双方老爸，连关关早就远嫁国外的妈妈也辗转了数班飞机赶回来参加女儿最重要的日子。

除了李叔扒拉西服迟到了一点，今日最姗姗来迟的还是许家三口，贺执接到他们时，甚至怀疑这几位是不是在教堂门口徘徊了许久方才做好心理准备进的门。

他们和今天的新人没什么关系，千丝万缕的联系都与二位伴郎有关。关关心热，提前和林宵白一起与贺执吱过声，只有许啄一人在今天看到他的家人们时惊讶地睁大眼睛，弯了弯眉，又不受控制地湿了眼眶。

在走到许暨安面前时，许啄终于安静地等来一个迟到多年的拥抱。

"往后只有好事了，小啄。"

许偲紧随爹后，许暨安一松手，他便主动埋进了哥哥的怀里。

当看见另一个意外也不算意外的人出现在视野中时，许啄揉了揉弟弟软软的头发。

"好久不见，哥哥。"

那人站定在两个姓许的人面前，缓缓开口。

许偲身子一僵，还没来得及回神，哥哥已经推着许偲的肩膀将他转向了自己的身后。

他这辈子只见过那么一个傻大个。

手中被塞了一团来之前特意去信中挖回来的白纸，程皎嗓音低哑地念出了纸上第二行许偲从不曾知道的字。

304

除了"我不和你玩了",还有一句,是他用在荧光灯下才能看清的小孩子把戏写的。

——你还和我玩吗?

当然。

所有人都到齐了,前来施以祝福的神父慢吞吞赶到。

林宵白狗脾气又急了起来,老人家才站上台,他已经握着关关的手深情道:"我愿意!"

教堂里稀稀落落地响起笑声,女孩子弯着眼睛笑起来,同样也忘了尊老爱幼。

"谁让你抢我一句的——我也愿意!"

白头发的神父好脾性,慈祥的眉目舒展,饱经风霜的手落在他们交握的年轻的手上,温声宣布二位新人结为夫妻。

教堂外有翅膀拍动的声音,是贺执在门口放了几只白鸽。

如果仔细看,里面还混了只粉色的鹦鹉。

白鸽飞不复返,小鸟飞上蓝天,在春天的芽上短暂驻留了几个须臾,转身又回到了主人的指间。

这是一场没有《婚礼进行曲》的婚礼,林宵白跟老大混久了也是个非主流,提前一个月便预约档期,执意邀请他二十多年来认识的最强歌手——贺执先生为自己的婚礼献唱一曲。

只不过他没想到,贺执今天带来的却是一只磁带播放机,里面装着一盘多年前他曾经赠与别人的卡带。

那本是一盘从老店里淘来的空卡带,上面被贺执认真书写了一篇八百字小作文,后来又被这手工达人研究着真的录了一支单曲。

教堂里再次播放起音乐,可惜不是神圣的颂歌,而是一首由伴郎贺执亲自唱的老歌,歌词就被他写在那盘卡带里。

我们是如此地不同
肯定前世就已经相遇过
讲好了这一辈子

再度重相逢

下辈子也约好吧?
嗯。

约好了。

… 番外 …
/ 作文 /

1

贺妗和她儿子的成绩，究竟哪个更差，这个很难比较。

毕竟她还是正儿八经参加过高考，上了两年中文系的，虽然没上完，但贺执可是初三就辍学了。

大一那段时间，贺妗刚接手老爸的事业，认识丰四恺也才不久，但毫不心虚地第一天认识就把自己所有的家庭作业都推给了这位新招收的手下。

手下年长她四五岁，上学的时候大约是位优等生，压轴大题做起来都毫无压力，看得隔壁班过来蹭饭的同学林成语一愣一愣的。

竹马悄悄同青梅耳语："期末他能给你代考吗？"

青梅翻了个白眼："我是女的。"

竹马喜不自胜："我是男的！"

这俩说小话也不知道压低一点声音。

丰四恺眼皮懒洋洋半垂，拿起橡皮，开始一点一点不紧不慢地擦掉自己刚才画的所有辅助线。

贺妗眼尖，立刻冲了过来："你干吗呀！"

丰四恺擦完了，撑着脸侧头看她，凤眼耷拉着，唇边笑意淡淡。

"代考是作弊。"

贺妗不知怎么被他蛊住了，气呼呼地盯着又变空白的高数习题册，也没注意自己怎么突然变得这么在意作业完成度了。

"我知道！"女孩子的声音脆生生。

她又没打算真让丰四恺代她考试，林成语也甭想！

"但我可以教你。"丰四恺说。

贺妗迷茫地盯着他。

"还有一个月。"男人向她摊开掌心的铅笔，像是在向她讨一支舞。

"至少我可以教你怎么写一篇九十分的作文。"

贺妗双手紧张地背在身后，打死也不承认自己此刻的心跳加速。

"要学吗？"男人懒懒地问她。

"要。"女孩傲慢地扬起下巴。

2

那一年的期末，贺妗的其他科目一塌糊涂，但专业课成绩倒是还不错。

她文章的主角是院子里的那株高大乔木，那是她出生的时候她爸爸种的，贺妗用很质朴的语言怀念了她的童年和父亲。

回来和丰四恺说的时候，男人揉了揉她的脑袋，哄小孩一样，温柔地夸她写得很好。

但有个秘密贺妗一直没告诉任何人。

当写到"清挺""屹立"这些她大约一辈子也只用这一回的词语时，她脑子里想的全是帮她做作业又教她写作文的那个男的。

爸爸，对不起！

但我好像喜欢上这个男的啦。

… 番外 …
/ 智齿 /

1

在二十七岁"高龄"这一年，贺执长了两颗智齿。

在他捂着半张脸麻木出神的时候，聂子瑜刚好从关关那里听说了那文盲哥俩以前叫关关雎鸠"关关且鸟"的事，笑死，于是特意打电话来嘲笑贺执。

贺执很生气，强忍着剧痛反驳："我知道是读关关雎鸠，倒是你知不知道什么叫幽默感？"

聂子瑜："哦，那请问这位幽默的男生，'雎鸠'怎么写？"

贺执怒了。

他把电话挂了并且本月第三次拉黑了"讨厌姐姐"。

贺执感觉自己有点害怕女生。

渊源具体可以追溯到小学一年级，他拥有了QQ号，个性签名为"我的地盘我做主"。

狂傲小学生几天没写作业，回家刚刚好赶上母亲挂掉老师打来的电话。

他被揍了。

第二天，他的签名就改成了"我的地盘贺妗做主"。

女人都不好惹。

在握着病历本和挂号单走到牙科诊室时，贺执看着那个躺在治疗椅上哇哇大哭的小女孩，再一次在心中坚定了这个看法。

还好他爸从火车上给他捡回来的是弟弟不是妹妹，他乱七八糟地想着，牙根神经痛得脑子已经不大对劲，直到小女孩的哭声渐歇，他才醒神发现那戴着口罩给小朋友补蛀牙的背影十分眼熟。

根据色彩心理学，当看到可爱的花纹，内心的紧张情绪容易在瞬间得到释放，紧绷的神经放松，患者配合手术也会变得融洽惬意。

诊室的医生护士们都戴着花花绿绿的棉布手术帽，卡通人物、小碎花、小动物，每个跳跃的图案都是敲敲打打和嗞嗞钻音中用来抚慰患者与同事的最佳舒缓剂。

给小女孩补牙的那位年轻医生头上的天蓝色棉布帽印着辛普森一家人的平铺头像，是他刚刚从网上淘来的新品。

"先生，您挂了号，有预约吗？"护士问贺执。

贺执看着那道认真的背影，嘴角轻轻勾起："嗯，我约了小秋医生。"

"呃，"护士眨了眨眼，"您说谁？"

许啄将牙胶仔细贴到小朋友的蛀牙洞上，抬头眨了眨眼舒缓酸涩的眼部肌肉，余光瞥到什么，他侧过头与门口的"患者"相对而视，弯了下嘴角。

小秋医生又低头继续给工作收尾了，贺执接过护士递来的牙具盒，耐心地靠在门边等待起来。

虽然家里有医生，但这还是贺执第一次享受家属的待遇。

牙床上的无影灯晃人眼睛，贺执阖上眼皮，眼前是一片模糊的橙红色。

"恭喜。"小秋医生说。

"嗯？"小贺患者侧了侧头，睁开眼睛，发现他们家园园正在研究一根巨粗的针管。

贺执一怔。

许啄在手术帽与口罩之间的眼睛弯弯的："恭喜你，将成为我拔下的第五十颗智齿的所有者。"

现在跑还来得及吗？

来不及啦！

2

贺执的脸肿了三天了。

最近每天去上班，他都戴着黑色口罩，神情严肃得很。

但他其实就是牙疼。

小秋医生拔下来的第五十颗和第五十一颗智齿被洗干净装进了透明小袋袋里交给患者带回家中。

贺执晚上坐在床头想了很久，一直在犹豫要不要像小时候那样，上牙床掉牙了丢到楼下，下牙床掉牙了扔到房顶。

但他这两颗智齿长得不似凡物，要是丢到楼顶，会不会把路过的阿猫阿狗吓到？

他们现在可不是住在独门独院的青南路了。

许啄在晚饭时提醒他："所以你其实根本不想丢掉。"

贺执常有理："当然了！但你如果没说这两颗牙齿对你的意义，我绝对不会这么在意它们好不好！"

这人偶像包袱很重，在自己家里吃饭也不愿意把口罩摘下来露出自己肿成猪头的脸。

许啄看着对面剪开口罩一角刚刚好够插进一根大吸管喝粥的男人，略微有些无语。

"意义也不是很……"

贺执坐直了。

许啄低下头不动声色地笑了下："嗯，意义很重大，请你好好照顾五十和五十一。"

贺执心满意足地坐了回去，不料被白粥烫到了。

"嘶嘶嘶嘶——"

你说活该不活该？

第二天，贺执买了几盆盆栽回家。

他脸不肿了，口罩摘掉，又是惊天动地的一个大帅哥。

许啄下班回到家中，刚刚好看见他哥哥站在阳台上浇花的背影，走近了，隐隐约约还听见他在和多肉们讲话。

"各位好，我把我们家五十和五十一埋在这里了，麻烦你们平时多照顾一下哈。嗯？它们不姓五！我的牙，当然跟我一样姓贺了！"

他似是想了一下，又说："姓秋也行。贺五十，秋五十一。"

贺执和植物们聊得太入迷，有人走到身后都没发现。

许啄侧过头看了一眼被他千娇万宠捧到中心的小花盆，了然问道："你把什么种子和智齿种在一起了？"

贺执吓了一跳，捂住胸口回头，眨着凤眼道："保密。"

谁稀罕知道。

许啄微微颔首，走了。

贺执伸手挽留无果，好笑地站在原地伸了个懒腰。

真是没有耐心的小朋友。

再问一遍，他就说了嘛。

3

22:27

苏泊尔做完全套的面部护理，拍着脸上的精华踩到床上，一脚踏空，摔在了地板上。

房间里传来"咚"的一声巨响。

伴随着他对象码着的积木倒塌的声音。

完蛋了。

22:28
住在楼下的倪书被楼上的一声巨响吓了一跳，手机差点掉地上。

有毒哇楼上这个老男人！

他握住床头防身用的晾衣杆，跳起来戳了戳天花板。

"我真替你们老人家脸红！"晚上就做点老年人修身养性的活动不好吗！

一分钟后，倪书收到了苏泊尔的微信。

"快点把你手机投屏关了，我家电视不是用来看你玩蚂蚁庄园的。"

倪书无语。

22:40
听说今晚有仙女座流星雨，贺执为了观星甚至专门买了架天文望远镜。

他们现在不住在青南路了，没有了小院子，楼下公共绿地也还挺敞亮的。

从前只有一棵歪脖子树，但现在大小花园热闹得很，晚上出来看星星的也不止他们两个人。

"新闻说了，今晚绝对看得见。"

搭好望远镜，贺执走到长椅边，挨着许啄坐了下来。

"你冷不冷？"

许啄摇摇头，侧着脸打了个小小的哈欠。

你在，不冷的。

22:57
房间里同时响起一声"victory（胜利）"的欢呼。

关关趴在床上跷起笔直的双腿，眉眼弯弯地和连麦的队友说："小鱼姐，你真的好厉害啊！"

聂子瑜不知道回复了她什么，关关下一句就是"他不行啦，他很菜的"。

很菜的林宵白盘腿坐在床尾，双臂抱胸，怒气冲冲。

关关回头看他："喂。"

林宵白："嗯？"

关关："打不打游戏？"

林宵白："打打打。"

让她看看谁才是峡谷真正的王……

关关打开了"开心小屋"，挑眉看向傻了的林宵白，又问了一遍："打不打游戏？"

林宵白拼命抿住到唇边的笑意，轻咳了一声："打打打！今晚不睡了！"

23:00

"偲偲。"

程皎在黑暗中，被子裹在头上，程皎把手电筒从下巴底向上打亮。

一张漂亮脸蛋被糟蹋成了伽椰子。

许偲坐在他旁边，裹着同款的被子，似是忍了又忍，最后还是打开手电筒，敷衍地撑在了下巴颏上。

这个贞子很消极。

两人入戏地发出"咯咯咯"的鬼魂索命声，在这漫长的黑夜当中笑作一团。

00:12

许啄已经靠在贺执肩膀上睡着了。

仙女座流星雨，世界上最著名的流星群之一。在 19 世纪每年都可以见到，但现在已经变得微弱，肉眼几乎不可见。

今天估计也看不到了。

买天文望远镜买了个寂寞。

但贺执此刻感觉其实也没什么必要等待流星许愿了。

仙女座 γ 星附近的辐射点在 1852 年分裂为两块碎片，那是人类最后一次看到比拉彗星。

而它其实本身来自亿万光年之前。

但看不看得到流星，许不许愿都不重要了。毕竟，他跟许啄现在的生活都很开心。

这样就足够了。

4

嗯，那颗智齿花？

在贺执不懈的关爱中，种子在第二年春天发芽，在第三年春天开出了一盆饱满的栀子花。

那是他第一次送给许啄花。

花开的那天，贺执很高兴，但他可能不知道，因为他的过度浇水，种子在第一年的冬天就被他浇死了。

那盆花是许啄去花店买来的，小秋医生擅长给别人的牙床做手术，也无师自通了移栽花种的技术。

他没有问过贺执种的究竟是什么花，但在第三年花开时，许啄从哥哥眼底的温柔中看得出来，自己没有猜错。

就是那仍然夹在他书架里的《教材全解》中被压成书签的那种花。

至于智齿嘛。

也被同时移栽进 PH 值被精准控制在 5 ~ 6 之间的微酸性土壤里了。

贺五十，秋五十一，期待你们来年春天开出更美的栀子花。